精选中外名篇佳作

温情蜜意

吴佳骏 | 编选

Boutique Appreciation

中国书籍出版社
China Book Press

图书在版编目（CIP）数据

温情蜜意 / 吴佳骏编选 . —北京：中国书籍出版社，2014.6
（中国书籍文学馆·精品赏析）

ISBN 978-7-5068-3989-1

Ⅰ．①温… Ⅱ．①吴… Ⅲ．①散文集—世界 Ⅳ．① I16

中国版本图书馆 CIP 数据核字（2013）第 305273 号

温情蜜意

吴佳骏　编选

图书策划	武　斌　崔付建
责任编辑	卢安然
责任印制	孙马飞　马　芝
出版发行	中国书籍出版社
地　　址	北京市丰台区三路居路 97 号（邮编：100073）
电　　话	（010）52257143（总编室）（010）52257153（发行部）
电子邮箱	chinabp@vip.sina.com
经　　销	全国新华书店
印　　刷	三河市华东印刷有限公司
开　　本	710 毫米 ×960 毫米　1/16
字　　数	238 千字
印　　张	20
版　　次	2014 年 6 月第 1 版　　2021 年 1 月第 3 次印刷
书　　号	ISBN 978-7-5068-3989-1
定　　价	48.00 元

爱是一切的泉源

003 ● 我的母亲·[中国]胡适

008 ● 婴儿·[中国]徐志摩

010 ● 怪母亲·[中国]柔石

015 ● 母亲·[中国]石评梅

025 ● 疲倦底母亲·[中国]许地山

027 ● 万物之母·[中国]许地山

030 ● 母爱·[中国]戴望舒

033 ● 母亲的时钟·[中国]鲁彦

041 ● 回忆我的母亲·[中国]朱德

046 ● 我的母亲（节选）·[中国]邹韬奋

050 ● 爱的孤独·[中国]周国平

052 ● 爱是一切的泉源·[中国台湾]席慕蓉

055 ● 爱·[美国]爱默生

063 ● 生命与爱·[俄国]托尔斯泰

068 ● 论爱（节选）·[英国]雪莱

070 ● 走出爱的歧途·[法国]卢梭

072 ● 爱·[智利]聂鲁达

074 ● 学会爱·[奥地利]里尔克

爱的感情是理性

079 ● 父亲的病·[中国]鲁迅

084 ● 父亲·[中国]彭家煌

093 ● 父亲·[中国]鲁彦

095 ● 背影·[中国]朱自清

098 ● 父亲的玳瑁·[中国]鲁彦

105 ● 回忆父亲·[中国]缪崇群

108 ● 我的父亲·[中国]冰心

111 ● 父亲的绳衣·[中国]石评梅

114 ● 蕙娟的一封信·[中国]石评梅

119 ● 是你的永久的同道·[中国]许广平

122 ● 友谊和花香一样·[中国台湾]席慕蓉

124 ● 用全身心的爱迎接今天·[美国]奥格·曼狄诺

127 ● 爱的感情理性·[俄国]托尔斯泰

130 ● 真正的家·[英国]J.拉斯金

132 ● 致缪塞·[法国]乔治·桑

134 ● 石头下面的一颗心·[法国]雨果

136 ● 同情·[印度]泰戈尔

138 ● 只要有爱·[智利]聂鲁达

爱是生命的活动

143 ● 弟兄·[中国]鲁迅

153 ● 爱底痛苦·[中国]许地山

156 ● 悼胞兄曼陀·[中国]郁达夫

159 ● 同是上帝的儿女·[中国]石评梅

161 ● 好似几年样的挂念你们·[中国]张露萍

163 ● 我永爱的哥哥·[中国]吴克茵

169 ● 看花·[中国]朱自清

173 ● 感情·[中国]邹韬奋

175 ● 我的表兄们·[中国]冰心

178 ● 我的三个弟弟·[中国]冰心

187 ● 开始新的生活·[美国]奥格·曼狄诺

191 ● 最美好的时刻·[美国]格拉迪·贝尔

193 ● 理想与幸福·[苏联]奥斯特洛夫斯基

195 ● 幸福的篮子·[俄国]沃兹涅先斯卡娅

198 ● 在希望中生活·[英国]狄克斯

200 ● 心灵的洗礼·[德国]歌德

202 ● 心境的需要·[日本]中野孝次

别做情感的奴隶

207 ● 爱人，我的失眠让你落泪·[中国]郁达夫

209 ● 茑萝行·[中国]郁达夫

223 ● 爱就是刑罚·[中国]许地山

225 ● 恋爱不是游戏·[中国]庐隐

227 ● 一片红叶·[中国]石评梅

230 ● 初恋·[中国]周作人

232 ● 无情的多情和多情的无情·[中国]梁遇春

235 ● 给红子·[中国]陈村

238 ● 玫瑰，与爱情无关·[中国]叶倾城

241 ● 我心里只有你的影子·[中国]陆小曼

243 ● 如果我是你·[中国台湾]三毛

247 ● 爱我更多·[中国台湾]张晓风

249 ● 浪漫的意义·[美国]葛瑞

251 ● 情爱理想·[美国]威廉·詹姆斯

253 ● 爱的使命·[俄国]列夫·托尔斯泰

255 ● 玫瑰·[俄国]屠格涅夫

257 ● 你的西蒙娜就这样朝夕同你相处·[俄国]茨维塔耶娃

261 ● 求偶飞行·[苏联]普里什文

263 ● 别做情感的奴隶·[英国]大卫·休谟

265 ● 致爱兰·黛丽的情书·[英国]萧伯纳

273 ● 溺身于情·[英国]培根

275 ● 情感世界·[英国]罗素

277 ● 爱情的罗曼蒂克·[英国]罗素

279 ● 爱情·[英国]劳伦斯

282 ● 爱情和激情·[英国]巴尔扎克

284 ● 关于爱情·[法国]帕斯卡

287 ● 我的爱·[法国]加缪

289 ● 爱情箴言录·[法国]拉罗什·福科

291 ● 爱情与幸福·[法国]普吕多姆

294 ● 湖畔相遇·[法国]普鲁斯特

297 ● 对你总有一种内疚感·[法国]波伏娃

301 ● 致燕妮（节选）·[德国]卡尔·马克思

303 ● 爱情的痛·[德国]叔本华

305 ● 恋爱的季节·[日本]山口洋子

307 ● 论爱·[黎巴嫩]纪伯伦

310 ● 论婚姻·[黎巴嫩]纪伯伦

312 ● 心灵的交融·[印度]泰戈尔

我的母亲 · [中国] 胡适

婴儿 · [中国] 徐志摩

怪母亲 · [中国] 柔石

母亲 · [中国] 石评梅

疲倦底母亲 · [中国] 许地山

万物之母 · [中国] 许地山

……

爱是一切的泉源

母爱正显示上一代对下一代的关系：也显示生命毕竟是
一条通路，生命的本质存在于传达生命的运动中。

——柏格森

我的母亲

□ ［中国］胡适

我小时候身体弱,不能跟着野蛮的孩子们一块儿玩。我母亲也不准我和他们乱跑乱跳。小时不曾养成活泼游戏习惯,无论在什么地方,我总是文绉绉地。所以家乡老辈都说我"像个先生样子",遂叫我做"穈先生"。这个绰号叫出去之后,人都知道三先生的小儿子叫做穈先生了。即有"先生"之名,我不能不装出点"先生"样子,更不能跟着顽童们"野"了。有一天,我在我家八字门口和一班孩子"掷铜钱",一位老辈走过,见了我,笑道:"穈先生也掷铜钱吗?"我听了羞愧的面红耳热,觉得太失了"先生"身份!

大人们鼓励我装先生样子,我也没有嬉戏的能力和习惯,又因为我确是喜欢看书,故我一生可算是不曾享过儿童游戏的生活。每年秋天,我的庶祖母同我到田里去"监割"(顶好的田,水旱无忧,收成最好,佃户每约田主来监割,打下谷子,两家平分),我总是坐在小树下看小说。十一二岁时,我稍活泼一点,居然和一群同学组织了一个戏剧班,做了一些木刀竹枪,借得了几副假胡须,就在村口田里做戏。我做的往往是诸葛亮、刘备一类的文角儿;只有一次我做史文恭,被花荣一箭从椅子上射倒下去,这算是我最活泼的玩艺儿了。

我在这九年（1895—1904）之中，只学得了读书写字两件事。在文字和思想的方面，不能不算是打了一点底子。但别的方面都没有发展的机会。有一次我们村"当朋"（八都凡五村，称为"五朋"，每年一村轮着做太子会，名为"当朋"）筹备太子会，有人提议要派我加入前村的昆腔队里学习吹笙或吹笛。族里长辈反对，说我年纪太小，不能跟着太子会走遍五朋。于是我便失掉了学习音乐的唯一机会。三十年来，我不曾拿过乐器，也全不懂音乐；究竟我有没有一点学音乐的天资，我至今不知道。至于学图画，更是不可能的事。我常常用竹纸蒙在小说书的石印绘像上，摹画书上的英雄美人。有一天，被先生看见了，挨了一顿大骂，抽屉里的图画都被搜出撕毁了。于是我又失掉了学做画家的机会。

但这九年的生活，除了读书看书之外，究竟给了我一点做人的训练。在这一点上，我的恩师便是我的慈母。

每天天刚亮时，我母亲便把我喊醒，叫我披衣坐起。我从不知道她醒来坐了多久了。她看我清醒了，便对我说昨天我做错了什么事，说错了什么话，要我认错，要我用功读书。有时候她对我说父亲的种种好处，她说："你总要踏上你老子的脚步。我一生只晓得这一个完全的人，你要学他，不要跌他的股。"（跌股便是丢脸，出丑。）她说到伤心处，往往掉下泪来。到天大明时，她才把我的衣服穿好，催我去上早学。学堂门上的锁匙放在先生家里；我先到学堂门口一望，便跑到先生家里去敲门。先生家里有人把锁匙从门缝里递出来，我拿了跑回去，开了门，坐下念生书。十天之中，总有八九天我是第一个去开学堂门的。等到先生来了，我背了生书，才回家吃早饭。

我母亲管束我最严，她是慈母兼任严父。但她从来不在别人面前骂我一句，打我一下，我做错了事，她只对我一望，我看见了她的严厉眼光，便吓住了。犯的事小，她等到第二天早晨我睡醒时才教训我。犯的事大，她等到晚上人静时，关了房门，先责备我，然后行罚，或罚跪，或拧我的肉。无论怎样重罚，总不许我哭出声音来，她教训儿子不是借此出气叫别人听的。

有一个初秋的傍晚，我吃了晚饭，在门口玩，身上只穿着一件单背心。这时候我母亲的妹子玉英姨母在我家住，她怕我冷了，拿了一件小衫出来叫我穿上。我不肯穿，她说："穿上吧，凉了。"我随口回答："娘（凉）什么！老子都不老子呀。"我刚说了这句话，一抬头，看见母亲从家里走出，我赶快把小衫穿上。但她已听见这句轻薄的话了。晚上人静后，她罚我跪下，重重的责罚了一顿。她说："你没了老子，是多么得意的事！好用来说嘴！"她气得坐着发抖，也不许我上床去睡。我跪着哭，用手擦眼泪，不知擦进了什么微菌，后来足足害了一年多的眼翳病。医来医去，总医不好。我母亲心里又悔又急，听说眼翳可以用舌头舔去，有一夜她把我叫醒，她真用舌头舔我的病眼。这是我的严师，我的慈母。

我母亲二十三岁做了寡妇，又是当家的后母。这种生活的痛苦，我的笨笔写不出一万分之一二。家中财政本不宽裕，全靠二哥在上海经营调度。大哥从小便是败子，吸鸦片烟，赌博，钱到手就光，光了便回家打主意，见了香炉便拿出去卖，捞着锡茶壶便拿出押。我母亲几次邀了本家长辈来，给他定下每月用费的数目。但他总不够用，到处都欠下烟债赌债。每年除夕我家中总有一大群讨债的，每人一盏灯笼，坐在大厅上不肯去。大哥早已避出去了。大厅的两排椅子上满满的都是灯笼和债主。我母亲走进走出，料理年夜饭、谢灶神、压岁钱等事，只当作不曾看见这一群人。到了近半夜，快要"封门"了，我母亲才走后门出去，央一位邻居本家到我家来，每一家债户开发一点钱。做好做歹的，这一群讨债的才一个一个提着灯笼走出去。一会儿，大哥敲门回来了。我母亲从不骂他一句。并且因为是新年，她脸上从不露出一点怒色。这样的过年，我过了六七次。

大嫂是个最无能而又最不懂事的人，二嫂是个很能干而气量很窄小的人。她们常常闹意见，只因为我母亲的和气榜样，她们还不曾有公然相骂相打的事。她们闹气时，只是不说话，不答话，把脸放下来，叫人难看；二嫂生气时，脸色变青，更是怕人。她们对我母亲闹气时，也是如此，我起初全不懂得这一套，后来也渐渐懂得看人的脸色了。我渐渐明白，世间最可厌恶的事莫如一张生气的脸；世间最下流的事莫如把生气的脸摆给旁人看，这比打骂还难受。

我母亲的气量大，性子好，又因为做了后母后婆，她更事事留心，事事格外容忍。大哥的女儿比我只小一岁，她的饮食衣服总是和我的一样。我和她有小争执，总是我吃亏，母亲总是责备我，要我事事让她。后来大嫂二嫂都生了儿子了，她们生气时便打骂孩子来出气，一面打，一面用尖刻有刺的话骂给别人听。我母亲只装做没听见。有时候，她实在忍不住了，便悄悄走出门去，或到左邻立大嫂家去坐一会，或走后门到后邻度嫂家去闲谈。她从不和两个嫂子吵一句嘴。

每个嫂子一生气，往往十天半个月不歇，天天走进走出，板着脸，咬着嘴，打骂小孩子出气。我母亲只忍耐着，忍到实在不可再忍的一天，她也有她的法子。这一天的天明时，她便不起床，轻轻的哭一场。她不骂一个人，只哭她的丈夫，哭她自己苦命，留不住她丈夫来照管她。她先哭时，声音很低，渐渐哭出声来。我醒了起来劝她，她不肯住。这时候，我总听得见前堂（二嫂住前堂东房）或后堂（大嫂住后堂西房）有一扇房门开了，一个嫂子走出房向厨房走去。不多一会，那位嫂子来敲我们的房门了。我开了房门，她走进来，捧着一碗热茶，送到我母亲床前，劝她止哭，请她喝口热茶。我母亲慢慢停住哭声，伸手接了茶碗。那位嫂子站着劝一会，才退出去。没有一句话提到什么人，也没有一个字提到这十天半个月来的气脸，然而各人心里明白，泡茶进来的嫂子总是那十天半个月来闹气的人。奇怪的很，这一哭之后，至少有一两个月的太平清静日子。

我母亲待人最仁慈，最温和，从来没有一句伤人感情的话；但她有时候也很有刚气，不受一点人格上的侮辱。我家五叔是个无正业的浪人，有一天在烟馆里发牢骚，说我母亲家中有事总请某人帮忙，大概总有什么好处给他。这句话传到了我母亲耳朵里，她气得大哭，请了几位本家来，把五叔喊来，她当面质问他，她给了某人什么好处。直到五叔当众认错赔罪，她才罢休。

我在我母亲的教训之下住了九年，受了她的极大极深的影响。我十四岁（其实只有十二岁零两三个月）便离开她了，在这广漠的人海里独自混了二十多年，没有一个人管束过我。如果我学得了一丝一毫的好脾气，如果我学得了一点点待人接物的和气，如果我能宽恕人，体谅人——我都得感谢我的慈母。

十九，十一，廿一夜

.·佳作点评 ||·_

胡适作为我国新文化运动的领袖之一，这篇作品让我们窥探到了他人生的另一面——成长背景和思想萌芽的根源。

文章从"记忆"入笔，通过对几件小事的"片段追忆"，引出对慈母的刻画。前面三个自然段，是"引子"，也是"铺垫"；第四自然段，用一个转折联句，承上启下，笔锋一转，勾出了本文的主旨，衔接自然。

作者善于取材，刻画母亲，也只用了几件具有代表性的事件来表现母亲对自己的影响。不拉杂，不啰嗦，详略处理得十分恰切，可谓"一滴水中见太阳"。

胡适对"母爱"的表达不是宣泄式，而是隐忍式的。平静和朴实的爱，最为深刻。这就好比朴素的文字，最能打动读者的心灵。

婴 儿

□ ［中国］徐志摩

我们要盼望一个伟大的事实出现，我们要守候一个馨香的婴儿出世：——你看他那母亲在她生产的床上受罪！

她那少妇的安详，柔和，端丽现在在剧烈的阵痛里变形成不可信的丑恶：你看她那遍体的筋络都在她薄嫩的皮肤底里暴涨着，可怕的青色与紫色，象受惊的水青蛇在田沟里急泅似的，汗珠站在她的前额上象一颗弹的黄豆。她的四肢与身体猛烈的抽搐着，畸屈着，奋挺着，纠旋着，仿佛她垫着的席子是用针尖编成的，仿佛她的帐围是用火焰织成的；

一个安详的，镇定的，端庄的，美丽的少妇，现在在绞痛的惨酷里变形成魔鬼似的可怖：她的眼，一时紧紧的阖着，一时巨大的睁着，她那眼，原来象冬夜池潭里反映着的明星，现在吐露着青黄色的凶焰，眼珠象是烧红的炭火，映射出她灵魂最后的奋斗，她的原来朱红色的口唇，现在象是炉底的冷灰，她的口颤着，撅着，扭着，死神的热烈的亲吻不容许她一息的平安，她的发是散披着，横在口边，漫在胸前，象揪乱的麻丝，她的手指间紧抓着几穗拧下来的乱发；

这母亲在她生产的床上受罪：——

但她还不曾绝望，她的生命挣扎着血与肉与骨与肢体的纤微，在危崖的边沿上，抵抗着，搏斗着，死神的逼迫；

她还不曾放手，因为她知道（她的灵魂知道！）

这苦痛不是无因的，因为她知道她的胎宫里孕育着一点比她自己更伟大的生命的种子，包涵着一个比一切更永久的婴儿；

因为她知道这苦痛是婴儿要求出世的征候，是种子在泥土里爆裂成美丽的生命的消息，是她完成她自己生命的使命的时机；

因为她知道这忍耐是有结果的，在她剧痛的昏瞀中她仿佛听着上帝准许人间祈祷的声音，她仿佛听着天使们赞美未来的光明的声音；

因此她忍耐着，抵抗着，奋斗着……她抵拼绷断她统体的纤微，她要赎出在她那胎宫里动荡着的生命，在她一个完全、美丽的婴儿出世的盼望中，最锐利，最沉酣的痛感逼成了最锐利最沉酣的快感……

﹏佳作点评﹏

徐志摩是现代著名的诗人、散文家，其作品诗意充沛，情感饱满，充满了奔放的热情。

这篇短文，表现的主题依然是"母爱"。但与其他表现"母爱"文章不同的是，作者刻画的是婴儿临产之前母亲的"痛苦"和"磨难"。

对任何一个女性来说，生育都是痛苦的，但母亲忍受着这种痛苦，因为她在受罪中怀揣着美好的希望，她在剧痛中期盼着天使的降临。

文字凄美，意境幽深，氛围浓郁，整篇文字充满象征意味。"母亲"在这里的寓意是双重的，既指婴儿的母亲，也指社会的母亲——祖国。

母亲所承受的磨难，也是祖国所承受的磨难。

从这层意义上说，诗人的情怀是博大的，他通过短短的文字，写出了时代的绝望和希望。

最深刻的"痛"，即是最深刻的"爱"。

怪母亲

□〔中国〕柔石

六十年的风吹，六十年的雨打，她底头发白了，她底脸孔皱了。

她——我们这位老母亲，辛勤艰苦了六十年，谁说不应该给她做一次热闹的寿日。四个儿子孝敬她，在半月以前。

现在，这究竟为什么呢？她病了，唉，她自己寻出病了。一天不吃饭，两天不吃饭，第三天稀稀地吃半碗粥。懒懒地睡在床上，濡濡地流出泪来，她要慢慢地饿死她自己了。

四个儿子急忙地，四个媳妇惊愕地，可是各人低着头，垂着手，走进房内，又走出房外。医生来了，一个，两个，三个，都是按着脉搏，问过症候，异口同声这么说："没有病，没有病。"

可是老母亲一天一天地更瘦了——一天一天地少吃东西，一天一天地悲伤起来。

大儿子流泪的站在她床前，简直对断气的人一般说："妈妈，你为什么呢？我对你有错处吗？我妻对你有错处么？你打我几下罢！你骂她一顿罢！妈妈，你为什么要饿着不吃饭，病倒你自己呢？"

老母亲摇摇头，低声说："儿呀，不是，你俩是我满意的一对。可是我自己不愿活了，活到无可如何处，儿呀，我只有希望死了！"

"那么，"儿说，"你不吃东西，叫我们怎样安心呢？"

"是，我已吃过多年了。"

大儿子没有别的话，仍悲哀地走出房门，忙着去请医生。

可是老母亲底病一天一天地厉害了，已经不能起床了。

第二个儿子哭泣地站在她床前，求她底宽恕，说道："妈妈，你这样，我们底罪孽深重了！你养了我们四兄弟，我们都被养大了。现在，你要饿死你自己，不是我和妻等对你不好，你会这样么？但你送我到监狱去罢！送我妻回娘家去罢！你仍吃饭，减轻我们的罪孽！"

老母亲无力地摇摇头，眼也无光地眨一眨，表示不以为然，说："不是，不是，儿呀，我有你俩，我是可以瞑目了！病是我自己找到的，我不愿吃东西！我只有等待死了！"

"那么，"儿说，"你为什么不愿吃东西呢？告诉我们这理由罢。"

"是，但我不能告诉的，因为我老了！"

第二个儿子没有别的话，揩着眼泪走出门，仍忙着去请医生。

可是老母亲的病已经气息奄奄了。

第三个儿子跪在她床前，几乎咽不成声地说："妈妈，告诉我们这理由罢！使我们忏悔罢！连弟弟也结了婚，正是你老该享福的时候。你劳苦了六十年，不该再享受四十年的快乐么？你百岁归天，我们是愿意的，现在，你要饿死你自己，叫我们怎么忍受呢？妈妈，告诉我们这理由，使我们忏悔罢！"

老母亲微微地摇一摇头，极轻地说："不是，儿呀，我是要找你们的爸爸去的。"

于是第三个儿子荷荷大哭了。

"儿呀，你为什么哭呢？"

"我也想到死了几十年的爸爸了。"

爱是一切的泉源

"你为什么想他呢？"

儿哀咽着说："爸爸活了几十年，是毫无办法地离我们去了！留一个妈妈给我们，又苦得几十年，现在偏要这样，所以我哭了！"

老母亲伸出她枯枝似的手，摸一摸她三儿的头发，苦笑说："你无用哭，我还不会就死的。"

第三个儿子呆着没有别的话；一时，又走出门，忙着去请医生，可是医生个个推辞说："没有病；就病也不能医了。这是你们的奇怪母亲，我们的药无用的。"

四个儿子没有办法，大家团坐着愁起来，好象筹备殇事一样。于是第四个儿子慢慢走到她床前，许久许久，向他垂死的老母叫："妈妈！"

"什么？"她似乎这样问。

"也带我去见爸爸罢！"

"为什么？"她稍稍吃惊的样子。

"我活了十九岁，还没有见过爸爸呢！"

"可是你已有妻了！"她声音极低微地说。

"妻能使妈妈回复健康么？我不要妻了。"

"你错误，不要说这呆话罢。"她摇头不清楚地说。

"那妈妈究竟为什么？妈妈要自己饿死去找爸爸呢？"

"没有办法。"她微微叹息了一声。

第四个儿子发呆了，一时，又叫："妈妈！"

"什么？"她又似这样问。

"没有一点办法了么？假如爸爸知道，他也愿你这样饿死去找他么？"

老母亲沉思了一下，轻轻说："方法是有的。"

"有方法？"

第四个儿子大惊了。简直似跳地跑出房外，一齐叫了他的三个哥哥来。在他三个哥哥的后面还跟着他的三位嫂嫂和他妻，个个手脚失措一般。

"妈妈，快说罢，你要我们怎样才肯吃饭呢？"

"你们肯做么？"她苦笑着轻轻地问。

"无论怎样都肯做，卖了身子都愿意！"个个勇敢地答。

老母亲又沉想了一息，眼向他们八人望了一圈，他们围绕在她面前。她说："还让我这样死去罢！让我死去去找你们底爸爸罢！"

一边，她两眶涸池似的眼，充上泪了。

儿媳们一齐哀泣起来。

第四个儿子逼近她母亲问道："妈妈没有对我说还有方法么？"

"实在有的，儿呀。"

"那么，妈妈说罢！"

"让我死在你们四人底手里好些。"

"不能说的吗？妈妈，你忘记我们是你底儿子了！你竟一点也不爱我们，使我们底终身，带着你临死未说出来的镣链么？"

老母亲闭着眼又沉思了一忽，说："那先给我喝一口水罢。"

四位媳妇急忙用炉边的参汤，提在她底口边。

"你们记着罢，"老母亲说了，"孤独是人生最悲哀的！你年少时，我虽早死了你们的爸爸，可是仍留着你们，我扶养，我教导，我是不感到寂寞的。以后，你们一个娶妻了，又一个娶妻了；到四儿结婚的时候，我虽表面快乐——去年的非常的快乐，而我心，谁知道难受到怎样呢？娶进了一位媳妇，就夺去了我的一个亲吻；我想到你们都有了妻以后的自己底孤独，寂寞将使我如何度日呀！而你们终究都成对了，一对一对在我眼前；你们也无用讳言，有了妻以后的人的笑声，对母亲是假的，对妻是真的。因此，我勉强的做过了六十岁的生辰，光耀过自己的脸孔，我决计自求永诀了！此后的活是累赘的，剩余的，也无聊的，你们知道。"

四个儿子与四位媳妇默然了，个个低下头，屏着呼吸，没有声响。老母亲接着说："现在，你们想救我么？方法就在这里了。"

各人的眼都关照着各人自己的妻或夫，似要看他或她说出什么话。19岁的第四个儿子正要喊出，"那让我妻回娘家去罢！"而老母亲却先开口了："呆子们，听罢，你们快给我去找一个丈夫来，我要转嫁了！你们既如此爱你们的妈妈，那照我这一条方法救我罢，我要转嫁了。"稍稍停一忽，"假如你们认为不可，那就让我去找你们已死的父亲去罢！没有别的话了，——"

60年的风吹，60年的雨打；她的头发白了，她的脸孔皱了！

1929年7月14日夜

文章的"角度"选得很好，以"四个儿子"的视觉，来抒发临终母亲对生命的依恋之情。字里行间充满辛酸和无奈，内疚和疼痛，鞭挞了封建礼教对人性的扼杀。

整篇文章都把视觉控制在一个"场景"内，即母亲临终时的病床前，笔力非常集中。就像打井一样，找准一个点，深入地往下挖，掘得越深，泉水越清冽。

文章的另一个特点，即"对话"。以"对话"的形式，来反映人物的内心世界，形象而生动，细腻而深情。

舐犊情深，跃然纸上。

"怪母亲"，实则是"爱母亲"；母亲，你说得为什么这么迟这么艰难呢？

中国书籍文学馆·精品赏析　温情蜜意

014

母 亲

□ ［中国］石评梅

母亲！这是我离开你，第五次度中秋，在这异乡——在这愁人的异乡。

我不忍告诉你，我凄酸独立在枯池旁的心境，我更不忍问你团圆宴上偷咽清泪的情况。

我深深地知道：系念着漂泊天涯的我，只有母亲；然而同时感到凄楚黯然，对月挥泪，梦魂犹唤母亲的，也只有你的女儿！

节前许久未接到你的信，我知道你并未忘记中秋；你不写的缘故，我知道了，只为规避你心幕底的悲哀。月儿的清光，揭露了的，是我们枕上的泪痕；她不能揭露的，确是我们一丝一缕的离恨！

我本不应将这凄楚的秋心寄给母亲，重伤母亲的心；但是与其这颗心，悬在秋风吹黄的柳梢，沉在败荷残茎的湖心，最好还是寄给母亲。假使我不愿留这墨痕，在归梦的枕上，我将轻轻地读给母亲。假使我怕别人听到，我将折柳枝，蘸湖水，写给月儿，请月儿在母亲的眼里映出这一片秋心。

挹清嫂很早告诉我，她说：

"妈妈这些时为了你不在家怕谈中秋，然而你的顽皮小侄女昆林，偏是天天牵着妈妈的衣角，盼到中秋。我正在愁着，当家宴团圆时，我如何安慰妈妈？更怎能安慰千里外凝眸故乡的妹妹？我望着月儿一度一度圆，然而我们的家宴从未曾一次团圆。"

自从读了这封信，我心里就隐隐地种下恐怖，我怕到月圆，和母亲一样了。但是她已慢慢地来临，纵然我不愿撕月份牌，然而月儿已一天一天圆了！

十四的下午，我拿着一个月的薪水，由会计室出来，走到我办公处时，我的泪已滴在那一卷钞票上。母亲！不是为了我整天的工作，工资微少；不是为了债主多，我的钱对付不了；不是为了发的迟，不能买点异乡月饼，献给母亲尝尝，博你一声欢笑。只因：为了这一卷钞票我才流落在北京，不能在故乡，在母亲的膝下，大嚼母亲赐给的果品。然而，我不是为了钱离开母亲，我更不是为了钱弃故乡。

你不是曾这样说吗，母亲：

"你是我的女儿，同时你也是上帝的女儿，为了上帝你应该去爱别人，去帮助别人。去吧！潜心探求你所不知道的，勤恳工作你所能尽力的。去吧！离开我，然而你却在上帝的怀里。"

因之，我离开你漂泊到这里。我整天的工作，当夜晚休息时，揭开帐门，看见你慈爱的像片时，我跪在地下，低低告诉你：

"妈妈！我一天又完了。然而我只有忏悔和惭愧！我莫有拣得什么，同时我也未曾给人什么！"

有时我胜利的微笑，有时我痛恨的大哭，但是我仍这样工作，这样每天告诉你。

这卷钞票我如今非常爱惜，她曾滴满了我的思亲泪！但是我想到母亲的叮咛时，我很不安，我无颜望着这重大的报酬。

因此，我更想着母亲——我更对不起遥远的山城里，常默祝我尽职的母亲！

十五那天早晨很早就醒了，然而我总不愿起来；母亲，你能猜到我为了什么吗？

林家弟妹，都在院里唱月儿圆，在他们欢呼高吭的歌声里，激荡起我潜伏已久的心波，揭现了心幕底沉默的悲哀。我悄悄地咽着泪，揭开帐门走下床来；打开我的头发，我一丝一丝理着，像整理烦乱一团的心丝。母亲！我故意慢慢地迟延，两点钟过去了，我成功了的是很松乱的鬈。

小弟弟走进来，给我看他的新衣裳，女仆走进来望着我拜节，我都付之一笑。这笑里映出我小时候的情形，映出我们家里今天的情形；母亲！你们春风沉醉的团圆宴上，怎堪想想寄人篱下的游子！

我想写信，不能执笔；我想看书，不辨字迹；我想织手工，我想抄心经；但是都不能。我后来想拿下墙上的洞萧，把我这不宁的心绪吹出；不过既非深宵，又非月夜，哪是吹萧的时节！后来我想最好是翻书箱，一件一件拿出，一本一本放回，这样挨过了半天，到了吃午餐的时候。

不晓的怎样，在这里住了一年的旅客，今天特别局促起来，举著时，我的心颤跳得更厉害；不知是否，母亲你正在念着我？一杯红滟滟的葡萄酒，放在我面前，我不能饮下去，我想家里的团圆宴上少了我，这里的团圆宴上却多了我。虽然人生旅途，到处是家，不过为了你，我才缱恋着故乡；母怀是我永久倚凭的柱梁，也是我破碎灵魂，最终归宿的坟墓。

母亲！你原谅我吧！当我情感流露时，允许我说几句我心里要说的话，你不要迷信不吉祥而阻止，或者责怪我。

我吃饭时候，眼角边看见炉香绕成个 A 字，我忽然想到你跪在观音面前烧香的样子，你唯一祷告的一定是我在外边"身体康健，一切平安"！母亲！我已看见你龙钟的身体、慈笑的面孔；这时候我连饭带泪一块儿咽下去。干咳了一声，他们都用怜悯的目光望我，我不由地低下头，觉着脸有点烧了。

母亲！这是我很少见的羞涩。

林家妹妹，和昆林一样大；她叫我"大姊姊"；今天吃饭时，我屡次偷看她，不晓得为什么因为她，我又想起围绕你膝下，安慰欢愉你的侄女。惭愧！你枉有偌大的女儿；母亲！

你枉有偌大的女儿！

吃完饭，晶清打电话约我去万牲园。这是我第一次去看她们创造成功的学校：地址虽不大，然而结构确很别致，虽不能及石驸马大街富丽的红楼，但似乎仍不失小家碧玉的居处。

因此，我深深地感到了她们缔造艰难的苦衷了！

清很凄清，因她本有几分愁，如今又带了几分孝，在一棵垂柳下，转出来低低唤了一声"波微"时，我不禁笑了，笑她是这般娇小！

我们聚集了八个人，八个人都是和我一样离开了母亲，和我一样在万里外漂泊，和我一样压着凄哀，强作欢笑地度这中秋节。

母亲！她们家里的母亲，也和你想我一样想着她们；她们也正如我般绻怀着母亲。

我们漂零的游子能凑合着在天涯一角勉为欢笑，然而你们做母亲的，连凑合团聚，谈谈你们心思的机会都莫有。

因之，我想着母亲们的悲哀一定比女孩儿们的深沉！

我们缘着倾斜乱石，摇摇欲坠的城墙走，枯干一片，不见一株垂柳绿萌。砖缝里偶而有几朵小紫花，也莫有西山上的那样令人注目；我想着这世界已是被人摒弃了的。

一路走着，她们在前边，我和清留在后边。我们谈了许多去年今日，去年此时的情景；并不曾令我怎样悲悼，我只低低念着：

惊节序，

叹沉浮，

秾华如梦水东流；

人间所事堪惆怅，

莫向横塘问旧游。

走到西直门，我们才雇好车。这条路前几月我曾走过，如今令我最惆怅的，便是找不到那一片翠绿的稻田，和那吹人醺醉的惠风；只感到一阵阵冷清。

进了门，清低低叹了口气，我问"为什么事你叹息？"她莫有答应我。多少不相识的游人从我身旁过去，我想着天涯漂泊者的滋味，沉默地站在桥头。这时，清握着我手说：

"想什么？我已由万里外归来。"

母亲！你当为了她伤心，可怜她无父无母的孤儿，单身独影漂泊在这北京城；如今歧路徘徊，她应该向那处去呢？纵然她已从万里外归来，我固然好友相逢，感到快愉，但是她呢？她只有对着黄昏晚霞，低低唤她死了的母亲；只有望着皎月繁星洒几点悲悼父亲的酸泪！

猴子为了食欲，做出种种媚人的把戏，栏外的人也用了极少的诱惑，逗着她的动作；而且在每人的脸上，都轻泛着一层胜利的微笑，似乎表示他们是聪明的人类。

我和清都感到茫然，到底怎样是生存竞争的工具呢？当我们笑着小猴子的时候，我觉着似乎猴子也正在窃笑着我们。

她们许多人都回头望着我们微笑，我不知道为了什么！琼妹忍不住了。她说：

"你看梅花小鹿！"

我笑了，她们也笑了；清很注意的看着栏里。琼妹过去推她说：

"最好你进去陪着她，直到月圆时候"。

母亲！梅花小鹿的故事，是今夏我坐在葡萄架下告诉过你的；当你想到时，一定要拿起你案上那只泥做的梅花小鹿，看着她是否依然无恙；母亲！这是我永远留着它伴着你的。

经过了眠鸥桥，一池清水里，漂浮着几个白鹅；我望着碧清的池水，感到四周围的寂静。我的心轻轻地跳了，在这样死静的小湖畔，我的心不知为什么反而这样激荡着？我寻着人们遗失了的，在我偶然来临的路上；然而确丢失了我自己竟守着的，在这偶然走过的道上。

在这小桥上，我凝望着两岸无穷的垂柳。垂柳！你应该认识我，在万千来往的游人里，只有我是曾经用心的眼注视着你，这一片秋心，曾在你的绿荫深处停留过。

天气渐渐黯淡了，阳光慢慢叫云幕罩了；我们踏着落叶，信步走向不知道的一片野地里去。过了福香桥，我们在一个小湖边的山石上坐着，清告诉我她在这里的一段故事。

四个月前清、琼、逸来到这里。过了福香桥有一个小亭，似乎是从未叫人发现过的桃源。那时正是花开得十分鲜艳的时候，逸和琼折下柳条和鲜花，给她编了一顶花冠，逸轻轻地加在她的头上。晚霞笑了，这消息已由风儿送遍园林，许多花草树林都垂头朝贺她！

她们恋恋着不肯走，然而这顶花冠又不能带出园去，只好仍请逸把它悬在柳丝上。

归来的那晚上就接到翠湖的凶耗！清走了的第二个礼拜，琼和逸又来到这里，那顶花冠依然悬在柳丝上，不过残花败柳，已憔悴得不忍再睹。这时她们猛觉得一种凄凉紧压着，不禁对着这枯萎的花冠痛哭！不愿她再受风雨的摧残，拿下来把它埋在那个小亭畔；虽然这样，但是她却造成一段绮艳的故事。

我要虔诚地谢谢上帝，清能由万里外载着那深重的愁苦归来，更能来到这里重凭吊四月前的遗迹。在这中秋，我们能团集着；此时此景，纵然凄惨也可自豪自慰！

母亲！我不愿追想如烟如梦的过去，我更不愿希望那荒渺未卜的将来，我只尽兴尽情地快乐，让幻空的繁华都在我笑容上消灭。

母亲！我不敢欺骗你，如今我的生活确乎大大改变了，我不诅咒人生，我不悲欢人生，我只让属于我的一切事境都像闪电，都像流星。我时时刻刻这样盼着！当箭放在弦上时，我已想到我的前途了。

我们由动物园走到植物园，经过许多残茎枯荷的池塘，荒芜落叶的小径；这似我心湖一样的澄静死寂，这似我心湖边岸一样的枯萎荒凉。我望着那一池枯塘，向韵姊说：

"你看那是我的心湖！"

她不能回答我，然而她却说：

"我应该向你说什么？"

我深深地了解她的心，她的心是这般凄冷。不过在这样旧境重逢时，她能不为了过去的春光惆怅吗？母亲！她是那年你曾鉴赏过她的大笔的；然而，她如椽的大笔，未必能写尽她心中的惆怅，因为她的愁恨是那样深沉难测呵！

天气阴沉地令人感着不快，每个人都低了头幻想着自己心境中的梦乡；偶然有几句极勉强的应酬话，然而不久也在沉寂的空气中消失了。

清似乎想起什么一样，站起身来领着我就走，她说："我领你到个地方去看看。"

这条道上，莫有逢到一个人。缘道的铁线上都晒着些枯干的荷叶，我低着头走了几十步，猛抬头看见巍峨高耸的四座塔形的墓。荒丛中走不过去，未能进去细看；我回头望望四周的环境，我觉着不如陶然亭寥阔而且凄静，萧森而且清爽。陶然亭的月亮，陶然亭的晚霞，陶然亭的池塘芦花，都是特别为坟墓布置的美景，在这个地方埋葬几个烈士或英雄，确是很适宜的地方。

母亲！在陶然亭芦苇池塘畔，我曾照了一张独立苍茫的小像；当你看见它时，或许因为我爱的地方，你也爱它；我常常这样希望着。

我们见了颓废倾圮，荒榛没胫的四烈士墓，真觉为了我们的先烈难过。万牲园并不是荒野废墟，实不当忍使我们的英雄遗骨，受这般冷森和凄凉！就是不为了纪念先贤，也应该注意怎样点缀风景！我知道了，这或许便是中国内政的缩影吧！

隔岸有鲜红的山果，夹着鲜红的枫树，望去像一片彩霞。我和清拂着柳丝慢慢走到印月桥畔；这里有一块石头，石头下是一池碧清的流水；这块石头上，还刊着几行小诗，是清四月间来此假寐过的。她是这样处处留痕迹，我呢，我愿我的痕迹，永远留在我心上，默默地留在我心上。

我走到枫树面前，树上树下，红叶铺集着。远望去像一条红毡。我想拣一片留个纪念，但是我莫有那样勇气，未曾接触它前，我已感到凄楚了。母亲！我想到西湖紫云洞口的枫叶，我想到西山碧云寺里的枫叶；我伤心，那一片片绯红的叶子，都给我一样的悲哀。

月儿今夜被厚云遮着，出来时或许要到夜半，冷森凄寒这里不能久留了；园内的游人都已归去，徘徊在暮云暗淡的道上的只有我们。

远远望见西直门的城楼时，我想当城楼里明灯辉煌，欢笑歌唱的时候，城外荒野尚有我们无家的燕子，在暮云底飞去飞来。母亲！你听到时，也为我们漂泊的游儿伤心吗？不过，怎堪再想，再想想可怜穷苦的同胞，除了悬梁投河，用死去解决一切生活逼迫的问题外，他们当求如我们这般小姐们的呻吟而不可得。

这样佳节，给富贵人作了点缀消遣时，贫寒人确作了勒索生命的符咒。

七点钟回到学校，琼和清去买红玫瑰，芝和韵在那里料理果饼；我和侠坐在床沿上谈话。她是我们最佩服的女英雄，她曾游遍江南山水，她曾经过多少困苦；尤其令人心折的是她那娇嫩的玉腕，能飞剑取马上的头颅！我望着她那英姿潇洒的丰神，听她由上古谈到现今，由欧洲谈到亚洲。

八时半，我们已团团坐在这天涯地角，东西南北凑合成的盛宴上。月儿被云遮着，一层一层刚褪去，又飞来一块一块的絮云遮上；我想执杯对月儿痛饮，但不能践愿，我只陪她们浅浅地饮了个酒底。

我只愿今年今夜的明月照临我，我不希望明年今夜的明月照临我！假使今年此日月都不肯窥我，又哪能知明年此日我能望月？在这模糊阴暗的夜里，凄凉肃静的夜里，我已看见了此后的影事。母亲！逃躲的，自然努力去逃躲，逃躲不了的，也只好静待来临。我想到这里，我忽然兴奋起来，我要快乐，我要及时行乐；就是这几个人的团宴，明年此夜知道还有谁在？是否烟消灰尽？是否风流云散？

母亲！这并不是不祥的谶语，我觉着过去的凄楚，早已这样告诉我。

虽然陈列满了珍撰，然而都是含着眼泪吃饭；在轻笼虹彩的两腮上，隐隐现出两道泪痕。月儿朦胧着，在这凄楚的筵上，不知是月儿愁，还是我们愁？

杯盘狼藉的宴上，已哭了不少的人；琼妹未终席便跑到床上哭了，母亲！这般小女孩，除了母亲的抚慰外，谁能解劝她们？琼和秀都伏在床上痛哭！这谜揭穿后谁都是很默然地站在床前，清的两行清泪，已悄悄地滴满襟头！她怕我难过，跑到院里去了。我跟她出来时，忽然想到亡友，他在凄凉的坟墓里，可知道人间今宵是月圆。

夜阑人静时，一轮皎月姗姗地出来；我想着应该回到我的寓所去了。到门口已是深夜，悄悄的一轮明月照着我归来。

月儿照了窗纱，照了我的头发，照了我的雪帐；这里一切连我的灵魂，整个都浸在皎清如水的月光里。我心里像怒涛涌来似的凄酸，扑到床缘，双膝跪在地下，我悄悄地哭了，在你的慈容前。

中秋月圆之际，是怀人的节气。作者身处异乡，更难耐内心对亲人的思念。

本文与其说是一篇散文，毋宁说是一封写给母亲的长信。把文章当做信来写，故多了一种真情，少了一份做作。那是亲人之间的谈心。

作者借这封"信"，既是在表达对母亲的思念，也是在向母亲汇报自己的生活和思想。

诗意的文字，增加了文本的审美品质和意境空间。无论写景，还是抒情，都张弛有度。娓娓的诉说，貌似不动声色，情感却像奔腾不息的地下之水，暗流汹涌。

作文贵"真"，唯其真诚，所以动人。

疲倦底母亲

□ ［中国］许地山

那边一个孩子靠近车窗坐着，远水，近水，一幅一幅，次第嵌入窗户，射到他底眼中。他手画着，口中还咿咿哑哑地，唱些没字曲。

在他身边坐着一个中年妇人，支着头磕睡。孩子转过脸来，摇了她几下，说："妈妈，你看看，外面那座山很像我家门前底呢。"

母亲举起头来，把眼略睁一睁；没有出声，又支着颐睡去。

过一会，孩子又摇她，说："妈妈，不要睡罢，看睡出病来了。你且睁一睁眼看看外面八哥和牛打架呢。"

母亲把眼略略睁开，轻轻打了孩子一下；没有做声，又支着头睡去。

孩子鼓着腮，很不高兴。但过一会，他又唱起来了。

"妈妈，听我唱歌罢。"孩子对着她说了，又摇她几下。

母亲带着不喜欢的样子说："你闹什么？我都见过，都听过，都知道了；你不知道我很疲乏，不容我歇一下么？"

孩子说："我们是一起出来底，怎么我还顶精神，你就疲乏起来？难道大人不如孩子么？"

车还在深林平畴之间穿行着。车中底人，除那孩子和一二个旅客以外，少有不像他母亲那么鼾睡底。

文字风格颇显另类。在短短的文字所营造的画面中，母亲的"慵倦"和孩子的"天真"形成鲜明对比。成人的麻木和孩子的纯真似乎是永难相容的"矛"和"盾"。

作者在文中所要讴歌的，是类似于孩子的那种"清明之气"和"纯洁之范"。

文章采用对比手法，截取生活中的一朵浪花，来观照生活，反思人性，可谓以小见大。

文不在长而在精。

万物之母 ▌▍▁▁ ▁▁ ▁

在这经过离乱底村里，荒屋破篱之间，每日只有几缕零零落落的炊烟冒上来，那人口底稀少可想而知。你一进到无论哪个村里，最喜欢遇见底，是不是村童在阡陌间或园圃中跳来跳去；或走在你前头，或随着你步后模仿你底行动？村里若没有孩子们，就不成村落了。在这经过离乱底村里，不但没有孩子，而且有〔人〕向你要求孩子的！

这里住着一个不满三十岁底寡妇，一见人来，便要求，说："善心善行的人，求你对那位总爷说，把我底儿子给回。那穿虎纹衣服、戴虎儿帽底便是我底儿子。"

她底儿子被乱兵杀死已经多年了。她从不会忘记：总爷把无情的剑拔出来底时候，那穿虎纹衣服底可怜儿还用双手招着，要她搂抱。她要跑去接底时候，她底精神已和黄昏底霞光一同麻痹而熟睡了。唉，最惨的事岂不是人把寡妇怀里底独生子夺过去，且在她面前害死吗？要她在醒后把这事完全藏在她记忆底多宝箱里，可以说，比剖芥子来藏须弥还难。

她底屋里排列了许多零碎的东西；当时她儿子玩过的小团也在其中。在黄昏时候，她每把各样东西抱在怀里说："我底儿，母亲岂有不救你，不保护你底？你现在在我怀里咧。不要作声，看一会人来又把你夺去。"可是一过了黄昏，她就立刻醒悟过来，知道那所抱底不是她底儿子。

那天，她又出来找她底"命"。月底光明蒙着她，使她在不知不觉间进入村后底山里。那座山，就是白天也少有人敢进去，何况在盛夏底夜间，杂草把樵人底小径封得那么严！她一点也不害怕，攀着小树，缘着茑萝，慢慢地上去。

她坐在一块大石上歇息，无意中给她听见了一两声底儿啼。她不及判别，便说："我底儿，你藏在这里么？我来了，不要哭啦。"

她从大石下来，随着声音底来处，爬入石下一个洞里。但是里面一点东西也没有。她很疲乏，不能再爬出来，就在洞里睡了一夜。

第二天早晨，她醒时，心神还是非常恍惚。她坐在石上；耳边还留着昨晚上底儿啼声。这当然更要动她底心，所以那方从霭云被里钻出来的朝阳无力把她脸上和鼻端底珠露晒干了。她在瞻顾中，才看出对面山岩上坐着一个穿虎纹衣服底孩子。可是她看错了！那边坐着底，是一只虎子；它底声音从那边送来很像儿啼。她立即离开所坐底地方，不管当中所隔底谷有多么深，尽管攀缘着，向那边去。不幸早露未干，所依附底都很湿滑，一失手，就把她溜到谷底。

她昏了许久才醒回来。小伤总免不了，却还能够走动。她爬着，看见身边暴露了一副小骷髅。

"我底儿，你方才不是还在山上哭着么？怎么你母亲来得迟一点，你就变成这样？"她把骷髅抱住，说："呀，我底苦命儿，我怎能把你医治呢？"悲苦尽管悲苦，然而，自她丢了孩子以后，不能不算这是她第一次底安慰。

从早晨直到黄昏，她就坐在那里，不但不觉得饿，连水也没喝过。零星几点，已悬在天空，那天就在她底安慰中过去了。

她忽想起幼年时代，人家告诉她底神话，就立起来说："我底儿，我抱你上山顶，先为你摘两颗星星下来，嵌入你底眼眶，教你看得见；然后给你找香象底皮肉来补你底身体。可是你不要再哭，恐怕给人听见，又把你夺过去。"

"敬姑，敬姑。"找她底人们在满山中这样叫了好几声，也没有一点回响。

"也许她被那只老虎吃了，"

"不，不对。前晚那只老虎是跑下来扑云哥圈里底牛犊被打死底。如果那东西把敬姑吃了，决不再下山来赴死。我们再进深一点找罢。"

唉，他们底工夫白费了！纵然找着她，若是她还没有把星星抓在手里，她心里怎能平安，怎肯随着他们回来？

ⅷ佳作点评 ⅷ

文章所写的是一个乡村寡妇。作者的笔墨重在对其凄苦生活的渲染和悲苦内心世界的刻画，字里行间充满了对"寡妇"的莫大同情和怜悯。

这个痛失儿子的妇人，在荒郊野外孤苦无助地呼唤她的儿子，其情感人。可那些杀死她儿子的乱兵在哪里呢？他们是否能听见这个妇人的苦苦呼喊？作者并未作此追问。但我们分明能在文中读出对造成妇人悲剧生活的乱兵的"控诉"。这叫"避重就轻"。

文字描写准确、细腻，象征意味浓郁。

冰心说：有爱就有了一切。为文的根底，全在于爱。故作文的技巧倒在其次，首要的是"情怀"。

母　爱

□［中国］戴望舒

　　他的病魔正在那里和死神交战，他的病正是在最危险的地步。他的面庞瘦得全不像个人，一双颧骨凸出得很高，两只眼睛陷进得很深，嘴唇上连一丝血色都没有，可是，面上的燥火却红得厉害。他已昏昏沉沉的三天没有进食，不但是没有进食就是滴水都没有入口。在他病榻面前围满了五六个医生，有的摇头微叹，有的望着他发怔，他们已把各人平生的技术都用出来，可是总想不出怎样可战胜死神。他们都是焦思着，屋子里静得连呼吸声都觉得很大。窗外药炉上的水沸声又兀是闹个不休，越显得他的病症的危险可怕。他的母亲尤是焦急万分，噙着一包热泪，不住地望着伊爱子，轻轻地走到病榻前俯身下去瞧，伊可怜伊自己原也有病在身，可是伊为了伊爱子的病，竟把自己的病都忘了。伊已三夜不曾合眼过。眼皮肿得很高，也不知是睡肿的，还是伤心肿的。伊只有他一个爱子，伊的丈夫已在十年前故世了，只遗下这一块肉。伊守寡十年，靠着十个指头赚了钱来养他，备尝了世上的艰苦，才把他养大成人，坑然使他能在社会上做点事，自食其力了。伊是极爱他的，伊的心中只有他一个爱子，所以除了伊爱子，随便什么都可牺牲。可怜伊为了他竟积劳成了个不易医治的病。但是，伊仍是照样的做事，希望他成家立业。不料他忽然病了，病症又十分危险。伊百般的服侍看护。可是他的病竟一天重一天。伊也曾天天的求神拜佛祝他病好，伊也曾典当衣衫为他求医。伊一天到晚的望他好起来。伊竟对天立誓说，宁愿自己死了代伊的爱子受过。

他的病在最危险时，朦胧中只听得见耳际有颤动的呼吸声，又觉得头顶上有双手在那里抚摩他的头发，又觉得有人和他接了个吻，轻轻地拍拍他的身子。突然，有一滴水滴到他脸上，他微微地张开眼睛看了看，只见枕头边有个人伏着，也看不见是谁。他慢慢的伸手过去，却摸着枕头上湿了，倒有一大摊水。他觉得眼前一黑，又是昏沉沉的睡去了。

他的病总算赖天的保佑，竟战胜了死神了。他母亲知道他的病已不危险了，也安了一大半心。但是伊总还是担忧，伊急望他痊愈。伊仍是不懈地看护他，不几时他的病竟消失得无影无踪了。不过他的病魔却加到他的母亲的身上了。他母亲本来已是有病之身，再加上伊爱子的一场大病，又是担心，又是积劳，所以等伊爱子病好了不久，伊又接连的病起来。伊的病状尤是凶险万分，一天到晚竟没有一刻儿睡得着，终日的哼呼喊叫，实是危险极了。但是，伊对伊爱子却说："我的病是不妨事的，过一两天自然就好了。你病才好，不可过劳，我的病不用得你来照顾，我自己能服侍自己，不用你担心的。依我看来，医生也不必去接，这点点小病痛也值得花多钱吗？就是你自己也不必老守在家里，外面也好去游散游散。不过这几天天冷，你衣服却要多着些啊。"伊虽是病得很厉害，伊却不肯对爱子直说，免得他心忧，还要事事都管周到，真是爱子之心无微不至了。可是他呢，真是全无良心的，自己病一好也就不管他母亲的病了。总算还听他母亲的话，医生也不请，终日到晚老毛病发作，花天酒地的索性连回也不回去了。老实说，他的心中哪里有他母亲一个人。可怜他母亲的病愈积愈重，竟一病不起了。在伊临终时，伊的爱子正在那里逐色征歌，可怜伊还盼望伊儿子归来见一见面，直等到气绝了，身冷了还没有瞑目。

◢佳作点评▐▋▊▁

　　母爱是无私的，因其无私，所以伟大。文章并未在具体事件上着墨过多，而是重在描写母亲的心理感受。那种对生病孩子的担心和牵挂，可谓真实感人。

　　然而，她的孩子却是另外一幅面孔。在母亲的百般呵护和照料下，当疾病远离他的肉体，健康重新像阳光一样照耀他时，他却早已将他多难而善良的母亲忘记在脑后。这种鲜明的对比，读来真是让人心寒。

　　作者在文中要批判的，正是那些"逆子"。他们的不孝，埋葬了多少人间的"母爱"啊！

　　读这篇短文，我们当从中学到些什么呢？

母亲的时钟

□ ［中国］鲁彦

二十九年前，父亲从外面带了一架时钟给母亲；一尺多高，上圆下方，黑紫色的木框，厚玻璃面，白底黑字的计时盘，盘的中央和边缘镶着金漆的圆圈，底下垂着金漆的钟摆，钉着金漆的铃子，铃子后面的木框上贴着彩色的图画——是一架堂皇而且美丽的时钟。那时这样的时钟在乡里很不容易见到；不但我和姊姊非常觉得稀奇，就连母亲也特别喜欢它。

她最先把那时钟摆在床头的小橱上，只允许我们远望，不许我们走近去玩弄。我们爱看那钟摆的晃摇和长针的移动，常常望着望着忘记了读书和绣花。于是母亲搬了一个座位，用她的身子挡住了我们的视线，说：

"这是听的，不是看的呀！等一会又要敲了，你们知道呆看了多少时候吗？"

我们喜欢听时钟的敲声，常常问母亲：

"还不敲吗，妈？你叫它早点敲吧！"

但是母亲望了一望我们的书本和花绷，冷淡地回答说：

"到了时候，它自己会敲的。"

钟摆不但自己会动，还会得得地响下去，我们常常低低地念着它的次数；但母亲一看见我们嘴唇的嗡动，就生起气来。

"你们发疯了！它一天到晚响着，你们一天到晚不做事情吗？我把它停了，或是把它送给人家去，免得害你们吧！……"

但她虽然这样说，却并没把它停下，也没把它送给人家。她自己也常常去看那钟点，天天把它揩得干干净净。

"走路轻一点！不准跳！"她几次对我们说，"震动得厉害，它会停止的。"

真的，母亲自从有了这架时钟以后，她自己的举动更加轻声了。她到小橱上去拿别的东西的时候，几乎忍住了呼吸。

这架时钟开足后可以走上一个星期。不知母亲是怎样记得的。每次总在第七天的早晨不待它停止，就去开足了发条。和时钟一道，父亲带回家来的，还有一个小小的日晷。一遇到天气好太阳大，母亲就在将到正午的时候，把它放在后院子的水缸盖上。她不会看别的时候，只知道等待那红线的影子直了，就把时钟纠正为十二点。随后她收了那日晷，把它放在时钟的玻璃门内。我们也喜欢那日晷，因为它里面有一颗指南针，跳动得怪好看。但母亲连这个也不许我们玩弄。

"不是玩的！"她说，"太阳立刻就下山了，还不赶快做你们的事吗？……"

这在我们简直是件苦恼的事情。自从有了时钟以后，母亲对我们的监督愈加严了。她什么事情都要按着时候，甚至是早起、晚睡和三餐的时间。

冬天的日子特别短，天亮得迟黑得早。母亲虽然把我们睡眠的时间略略改动了些，但她自己总是照着平时的时间。大冷天，天还未亮，她就起来了。她把早饭煮好，房子收拾干净，拿着火炉来给我们烘衣服，催我们起床的时候，天才发亮，而我们也正睡得舒服，怕从被窝里钻出来。

"立刻要开饭了，不起来没有饭吃！"

她说完话就去预备碗筷。等我们穿好衣服，脸未洗完，她已经把饭菜摆在桌上。倘若我们不起来，她是决不等待我们的，从此要一直饿到中午，而且她半天也不理睬我们。

每次每当她对我们说几点钟的时候，我们几乎都起了恐惧，因为她把我们的一切都用时间来限制，不准我们拖延。我们本来喜欢那架时钟的，以后却渐渐对它憎恶起来了。

"停了也好，坏了也好！"我们常常私自说。

但是它从来不停，也从来不坏。而且过了两三年，我们家里又加了一架时钟了。

那是我们阴配的嫂嫂的嫁妆。它比母亲的一架更时新，更美观，声音也更好听。它不用铃子，用的钢条圈，敲起来声音洪亮而且余音不绝。

我们喜欢这一架，因为它还有两个特点：比母亲的一架走得慢，常常走不到一星期就停了下来。

但母亲却喜欢旧的一架。她把新的放在门边的琴桌上，把揩抹和开发条的事情派给了姊姊。她屡次看时刻都走到自己的床边望那架旧的。

"你喜欢这一架"，母亲对姊姊说，"将来就给你做嫁妆吧。当然，这一架样子新，也值钱些。"

我想姊姊当时听了这话应该是高兴的。但我心里却很不快活。我不希望母亲永久有一架那样准确而耐用的时钟。

那时钟，到得后来几乎代替了母亲的命令了。母亲不说话，它也就下起命令来。我们正睡得熟，它叮叮地叫着逼迫我们起床了；我们正玩得高兴，它叮叮地叫着，逼迫我们睡觉了；我们肚子不饿，它却叫我们吃饭；肚子饿了，它又不叫我们吃饭……

我们喜欢的是要快就快，要慢就慢，要走就走，要停就停的时钟。

姊姊虽然有幸，将得到一架那样的时钟，但在出嫁前两三个月，母亲忽然要把它修理了。

"好看只管好看，乱时辰是不行的，"她对姊姊说，"你去做媳妇，比不得在家里做女儿，可以糊里糊涂，自由自在呀。"

不知怎样，她竟打听出来了一个会修时钟的人，把他从远处请到家里，将那架新的拆开来，加了油，旋紧了某一个螺丝钉，弄了大半天。母亲请他吃了一顿饭，还用船送他回去。

于是姊姊的那架时钟果然非常准确了，几乎和母亲的一模一样。这在她是祸是福，我不知道。只记得她以后不再埋怨时钟，而且每次回到家里来，常常替代母亲把那架旧的用日晷来对准；同时她也已变得和母亲一样，一切都按照着一定的时间了。

我呢，自从第一次离开故乡后，也就认识了时钟的价值，知道了它对于人生的重大的意义，早已把憎恶它的心思一变而为喜爱的了。因为大的时钟不合用，我曾经买过许多挂表，既便于携带，式样又美观，价钱又便宜。

我记得第一次回家随身带着的是一只新出的夜明表，喜欢得连半夜醒来也要把它从枕头下拿来观看一番的。

"你看吧，妈，我这只表比你那架旧钟有用得多了。"我说着把它放在母亲的衣下，"黑角里也看得见，半夜里也看得见呢！"

但是母亲却并不喜欢。她冷淡地回答说：

"好玩罢了，并且是哑的。要看谁走得准、走得久呀。"

我本来是不喜欢那架旧钟的，现在给她这么一说，我愈加发现它的缺点了：式样既古旧、携带又不便利，而且摆置得不平稳或者稍受震动就会停止；到了夜里，睡得正甜蜜的时候，有时它叮叮敲着把人惊醒了过来；反之，醒着想知道是什么时候，却须静候到一个钟头才能听到它的报告。然而母亲却看不起我的新置的完美的挂表，重视着那架不合用的旧钟。这真使我对它发生更不快的感觉。

幸而母亲对我的态度却改变了。她现在像把我当作了客人似的，每天早晨并不催我起床，也并不自己先吃饭，总是等待着我，一直到饭菜冷了再热过一遍。她自己是仍按着时间早起，按着时间煮饭的，但她不再命令我依从她了。

"总要早起早睡。"她偶然也在无意中提醒我，而态度却是和婉的。

然而我始终不能依从她的愿望。我的习惯一年比一年坏了：起来得愈迟，睡得也愈迟，一切事情都漫无定时。我先后买过许多表，的确都是不准确的，也不耐久的；到得后来，索性连这一类表也没用处了。

但母亲却依然保留着她那架旧钟：屋子被火烧掉了，她抢出了那架旧钟，几次移居到上海，她都带着那架旧钟。

"给你买一架新的吧，不必带到上海去。"我说。母亲摇一摇头：

"你们用新的吧，我还是要这架用惯了的。"

到了上海，她首先拿出那架旧钟来，摆在自己的房里，仍是自己管理它。

它和海关的钟差不多准确，也不需要修理添油。只是外面的样子渐渐老了：白底黑字的计时盘这里那里起了斑疤，金漆也一块块地剥落了。

至于母亲，自从父亲去世后也就得了病，愈加老得快，消瘦下来，没有精力做事情。

"吃现成饭了，"她说，"一切由你们吧。"

她把家里的事情全交给了我和妻，常常躺在床上睡觉。

但是她早起的习惯没有改。天才一亮，她就起床了。她很容易饿，我们吃饭的时间就不得不和她分了开来。常常我们才吃过早饭，她就要吃中饭。她起初也等待我们，劝我们，日子久了，她知道没办法，便径自先吃了。

"一天到晚，只看见开饭，"她不高兴的时候，说。"我还是住在乡下好，这里看不惯！"

真的，她现在不常埋怨我们，可是一切都使她看不惯，她说要住到乡下去，立刻就要走的，怎样也留她不住。

"乡下冷清清的没有亲人，"我说。

"住惯了的。"

"把你顶喜欢的子孙带去吧。"

但是她不要。她只带着她那架旧钟回去。第二次再来上海时，仍带着那架旧钟。第三次，第四次……都是一样。

去年秋季，母亲最后一次离开了她所深爱的故乡。她自知身体衰弱到了极度，临行前对人家说：

"我怕不能再回来了。上海过老，也好的，全家在眼前……"

这一次她的行李很简单：一箱子的寿衣、一架时钟。到得上海，她又把那时钟放在她自己的房里。

果然从那时起，她起床的时候愈加少了，几乎一天到晚都躺在床上，而且不常醒来。只有天亮和三餐的时间，她还是按时地醒了过来。天气渐渐冷下来，母亲的病也渐渐沉重起来，不能再按时去开那架时钟，于是管理它的责任便到了我们的手里。但我们没有这习惯，常常忘记去开它，等到母亲说了几次钟停了，我们才去开足它的发条，而又因为没有别的时钟，常常无法纠正它，使它准确。

"要在一定时候开它，"母亲告诉我们说，"停久了，就会坏的，你们且搬它到自己的房里去吧，时时看见它就不会忘记了。"

我们依从母亲的话，便把她的时钟搬到了楼上房间里。几个月来，它也很少停止，因为一听到它的敲声的缓慢无力，我们便预先去开足了发条。

但是在母亲去世前的一个月里，我们忽然发现母亲的时钟异样了：明明是才开足二三天，敲声也急促有力，却在我们不注意中停止了。我们起初怀疑没放得平稳，随后以为是孩子们奔跳所震动，可是都不能证实。

不久，姊姊从故乡来了。她听到时钟的变化，便失了色，绝望地摇一摇头，说：

"母亲的病不会好了，这是个不吉利的预兆……"

"迷信！"我立刻截断了她的话。

过了几天，我忽然发现时钟又停止了。是在夜里三点钟。早晨我到楼下去看母亲，听见她说话的声音特别低了，问她话老是无力回答。到了下半天，我们都在她床边侍候着，她昏昏沉沉地睡着，很少醒来。我们喊了许久，问她要不要喝水，她微微摇一摇头，非常低声地说：

"不要喊我……"

我们知道她醒来后是感到身体的痛苦的，也就依从着她的话，让她安睡着。这样一直到深夜，我们看见她低声哼着，想转身却转不过来，便喂了她一点点汤水，问她怎样。

"比上半夜难过……"她低声回答我们。

我觉得奇怪，怀疑她昏迷了。我想，现在不就是上半夜吗，她怎么当作了下半夜呢？我连忙走到楼上，却又不禁惊讶起来：

原来母亲的时钟已经过了一点钟了。

我不明白，母亲是怎样听见楼上的钟声的。楼下的房子既高，楼板又有二层。自从她的时钟搬到楼上后，她曾好几次问过我们钟点。前后左右的房子空的很多，贴邻的一家，平常又没听见有钟声。附近又没有报时的鸡啼。这一夜母亲的房子里又相当不静寂，姊姊在念经、女工在吹折锡箔，间而夹杂着我们的低语声、走动声。母亲怎样知道现在到了下半夜呢？

是母亲没有忘记时钟吗？是时钟永久跟随着母亲呢？我想问母亲，但是母亲不再说话了。一点多钟以后她闭上了眼睛，正是头一天时钟自动地静默下来的那个时候。

失却了一位这样的主人，那架古旧的时钟怕是早已感觉到存在的悲苦了吧？唉……

‖ 佳作点评 ‖

"时钟"也可理解成"光阴"。文章通过母亲一生珍爱"时钟"这件事，说明母亲不但是个懂得"惜阴"的人，还是懂得如何培养和教育子女的人。

她借用"时钟",来影响下一代,这是一种"爱"。

同时,"时钟"还是本文的一条线索,贯穿了母亲的一生。通过不同时期母亲对时钟不变的感受,充分刻画出母亲的性格特征。

以"物"写"人",以"小"写"大"。

结尾充满哲思,耐人寻味。

回忆我的母亲

□［中国］朱德

得到母亲去世的消息，我很悲痛。我爱我母亲，特别是她勤劳一生，很多事情是值得我永远回忆的。

我家是佃农。祖籍广东韶关，客籍人，在"湖广填四川"时迁移四川仪陇县马鞍场。世代为地主耕种，家境是贫苦的，和我们来往的朋友也都是老老实实的贫苦农民。

母亲一共生了十三个儿女。因为家境贫穷，无法全部养活，只留下了八个，以后再生下的被迫溺死了。这在母亲心里是多么惨痛悲哀和无可奈何的事情啊！母亲把八个孩子一手养大成人。可是她的时间大半被家务和耕种占去了，没法多照顾孩子，只好让孩子们在地里爬着。

母亲是个好劳动。从我能记忆时起，总是天不亮就起床。全家二十多口人，妇女们轮班煮饭，轮到就煮一年。母亲把饭煮了，还要种田，种菜，喂猪，养蚕，纺棉花。因为她身体高大结实，还能挑水挑粪。

母亲这样地整日劳碌着。我到四五岁时就很自然地在旁边帮她的忙，到八九岁时就不但能挑能背，还会种地了。记得那时我从私塾回家，常见母亲在灶上汗流满面地烧饭，我就悄悄把书一放，挑水或放牛去了。有的季节里，我上午读书，下午种地；一到农忙，便整日在地里跟着母亲劳动。这个时期母亲教给我许多生产知识。

佃户家庭的生活自然是艰苦的，可是由于母亲的聪明能干，也勉强过得下去。我们用桐子榨油来点灯，吃的是豌豆饭、菜饭、红薯饭、杂粮饭，把菜籽榨出的油放在饭里做调料。这类地主富人家看也不看的饭食，母亲却能做得使一家人吃起来有滋味。赶上丰年，才能缝上一些新衣服，衣服也是自己生产出来的。母亲亲手纺出线，请人织成布，染了颜色，我们叫它"家织布"，有铜钱那样厚。一套衣服老大穿过了，老二老三接着穿还穿不烂。

勤劳的家庭是有规律有组织的。我的祖父是一个中国标本式的农民，到八九十岁还非耕田不可，不耕田就会害病，直到临死前不久还在地里劳动。祖母是家庭的组织者，一切生产事务由她管理分派，每年除夕就分派好一年的工作。每天天还没亮，母亲就第一个起身，接着听见祖父起来的声音，接着大家都离开床铺，喂猪的喂猪，砍柴的砍柴，挑水的挑水。母亲在家庭里极能任劳任怨。她性格和蔼，没有打骂过我们，也没有同任何人吵过架。因此，虽然在这样的大家庭里，长幼、伯叔、妯娌相处都很和睦。母亲同情贫苦的人——这是朴素的阶级意识，虽然自己不富裕，还周济和照顾比自己更穷的亲戚。她自己是很节省的。父亲有时吸点旱烟，喝点酒；母亲管束着我们，不允许我们染上一点。母亲那种勤劳俭朴的习惯，母亲那种宽厚仁慈的态度，至今还在我心中留有深刻的印象。

但是灾难不因为中国农民的和平就不降临到他们身上。庚子年（1900年）前后，四川连年旱灾，很多的农民饥饿、破产，不得不成群结队地去"吃大户"。我亲眼见到，六七百穿得破破烂烂的农民和他们的妻子儿女被所谓官兵一阵凶杀毒打，血溅四五十里，哭声动天。在这样的年月里，我家也遭受更多的困难，仅仅吃些小菜叶、高粱，通年没吃过白米。特别是乙未（1895年）那一年，地主欺压佃户，要在租种的地上加租子，因为办不到，就趁大年除夕，威胁着我家要退佃，逼着我们搬家。在悲惨的情况下，我们一家人哭泣着连夜分散。从此我家被迫分两处住下。人手少了，又遇天灾，庄稼没收成，这是我家最悲惨的一次遭遇。母亲没有灰心，她对穷苦农民的同情和对为富不仁者的反感却更强烈了。母亲沉痛的三言两语的诉说以及我亲眼见到的许多不平事实，启发了我幼年时期反抗压迫追求光明的思想，使我决心寻找新的生活。

我不久就离开母亲，因为我读书了。我是一个佃农家庭的子弟，本来是没有钱读书的。那时乡间豪绅地主的欺压，衙门差役的横蛮，逼得母亲和父亲决心节衣缩食培养出一个读书人来"支撑门户"。我念过私塾，光绪三十一年（1905 年）考了科举，以后又到更远的顺庆和成都去读书。这个时候的学费都是东挪西借来的，总共用了二百多块钱，直到我后来当护国军旅长时才还清。

光绪三十四年（1908 年）我从成都回来，在仪陇县办高等小学，一年回家两三次去看母亲。那时新旧思想冲突得很厉害。我们抱了科学民主的思想，想在家乡做点事情，守旧的豪绅们便出来反对我们。我决心瞒着母亲离开家乡，远走云南，参加新军和同盟会。我到云南后，从家信中知道，我母亲对我这一举动不但不反对，还给我许多慰勉。

从宣统元年（1909 年）到现在，我再没有回过一次家，只在民国八年（1919 年）我曾经把父亲和母亲接出来。但是他俩劳动惯了，离开土地就不舒服，所以还是回了家。父亲就在回家途中死了。母亲回家继续劳动，一直到最后。

中国革命继续向前发展，我的思想也继续向前发展。当我发现了中国革命的正确道路时，我便加入了中国共产党。大革命失败了，我和家庭完全隔绝了。母亲就靠那三十亩地独立支持一家人的生活。抗战以后，我才能和家里通信。母亲知道我所做的事业，她期望着中国民族解放的成功。她知道我们党的困难，依然在家里过着勤苦的农妇生活。七年中间，我曾寄回几百元钱和几张自己的照片给母亲。母亲年老了，但她永远想念着我，如同我永远想念着她一样。去年收到侄儿的来信说："祖母今年已有八十五岁，精神不如昨年之健康，饮食起居亦不如前，甚望见你一面，聊叙别后情景。"但我献身于民族抗战事业，竟未能报答母亲的希望。

母亲最大的特点是一生不曾脱离过劳动。母亲生我前一分钟还在灶上煮饭。虽到老年，仍然热爱生产。去年另一封外甥的家信中说："外祖母大人因年老关系，今年不比往年健康，但仍不辍劳作，尤喜纺棉。"

我应该感谢母亲，她教给我与困难作斗争的经验。我在家庭中已经饱尝艰苦，这使我在三十多年的军事生活和革命生活中再没感到过困难，没被困难吓倒。母亲又给我一个强健的身体，一个勤劳的习惯，使我从来没感到过劳累。

我应该感谢母亲，她教给我生产的知识和革命的意志，鼓励我以后走上革命的道路。在这条路上，我一天比一天更加认识：只有这种知识，这种意志，才是世界上最可宝贵的财产。

母亲现在离我而去了，我将永不能再见她一面了，这个哀痛是无法补救的。母亲是一个平凡的人，她只是中国千百万劳动人民中的一员，但是，正是这千百万人创造了和创造着中国的历史。我用什么方法来报答母亲的深恩呢？我将继续尽忠于我们的民族和人民，尽忠于我们的民族和人民的希望——中国共产党，使和母亲同样生活着的人能够过快乐的生活。这是我能做到的，一定能做到的。

愿母亲在地下安息！

佳作点评

本文最大的特点是"平实"，平实乃见"本真"。

作者身为中华人民共和国的主要缔造者和领导人之一，新中国十大元帅之首，我们大多只知道他光辉、灿烂的一面。通过本文，让我们充分了解到了作者的家庭背景和成长经历，以及母亲对他人格和思想形成的至关重要的影响。

我们常说，父母是人生的第一个老师。从这篇文章中，我们对这一说法可谓更加深信不疑。

文章的情感层层推进，最后当母亲去世，留给作者的唯有悲痛。

更难能可贵的是，作者并未沉浸在悲痛中，而是"化悲痛为力量"，忠贞不渝地参加革命，把自己的一生都献给了祖国和人民。

这才是对已故母亲最大的安慰！

我的母亲（节选）

□ ［中国］邹韬奋

　　说起我的母亲，我只知道她是"浙江海宁查氏"，至今不知道她有什么名字！这件小事也可表示今昔时代的不同。现在的女子未出嫁的固然很"勇敢"地公开着她的名字，就是出嫁了的，也一样地公开着她的名字。不久以前，出嫁后的女子还大多数要在自己的姓上面加上丈夫的姓；通常人们的姓名只有三个字，嫁后女子的姓名往往有四个字。

　　在我年幼的时候，知道担任商务印书馆出版的《妇女杂志》笔政的朱胡彬夏，在当时算是有革命性的"前进的"女子了，她反抗了家里替她订的旧式婚姻，以致她的顽固的叔父宣言要用手枪打死她，但是她却仍在"胡"字上面加着一个"朱"字！近来的女子就有很多在嫁后仍只由自己的姓名，不加不减。这意义表示女子渐渐地有着她们自己的独立的地位，不是属于任何人所有的了。但是在我的母亲的时代，不但不能学"朱胡彬夏"的用法，简直根本就好像没有名字！我说"好像"，因为那时的女子也未尝没有名字，但在实际上似乎就用不着。

　　像我的母亲，我听见她的娘家的人们叫她做"十六小姐"，男家大家族里的人们叫她做"十四少奶"，后来我的父亲做官，人们便叫做"太太"，始终没有用她自己名字的机会！我觉得这种情形也可以暗示妇女在封建社会里所处的地位。

我的母亲在我十三岁的时候就去世了。我生的那一年是在九月里生的，她死的那一年是在五月里死的，所以我们母子两人在实际上相聚的时候只有十一年零九个月。我在这篇文里对于母亲的零星追忆，只是这十一年里的前尘影事。

我现在所能记得的最初对于母亲的印象，大约在两三岁的时候。我记得有一天夜里，我独自一人睡在床上，由梦里醒来，朦胧中睁开眼睛，模糊中看见由垂着的帐门射进来的微微的灯光。在这微微的灯光里瞥见一个青年妇人拉开帐门，微笑着把我抱起来。她嘴里叫我什么，并对我说了什么，现在都记不清了，只记得她把我负在她的背上，跑到一个灯光灿烂人影憧憧往来的大客厅里，走来走去"巡阅"着。大概是元宵吧，这大客厅里除有不少成人谈笑着外，有二三十个孩童提着各色各样的纸灯，里面燃着蜡烛，三五成群地跑着玩。我此时伏在母亲的背上，半醒半睡似的微张着眼看这个，望那个。那时我的父亲还在和祖父同住，过着"少爷"的生活；父亲有十来个弟兄，有好几个都结了婚，所以这大家族里有着这么多的孩子。母亲也做了这大家族里的一分子。她十五岁就出嫁，十六岁那年养我，这个时候才十七八岁。我由现在追想当时伏在她的背上睡眼惺忪所见着的她的容态，还感觉到她的活泼的欢悦的柔和的青春的美。我生平所见过的女子，我的母亲是最美的一个，就是当时伏在母亲背上的我，也能觉到在那个大客厅里许多妇女里面，没有一个及得到母亲的可爱。我现在想来，大概在我睡在房里的时候，母亲看见许多孩子玩灯热闹，便想起了我，也许蹑手蹑脚到我床前看了好几次，见我醒了，便负我出去一饱眼福。这是我对母亲最初的感觉，虽则在当时的幼稚脑袋里当然不知道什么叫做母爱。

后来祖父年老告退，父亲自己带着家眷在福州做候补官。我当时大概有了五六岁，比我小两岁的二弟已生了。家里除父亲母亲和这个小弟弟外，只有母亲由娘家带来的一个青年女仆，名叫妹仔。"做官"似乎怪好听，但是当时父亲赤手空拳出来做官，家里一贫如洗。

我还记得，父亲一天到晚不在家里，大概是到"官场"里"应酬"去了，家里没有米下锅；妹仔替我们到附近施米给穷人的一个大庙里去领"仓米"，要先在庙前人山人海里面拥挤着领到竹签，然后拿着竹签再从挤得水泄不通的人群中，带着粗布袋挤到里面去领米；母亲在家里横抱着哭涕着的二弟踱来踱去，我在旁坐在一只小椅上呆呆地望着母亲，当时不知道这就是穷的景象，只诧异着母亲的脸何以那样苍白，她那样静寂无语地好像有着满腔无处诉的心事。妹仔和母亲非常亲热，她们竟好像母女，共患难，直到母亲病得将死的时候，她还是不肯离开她，把孝女自居，寝食俱废地照顾着母亲。

母亲喜欢看小说，那些旧小说，她常常把所看的内容讲给妹仔听。她讲得娓娓动听，妹仔听着忽而笑容满面，忽而愁眉双销。章回的长篇小说一下讲不完，妹仔就很不耐地等着母亲再看下去，看后再讲给她听。往往讲到孤女患难，或义妇含冤的凄惨的情形，她两人便都热泪盈眶，泪珠尽往颊上涌流着。那时的我立在旁边瞧着，莫名其妙，心里不明白她们为什么那样无缘无故地挥泪痛哭一顿，和在上面看到穷的景象一样地不明白其所以然。现在想来，才感觉到母亲的情感的丰富，并觉得她的讲故事能那样地感动着妹仔。如果母亲生在现在，有机会把自己造成一个教员，必可成为一个循循善诱的良师。

佳作点评

文章开篇并未直接叙写母亲，而是就封建社会对妇女地位的歧视给予了批评，以议论为主，直到第四自然段才开始讲述母亲生平，以及生活经历。

在母亲短暂的一生里，却绽放出绚丽的异彩。尽管她身处旧社会的藩篱之中，却一直向往自由，渴望文明。比如她喜欢读旧小说，即是一例。当她讲到小说内容"孤女患难，或义妇含冤的凄惨的情形，她两人便都热泪盈眶，泪珠尽往颊上涌流着"，这充分说明母亲的"慈悲"和"善良"。

这些人性的因子，无疑都潜移默化地影响着作者的成长。

邹韬奋作为中国卓越的新闻记者、政论家、出版家，一生都以犀利之笔，力主正义舆论，抨击黑暗势力，被评为 100 位为新中国成立作出突出贡献的英雄模范之一。

他的人生之所以如此灿烂，跟他母亲对他的影响是分不开的。

爱的孤独

凡人群聚集之处，必有孤独。我怀着我的孤独，离开人群，来到郊外。我的孤独带着如此浓烈的爱意，爱着田野里的花朵、小草、树木和河流。

原来，孤独也是一种爱。

爱和孤独是人生最美丽的两支曲子，两者缺一不可。无爱的心灵不会孤独，未曾体味孤独的人也不可能懂得爱。

由于怀着爱的希望，孤独才是可以忍受的，甚至是甜蜜的。当我独自在田野里徘徊时，那些花朵、小草、树木、河流之所以能给我以慰藉，正是因为我隐约预感到，我可能会和另一颗同样爱它们的灵魂相遇。

不止一位先贤指出，一个人无论看到怎样的美景奇观，如果他没有机会向人讲述，他就决不会感到快乐。人终究是离不开同类的。一个无人分享的快乐决非真正的快乐，而一个无人分担的痛苦则是最可怕的痛苦。所谓分享和分担，未必要有人在场，但至少要有人知道。永远没有人知道，绝对的孤独，痛苦便会成为绝望，而快乐——同样也会变成绝望！

交往为人性所必需，它的分寸却不好掌握。帕斯卡尔说："我们由于交往而形成了精神和感情，但我们也由于交往而败坏着精神和感情。"我

中国书籍文学馆·精品赏析 温情蜜意

050

相信，前一种交往是两个人之间的心灵沟通，它是马丁·布伯所说的那种"我与你"的相遇，既充满爱，又尊重孤独；相反，后一种交往则是熙熙攘攘的利害交易，它如同尼采所形容的"市场"，既亵渎了爱，又羞辱了孤独。相遇是人生莫大幸运，在此时刻，两颗灵魂仿佛同时认出了对方，惊喜地喊出："是你!"人一生中只要有过这个时刻，爱和孤独便都有了着落。

佳作点评

爱是一种孤独，反之，孤独也是一种爱。这两者相互兼容，没有明确的分界。

有时候，人是需要"孤独"的，当你孤独时，你排除了外界的干扰，对自然和人生的思考也就更加清晰、明确。你的爱也就有了分量。

孤独的过程，是体验爱的过程。

倘若能够享受这种孤独的爱，那么，爱就会永久地在你心中燃烧。

爱是一切的泉源 ▌▍▎▁ ▁▁ ▁

□ ［中国台湾］席慕蓉

今夜，空气潮湿而温暖，桂花在廊下不分四季地开着，淡淡的香气环绕着我的小屋。在灯下摊开稿纸，我微笑地写下这封信的标题：爱是一切的泉源。

是的，我亲爱的朋友，爱是一切的泉源，在这世间，唯一能让我们在失望的时候不觉得悲苦，在受尽磨难之后仍然能重新再来，在极简陋的环境里能看到最大的幸福的，就是那深沉宽广的爱。

初生婴儿也许并不知道这些。在最初的一、两个月里，他只注意自己，只寻求自身的满足，他好象只愿倾听自己内部的声音，只要内在给他舒服的感觉，他就会很安定，别无他求。

到两个月大时，对于巨大的声响，强烈的光，开始有了反应。这时候他的社交性开始发展，他注意人的声音，开始对人微笑。到了三个月后，慢慢开始观察他周围的世界，此时，他会自动把头转向各个方向，不管他所看到的是什么东西，都会使他感到非常高兴。

心理学家认为，婴儿的微笑是他要参加团体生活的第一步，从这一步开始，他与人间有了爱的交流。所以，做父母的要非常欢迎这个微笑，同时也要以微笑来还答他。这个微笑是向他表示，我们欢迎他的加入。父母对婴儿时期的孩子就常给他温暖的笑，是奠定孩子对人类和气与合群的基础。

所以，不要以为孩子太小就不理会他，也不要以为他不会说话就不与他交谈，更不要因为他很乖、不吵闹，我们就把他放在一边很久不去看看他。亲爱的母亲们，我们要在最初的时机里把握住与孩子交流的机会。

孩子最初的伴侣就是父母，你若不去爱他的话，还会有谁去爱他？所以，我们要做的事就是多与他交谈，对他微笑，拥抱他，向他表示我们的爱。在他成长的时候，他也会学会爱父母、爱朋友、爱这个社会、爱这个世界。

而爱是一切的泉源，尤其是美的事物的泉源，以爱的眼光来看宇宙，你将会看出无限的美好。

我的姐姐给我讲过一个故事："古时候有一个国王，希望能够创造出一种世界语来。他认为，假如人生下来以后，能不受环境的影响，而在说话时开始说出的语言一定是最正确、最适合作为世界语的基础的语言。

于是，正因为他是一国之君，很容易地，他就征召了一些有经验的保姆，再建造了一个设备很完善的育幼院，再从全国各地抱来一些刚出生的婴儿放在里面，一个小社会就成型了。在这个小社会里别的都与外界没有不同，唯一的诫条就是：保姆在孩子面前不能开口说话。既不得彼此交谈，也不得以任何亲昵的声音来逗引孩子。

于是，实验开始了，保姆们为怕犯错，连一点亲热的行动都不敢表示，不过，在婴儿其他生活的照料上，却是用最细心、最谨慎的方式在进行。几个月过去了，当国王来到育幼院，渴切地希望听到婴儿最初的话语之时，却发现，他的计划彻底失败了。

所有的幼儿在能开口说话之前都死去了。

没有爱的小生命是枯萎了的花朵。我想，这也许是个虚构的故事，可是，我仍然很恨那个自作聪明的国王，姐姐说完这个故事后，好几天，我心里都很不快乐。

在这世间，唯一不能安排、不能控制、不能解释的东西就是爱。幸运的是，这一种感情是与生俱来，每个人都能享有的上天的福祉。

所以，亲爱的母亲们，让我们在教孩子们知道什么是美之前，先使他知道什么是爱吧，好吗？

▮佳作点评 ▮▮

文章从夜晚的"空气"和"桂香"写起，引出主题："爱是一切的泉源"。然后，通过对初降人世的婴儿的分析，来说明爱得来之不易。其中，引用心理学家的观念和姐姐讲述的故事，来佐证文章的主旨。

后半部分是文章的重中之重，通过形象、生动的语言告诉人们：作为母亲，最为重要的是教给孩子们爱。一个人心中有爱，他就能创造一切有价值的东西。

爱 ‖‖‥‥ ‥

□〔美国〕爱默生

每个灵魂对另一个灵魂来说都是它神圣的维纳斯。人的心灵是有它的安息日与喜庆日的，这时整个世界会欢乐得像个婚礼的宴会一般，而大自然的一切音籁与季节的循环都仿佛是曲曲恋歌与阵阵狂舞。爱之作为动机与作为奖赏在自然界中可说无处不在。爱确实是我们的最崇高的语言，几乎与上帝同义。灵魂的每一允诺都有着它数不清的责任须待履行；它的每一欢乐又都将上升成为新的渴求。那无可抑制、无所不至而又具有先见的天性，在其感情的初发中，早已窥见这样的一种仁慈，这仁慈在它的整个的光照之中势将失掉其对每一具体事物的关注。导入这种幸福的是以一个人对另一个人的一种纯属隐私而又多情的关系而进行的，因而实在是人生的至乐；这种感情正像某种神奇的忿怒或激情那样，突然在某一时刻攫住了人，并在他的身心方面引起一场巨变；把他同他的族人联在一起，促成他进入了种种家族与民事上的关系，提高了他对天性的认识，增强了他的官能，拓展了他的想象，赋予了他性格上各种英勇与神圣的品质，缔结了婚姻，并进而使人类社会获得了巩固与保障。

缱绻的柔情与鼎盛的精力的自然结合不免会要提出如下要求，即为

爱是一切的泉源

055

了把少男少女按着他们那动心夺魄的经验所认定不错的这种结合以鲜丽的颜色描绘出来，描绘者的年龄必须不得过老。青春的绮思丽情必将与那老成持重的哲学格格不入，认为它猩红的花枝会因迟暮与迂腐而弄得恹无生气。因此之故，我深知我从那些组成爱的法庭与议会的人们那里只能赢得"无情"或"漠然"的指控。但是我却要避去这些厉害的指控者而向我年迈的长辈们去求援。因为值得注意的是，我们这里所论述的这种感情，虽则说始发之于少年，却绝对不舍弃老年，或者说绝不使真正忠实于它的仆人变老，而是像对待妙龄的少女那样，使那些老者也都积极参加进来，只是形式更加壮丽，境界更加高超。因为这种火焰既然能将一副胸臆深处的片片余烬重新点燃，或被一颗芳心所迸发的流逸火花所触发，必将势焰炫赫，愈燃愈大，直到后来，它的温暖与光亮必将达到千千万万的男女，达到一切人们的共同心灵，以致整个世界与整个自然都将受到它熙和光辉的煦煦普照。正唯这个缘故，想去描述这种感情时我们自己之为二十、三十甚至八十，便成为无关紧要。动笔于自己的早期者，则失之于其后期；动笔于后期者，则失之于其前期。因此我们唯一的希望便是，仰赖勤奋与缪斯的大力帮助，我们终能对这个规律的内在之妙有所领悟于心，以便能将这样一个永远清鲜、永远美丽、永远重要的真理很好描绘出来，而且不论从哪个角度来看，都不失真。

而这样去做的第一要著便是，我们必须舍去那种过于紧扣或紧贴实际或现实的做法，而是将这类感情放入希望而不是历史中去研究。因为每个人在自我观察时，他的一生在他自己的想象之中总是毫无光彩，面目全非，但是整个人类却并不如此。每个人透过他自己的往事都窥得见一层过失的泥淖，然而别人的过去却是一片美好的光明。现在让任何一个人重温一下那些足以构成他生命之美以及给予过他最诚挚的教诲与滋育的佳妙关系，他必将会避之唯恐不及。唉！我也说不出这是因为什么，但是一个人阅历渐深之后而重忆起幼时的痴情时总不免要负疚重重，而且使每个可爱的名字蒙尘。每件事物如果单从理性或真理的角度来观察常常都是优美的。但是作为经验观之，一切便是苦涩的。细节总是悲切凄惨的；计划本人则宏伟壮观。说来奇怪，真实世界总是那么充满痛苦——一个时与地的痛苦王国。那里的确是痈疡遍地，忧患重重。但是一涉入思想，涉入理想，一切又成了永恒的欢乐，蔷薇般的幸福。在它的周围我们可以听到缪斯们的歌唱。但是一牵涉到具体的人名姓氏，牵涉到今日或昨天的局部利害，便是痛苦。

人的天性在这方面的强烈表现仅仅从爱情关系这个题目在人们谈话中所占的比例之大也可充分见出。请问我们对一位名人首先渴望得知岂非便是他的一番情史？再看一座巡回图书馆中流行最快的是什么书呢？我们自己读起这些爱情的小说时又会变得多么情不自胜呢，只要这些故事写得比较真实和合乎人情？在我们生活的交往当中，还有什么比一段泄露了双方真情的话语更能引人注意的呢？也许我们和他们素昧平生，而且将来也无缘再见。但只因我们窥见了他们互送秋波或泄露了某种深情而马上便对他们不再陌生。我们于是对他们有所理解，并对这段柔情的发展有了浓厚兴趣。世人皆爱有情人，踌躇满志与仁慈宽厚的最初显现乃是自然界中最动人的画面。在这一个卑俚粗鄙人的身上实在是礼仪与风范的滥觞。村里一个粗野的儿童也许平日好耍笑校门前的那个女孩；但是今天他进入校门时却见一个可爱的人儿在整理书包；他于是捧起了书来帮助她装，但就在这一刹那间她突然仿佛已经和他远在天涯，成了一片神圣国土。他对他经常出入于其间的那群女孩可说简慢之极，唯独其中一人他却无法轻易接近；这一对青年邻人虽然不久前厮熟得很，现在却懂得了互相尊重。再如当一些小女学生以她们那种半似天真半似乖巧的动人姿态到村中的店铺里去买点丝线纸张之类，于是便和店中的一个圆脸老实的伙计闲扯上半晌，这时谁又能不掉转眼睛去顾盼一下呢？在乡村，人们正是处在一种爱情所喜欢的全然平等的状态，这里一个女人不须使用任何手腕便能将自己的一腔柔情在有趣的饶舌当中倾吐出来。这些女孩子也许并不漂亮，但是她们与那好心肠的男孩中间的确结下了最令人悦意与最可信赖的关系……

我曾听到人讲，我的哲学是不讨人喜欢的，另外，在公开讲演中，我对理智的崇敬曾使我对这种人关系过度冷淡。但是现在每逢我回想起贬抑的词来便使我畏缩不已。在爱的世界里个人便是一切，因此即使最冷静的哲学家也在记叙一个在这里自然界漫游着的稚幼心灵从爱情之力那里所受到的恩赐时，他都不可能不把一些有损于其社会天性的话语压抑下来，认为这些是对人性的拂逆。因为虽然降落自高天的那种狂喜至乐只能发生在稚龄的人身上，另外虽然那种令人惑溺到如狂如癫，难以比较分析的冶艳丽质在人过中年之后已属百不一见，然而人们对这种美妙情景的记忆却往往最能经久，超过其他一切记忆，而成为鬓发斑斑的额头上的一副花冠。但是这里所要谈的却是一件奇特的事（而且这种感触的非止一人），即人们在重温旧事时，他们会发现生命的书册中最美好的一页莫过于其中某些段落所带来的回忆，在那里爱情仿佛对一束偶然与琐细的情节投入了一种超乎其自身意义并且具有强烈诱惑的魅力。在他们回首往事时，他们必将发现，一些其自身并非符咒的事物却往往给这求索般的记忆带来了比曾使这些回忆遭泯灭的符咒本身更多的是真实性。但是尽管我们的具体经历可以如何千差万别，一个人对于那种力量对于他心神来袭总是不能忘怀的，因为这会把一切都重新造过；这会是他身上一切音乐、诗歌与艺术的黎明；这会使整个大自然紫气溟蒙，雍容华贵，使昼夜晨昏冶艳迷人，大异往常；这时某个人的一点声音都能使他心惊肉跳，而一件与某个形体稍有联系的卑琐细物都要珍藏在那琥珀般的记忆之中；这时只要某人一个人稍一露面便会令他目不暇给，而一旦这人离去将使他思念不置；这时一个少年会对着一扇窗而终日凝眸，或者为着什么手套、面纱、缎带，甚至某辆马上的轮轴而系念极深；这时地再荒僻人再稀少，也不觉其为荒僻稀少，因为这时他头脑中的友情交谊、音容笑貌比旧日任何一位朋友（不管这人多纯洁多好）所能带给他的都更丰富和甜美得多；因为这个被热恋的对象是体态举止与话语并不像某些影像那样只是书写在水中，而是像普鲁塔克所说的那样"釉烧在水中"，因而成了夜半中宵劳人梦想的对象。这时正是：

你虽然已去，而实未去，不管你现在何处；
你留给了他你炯炯的双眸与多情的心。

即使到了一个人生命中年乃至晚年，每当回忆起某些岁月时，我们仍会心动不已，深深感喟到彼时所谓幸福实在远非幸福，而是不免太为痛楚与畏惧所麻痹了；因此能道出下面这行诗句的人可谓参透了爱情的三味：

其他一切快乐都抵不了它的痛苦。

另外这时白昼总是显得太短，黑夜总是要縻费在激烈的追思回想之中，这时枕上的头脑会因为它所决心实现的慷慨举动而滚热沸腾；这时连月色也成了悦人的狂热，星光成了传情的文字，香花成了隐语，清风成了歌曲；这时一切俗务都会形同渎犯，而街上憧憧往来的男女不过是一些幻象而已。

这种炽情将把一个青年的世界重新造过。它会使得天地方物蓬勃生辉，充满意义。整个大自然将会变得更加富于意识。现在枝头上的每只禽鸟都正对着他的灵魂纵情高唱，而那些音符几乎都有了意思可辨。当他仰视流云时，云彩也都露出美丽的面庞。林中的树木，迎风起伏的野草，探头欲出的花朵，这时也都变得善解人意；但他都不太敢将他心底的秘密向它倾吐出来。然而大自然却是充满着慰藉与同情的。在这个林木幽翳的地方他终于找到了在人群当中所得不到的温馨。

凉冷的泉头，无径的丛林，

这正是激情所追求的地方，

还有那月下的通幽曲径，这时

鸡已入坤，空中唯有蝙蝠鸱枭。

啊，夜半的一阵钟鸣，一声呻吟，

这才是我们所最心醉的声响。

　　请好好瞻仰一下林中的这位优美的狂人吧！这时他简直是一座歌声幽细、色彩绚丽的宫殿；他气宇轩昂，倍于平日；走起路来，手叉着腰；他不断自言自语，好与花草林木交谈；他在自己的脉博里找到了与紫罗兰、三中草、百合花同源的东西；他好与沾湿他鞋袜的清溪絮语。

　　那曾使他对自然之美的感受大为增强的原因使他热爱起诗和音乐来。一件经常见到的情形便是，人在这种激情的鼓舞之下往往能写出好诗，而别的时候则不可能。

　　这同一力量还将制服他的全部天性。它将扩展他的感情；它将使懦夫文雅而懦夫有立志。它将向那最卑猥醒龊不过的人的心中注入有敢于鄙夷世俗的胆量，只要他能获得他心爱的人的支持。正如他将自己交给了另一个人，他才能更多地将他自己交给自己。他此刻已经完全是一个崭新的人，具有着新的知觉，新的与更为激切的意图，另外在操守与目的上有着宗教般的肃穆。这时他已不再隶属于他的家族与社会。他已经有了地位，有了性格，有了灵魂。

　　这里就请让我们从性质上对这个青年们具有着如此重大作用的影响进一步作点探索。首先让我们探讨和欣赏一下所谓美，而美对人类的启示我们正在高兴庆祝——这美，正像煦煦普照的太阳那样受人欢迎，不仅使每个人对它产生喜悦，而且使它们自己也感到喜悦。它的魅力实在是惊人的。它似乎是足乎己而无待于外。一个少年描绘他的情人时是不可能依照他那贫乏而孤独的想象的。正像一株鲜花盛开的树木，在这其中的一番温柔、妩媚与情趣本身便是一个世界；另外她也必将使他看到，为什么人们要去描绘"美"时，总不免去画爱神以及其他女神。她的存在将使整个世界丰富起来。虽然她把一切人们仿佛不屑一顾地从他的视线范围摈斥了出去，但是她对他的补偿则是，她把她自己扩展成为一种超乎个人的、广大的和此岸性的人物，因而这位少女对他来说成了天下一切美好事物与德行的化身。正因这种缘故，一个恋人往往看不到他的意中人与她的家族或其他有什么相像之处。他的朋友对她和她的母亲、姊妹甚至某个外人的相像之处是看得一清二楚的。但是她那情人却只知道将她与夏夜、清晨、彩虹、鸟鸣等联想在一起。

美从来便是古人所崇敬的那种神圣事物。美，据他们讲，乃是德行之花。试问谁又能对那来自某个面庞和形体的眼波神态进行分析？我们只能被某种柔情或自足所感动，产不出这种精妙的感情。这种流波指向什么。企图把它归诸生理的作法必将使人的幻景破灭。另方面它也决不是指的一般社会所理解的或具有的那种友谊或爱情关系；而是，据我看来，指向一个另外的以及不可抵达的领域，指向带有超绝性的精致与幽美的关系，指向真正的神仙世界；指向玫瑰与紫罗兰所暗示与预示的事物。美是可望而不可即的。它微妙得几乎如乳白色鸽子颈上的光泽，闪烁不定，稍纵即逝。在这点上，它正像世上一切最精妙的事物那样，往往具有虹霓般的瞬息明灭的特点，完全不好给它派什么用场。当保罗·黎希特向着音乐道："去吧！去吧！你对我说了许多我一生一世也不曾找到过而且以后也永不会找到的事。"这时他所指的岂不也正是这个吗？这种情形在雕塑艺术方面的许多作品中也同样能够看到。一座雕像要想成为美的，只是当它已经变得不可理解，当它已经超出评论，已经不复能够凭藉标尺规矩加以衡量，但却需要活跃的想像与之配合，并在这样做时指出这种美是什么。雕刻师对于他手中的神祇或英雄的表现也总是使之成为一种从可达之于感官者至不可达之于感官者这二者之间的过渡。这就需要这个雕像首先不再是一个石块。这话同样适于绘画。在诗歌方面，它的成就大小不在它能起到催眠或餍足的作用，而在它能引起人的可惊可愕之感，藉以激励人们去追求那不可抵达的事物……

佳作点评

爱默生是思想家，故这篇文章充满了思想的锋芒。作者并未借助记叙的方式来阐释关于什么是"爱"，而更多的则是通过议论的方式来表达对爱的理解。

在爱默生看来，爱是广阔的、博大的，它连接着远古，也直指向未来。我们不能狭隘地理解"爱"，更不能简单地把爱理解成爱自己、爱亲人、爱朋友。真正成熟的爱是无私的，它不但爱我们的同类，同时也爱自己的异类。爱天地宇宙、世界万象。

爱可以包容一切，包括任何美和善、丑和恶。

生命与爱 ‖‖ı▪▪▪▪

□［俄国］托尔斯泰

众所周知，爱的感情之中有一种特有的解决生命所有矛盾的能力。它给人以巨大的幸福，而对这种幸福的向往构成了人的生命本身。然而，那些不懂生命的人却叫嚷着："但是要知道，这种爱是偶尔才发生的，是不能持久的，它的后果常常是更大的苦难。"

在这些人的心目中，爱情不是理性意识所认为的那样——生命中唯一合乎规律的现象，而不过是一生中常常出现的各种数不清的偶然现象中的一种，人的一生中有各种各样的情绪：人有时会夸耀，有时会迷上科学或艺术，有时热衷于工作、虚荣、收藏，有时会爱着某个人。

对于没有理性的人们来说，爱的情绪不是人类生命的本质，而是一种偶然的情绪，一种独立于意志之外的情绪，同人的一生中会产生的其他情绪一样。更有甚者，我们还能常常听到或谈到这样的推论：爱情是某种不正确的破坏生命正常进行的折磨人的情绪。这种议论很像太阳升起来的时候，猫头鹰所产生的眩晕感觉。

尽管如此，在爱的状态中，这些人也感觉到了一种特别的、比起所有别的情绪来都更重要的东西。但是，不理解生命，人们也就不会理解爱情。

而对于这些不懂生命的人来说，爱的状态和其他所有情绪一样，充满苦难，充满欺骗。

　　"去爱，可是去爱谁呢？

　　暂时爱一下不值得，

　　而永远爱又不可能……"

　　这些话准确地表现了人们模糊不清的认识：爱情之中有着摆脱生命苦难的东西，有某种类似真正幸福的东西。与此同时，人们也承认，对于不理解生命的人来说，爱情也不可能是灵魂得救之方。

　　既然无人可爱，任何爱情也就都自然流逝。因此只有当有人可以爱的时候，只有当有人可以永远爱着的时候，爱情才成为幸福。而由于没有这个人，那么爱情之中也就没有拯救之方，爱情也是骗局，也是苦难，同所有别的东西一样。这些人只能如此理解爱情，而不会有别的理解。

　　不懂生命的人认为，生命不是别的，只是动物性存在的人。他们不但自己跟别人学会了这一点，而且也以此教导着他人。

　　在这些人的眼中，爱情简直不能有我们大家通常赋予这个概念的内涵。它不是给爱的人和被爱的人带来了幸福的好的活动。在认为生命在于动物性的人们的观念中，爱情常常是这样的感情。由于这种感情，一个父亲尽管感到良心的折磨，却仍然会从饥饿的人那里抢来最后一块面包来喂养自己的孩子；由于这种感情，一个母亲会为了自己孩子的幸福，而从别的饥饿的孩子那里夺走他母亲的奶；由于这种感情，爱着一个女人的男人会为这爱情而痛苦，并迫使这个女人也痛苦，或者出于忌妒而毁灭自己和她；由于这种感情，经常发生人们为了爱情而残害妇女；由于这种感情，一个集团为维护自己而损害另一个集团；由于这种感情，人们在所爱的事业上——这个事业只能给周围人带来灾难和痛苦——自己折磨自己；由于这种感情，人们不能忍受对自己祖国的侮辱，而让死尸和伤兵铺满荒野。

不仅如此，对于那些承认生命在于动物性躯体的人来说，爱情活动是如此困难，以致它的表现不只是痛苦的，并且常常是不可能的。不理解生命的人们常说，不应当去讨论爱情，而应当沉沦在那种真正的爱情中——你所感觉到的对人们直接喜欢和偏爱的感情。

他们说得没错，不应当去讨论爱情，因为任何对爱情的讨论都是在毁灭爱情。但是问题在于能不讨论爱情的只有那种已经把理智用于对生命理解的人，只有那种抛弃了个人生命幸福的人；而对于那种不理解生命、只为了动物性躯体幸福而生存的人来说，是不能不去讨论爱情的。他们必然要讨论，以便能沉浸于那种被他们称之为爱情的感情。对于他们来说，不讨论、不解决那些不能解决的问题，这种感情就不可能出现。

事实上，人们喜欢自己的小孩、自己的朋友、自己的妻子、自己的祖国远胜于别的任何孩子、妻子、朋友、国家。人们把这种感情称之为爱情。

一般来说，爱意味着希望，渴望行善。我们只能这样理解爱情而不能有别的理解。换句话说，我爱自己的孩子、自己的妻子、自己的祖国，也就是希望自己的孩子、妻子、祖国比别的孩子、妻子、祖国更幸福。任何时候没有过，也不可能有这种情况，我爱的只是我的孩子，或者只爱我的妻子，或者只爱我的祖国。任何人都是在同时爱着孩子、妻子、祖国和人们，同时人们出于爱情而希望他所爱的各个对象能获得幸福，其条件是相互联系的。

因而，人为了所爱的生命中的一个所进行的爱的活动，不仅妨碍为其他人而进行的活动，而且常常是有害于其他人。

对祖国的爱，对选中的职业的爱，对所有人的爱，也完全如此。如果一个人为了以后的最大的爱而拒绝眼前最小的爱，那么十分清楚，这个人，尽管他全心地希望，却永远也不能权衡，他在多大程度上能够为了将来的要求而拒绝眼前的要求，因而他也就没有能力去解决这个问题，而总是挑选那些会给他带来愉快的爱的表现，也就是说，他的行动不是为了爱，而只是为了他个人。如果一个人打定主意，为了未来另一个较大的爱，他最好放弃眼前最小的爱，那么他这是在欺骗自己，或者欺骗别人，他是谁都不爱，而只爱他自己。

对未来的爱是不存在的，爱只能是现实的。一个人，如果在现实中没有表现出爱，他就根本没有爱。

那种被不理解生命的人称作爱情的东西，只是对自己个人幸福的某一些条件的偏爱；当不理解生命的人说他爱自己的妻子、或者孩子、或者朋友的时候，他说的只是由于他妻子、孩子、朋友的存在增添了他个人生命的幸福。

这种偏爱同真正爱的关系就像存在同生命的关系，那些不理解生命的人总把存在当作生命。同样，这些人也总把对个人生存的某些条件的偏心叫做爱。

这种感情——对某些存在的偏心，例如，对自己的孩子，甚至对某些职业，再比如对科学、对艺术的偏爱等，我们也都把这些叫做爱，但是这种偏心感情各不相同，无穷无尽，它汇集了人的动物生命所有看得见、摸得着的复杂性，不能称之为爱，因为它们不具备爱的主要特征——即以幸福为目的和结果的活动。

这些偏心的热烈表现只能煽起动物性躯体的热情之火。热烈地偏重一些人而不去重视另一些人，这被人错误地称作爱，其实，它不过是未嫁接的小果树，在它上面有可能嫁接上真正的爱之枝，可以结出爱之果。但是作为未嫁接的小果树，它毕竟不是成熟的果树，它不能结出苹果，或者它只能结出苦果来代替甜果。

偏爱、嗜好同样不是爱，不能给人带来善，只会给人带来更大的恶。正因为如此，世界上发生的那些最大的恶行都是因为这个被充分赞美的爱，对女人、对孩子、对朋友的爱引起的，当然更不必说对科学、对艺术、对祖国的爱了。它们只不过是把动物性生命的某些条件暂时看得比另外一些更重而已。

▎佳作点评 ▍

　　作者在文章中探讨了各种关于爱的表现形式，以及爱与生命之间的关系。对于每个人来讲，生命无疑都是可贵的。然而，这些原本可贵的生命，有时给人的感觉，却是猥琐的、卑劣的，这是为什么呢？原因正在于这些生命缺少"爱"的滋养。

　　爱是阳光，缺少阳光的照耀，你的生命自然黯淡无光。甚至，也不能健康地生长。

　　只有充满爱的生命，才是有质量的，才是对社会有益的。

论　爱（节选）

□［英国］雪莱

　　你垂询什么是爱吗？当我们在自身思想的幽谷中发现一片虚空，从而在天地万物中呼唤、寻求与身内之物的通感对应之时，受到我们所感、所惧、所企望的事物的那种情不自禁的、强有力的吸引，就是爱。

　　倘使我们推理，我们总希望能够被人理解；倘若我们遐想，我们总希望自己头脑中逍遥自在的孩童会在别人的头脑里获得新生；倘若我们感受，那么，我们祈求他人的神经能和着我们的一起共振，他人的目光和我们的交融，他人的眼睛和我们的一样炯炯有神；我们祈愿漠然麻木的冰唇不要对另一颗火热的心、颤抖的唇讥笑嘲讽。这就是爱，这就是那不仅联结了人与人而且联结了人与万物的神圣的契约和债券。

　　我们降临世间，我们的内心深处存在着某种东西，自我们存在那一刻起，就渴求着与它相似的东西。也许这与婴儿吮吸母亲乳房的奶汁这一规律相一致。这种与生俱来的倾向随着天性的发展而发展。在思维能力的本性中，我们隐隐约约地看到的仿佛是完整自我的一个缩影，它丧失了我们所蔑视、嫌厌的成分，而成为尽善尽美的人性的理想典范。它不仅是一帧外在肖像，更是构成我们天性的最精细微小的粒子组合。它是一面只映射出纯洁和明亮的形态的镜子；它是在其灵魂固有的乐园外勾画出一个为痛苦、悲哀和邪恶所无法逾越的圆圈的灵魂。这一灵魂同渴求与之相像或对应的知觉相关联。当我们在大千世界中寻觅到了灵魂的对应物，在天地万物中发现了可以无误地评估我们自身的知音（它能准确地、敏感地捕捉我们所珍惜并怀着喜悦悄悄展露的一切），那么，我们与对应物就好比两架精美的竖琴上的琴弦，在一个快乐的声音的伴奏下发出音响，这音响与我们自身神经组织的震颤相共振。这——就是爱所要达到的无形的、不可企及的目标。

正是它，驱使人的力量去捕捉其淡淡的影子；没有它，为爱所驾驭的心灵就永远不会安宁，永远不会歇息；因此，在孤独中，或处在一群毫不理解我们的人群中（这时，我们仿佛遭到遗弃），我们会热爱花朵、小草、河流以及天空。就在蓝天下，在春天的树叶的颤动中，我们找到了秘密的心灵的回应：无语的风中有一种雄辩；流淌的溪水和河边瑟瑟的苇叶声中，有一首歌谣。它们与我们灵魂之间神秘的感应，唤醒了我们心中的精灵去跳一场酣畅淋漓的狂喜之舞，并使神秘的、温柔的泪盈满我们的眼睛，如爱国志士胜利的热情，又如心爱的人为你独自歌唱之音。因此，斯泰恩说，假如他身在沙漠，他会爱上柏树枝的。爱的需求或力量一旦死去，人就成为一个活着的墓穴，苟延残喘的只是一副躯壳。

▎佳作点评 ▎

文章用一个"设问句"开篇，引出对爱的讨论。结构严谨，论说严密。

感性化的语言充满了水的柔性。作者所探讨的爱，是来自心灵深处的。这种爱不浮华，不矫情，不虚伪。它本真，一如春日的微风，所到之处，皆有抚慰人心的暖意。

走出爱的歧途 ▍▮▯▭ ▬ ▭

□ ［法国］卢梭

如果人觉得需要一个伴侣的时侯，他就不再是一个孤独的人，他的心就不再是一颗孤独的心了。他同别人的种种关系，他心中的一切爱，都将随着他与这个伴侣的关系同时产生。他的第一个欲望很快就会使其他欲望骚动起来。

这个本能的发展倾向是难以确定的。一种性别的人被另一种性别的人所吸引这是天性的冲动。选择、偏好和个人的爱，完全是由人的知识、偏见和习惯产生的。要使我们懂得爱，那是需要经过很长时间和具备很多知识的。只有在经过判断之后，我们才有所爱；只有在经过比较之后，我们才有所选择。然而，这些判断的形成虽然是无意识的，但不能因此就说它们是不真实的。

真正的爱，不管你怎样说都始终会受到人的尊敬。因为尽管爱的魅力能使我们步入歧途，尽管它不能把那些丑恶的性质从感受到爱的心中完全排除，而且，甚至还会产生另外一些丑恶的性质，但它始终是受到尊重的，没有这种尊重我们就不能达到感受爱的境地。我们认为是违反理性的选择，正是来源于理性的。我们之所以说爱是盲目的，那是因为它的眼睛比我们的眼睛好，能看到我们看不到的关系。在没有任何道德观和审美观的男人看来，所有的妇女都同样是很好的，他所遇到的第一个女人在他看来总是最可爱的。爱不仅不是由自然产生的，而且它还限制着自然欲念的发展。正是由于它，除了被爱的对象以外，一种性别的人对另一种性别的人才满不在乎。

我们喜欢什么，我们就想得到什么，而爱却应当是相互的。为了得到他人的爱，他必须使自己成为可爱的人；为了得到别人的偏爱，他必须使自己更为可爱，至少在所爱的对象眼中看来比任何人都更为可爱。因此，他首先要注视同他相似的人。他要同他们比较，他要同他们竞赛，同他们竞争，他要妒忌他们。他那洋溢着情感的心，是喜欢向人倾诉情怀的。他需要一个情人，不久又感到需要一个朋友。当一个人觉得为人所爱是多么甜蜜的时候，他就希望所有的人都爱他。要不是因为有许多地方不满意，每个人都是不愿意有所偏爱的。随着爱情和友谊的产生，也产生了纠纷、敌意和仇恨。在许多各种各样的欲念中，我看到了偏见，它宛如一个不可动摇的宝座，愚蠢的人们在它的驾驭之下竟完全按别人的见解去安排他们的生活。

▄佳作点评 ▌▌▄▄

　　爱是美好的，也是危险的。稍有不慎，就可能陷入爱的歧途，最终害人害己。因此，我们要正确理解爱。当我们在爱别人的时候，不要心存偏见，要以真诚的心去尊重别人。当我们在接受别人的爱的时候，同样不要心存邪恶，而要以善良的愿望去回报对方。只有这样，才能获得爱的幸福和被爱的幸福。

　　就像作者在文中说的那样："为了得到他人的爱，他必须使自己成为可爱的人；为了得到别人的偏爱，他必须使自己更为可爱。"

爱 ‖▏▁ ▁ ▁

□ ［智利］聂鲁达

正是由于你，当我们立在鲜花初绽的花园旁边时，春天的芬芳使我沉闷。

我鼓励自己把你的芳容忘记，也不记得你的纤手，更不记得你的朱唇如何亲吻。

正是由于你，我喜爱睡卧在公园里的白色雕像，那些白色的雕像默然无声，两眼一无所见。

你的声音已在我的记忆中消逝——你欢乐的声音；你的双眸也已远去。

有如鲜花离不开绿叶，我割不断对你的朦胧记忆。我就像一处一直在疼痛的创伤，只要你一加触碰，我就会痛得死去活来。

你的脉脉柔情缠绕着我，犹如青藤攀附着阴郁的大墙。

你的爱虽已尘封，可我却从每一个窗口里隐约地看到你。

正是由于你，夏季的气息使我沉闷；正是由于你，我又去留意燃起欲望的种种标志，去窥视流星，去窥视一切坠落的事物。

　　文虽短，情却深。这是一曲爱的颂歌，从中可以体会到作者对给予他爱的事物是多么的心存感激。

　　只有知道感恩的心，才能体会到爱的纯洁。

　　只有纯洁的心，才能感受到真正的爱。

学会爱

□ ［奥地利］里尔克

　　我们研究过的课题中，最难的一项要数人类对人类的爱。它是最终的事情，也是最后的考验、最后的试验，像其他所有工作的预备工作。

　　所以，那些恋爱的初学者还不具备爱的能力。他们必须学习如何去爱。他们必须赌上自己并在他们孤独不安的心中，注入已经集合起来的所有力量。

　　爱需要学习，但是学习的过程总是漫长而孤立的。因此，爱首先得经历一段相当长的时间。在这段时间里，孤独无疑是最重要的也就是意味着因为要爱，所以，必须一个人独自品尝高深的孤独感。

　　爱情，并不意味着自己完全献出自己，去与第二人结为一体。因为，在自己尚未献身前是否有第二人正等着跟自己结为一体还是个问题。

　　对于任何人，爱都是一种成熟的，让自己了解自己内心的，为了创造一个新人独立于世界的一个崇高契机，也是造化对人类提出的另一个分外的要求。年轻人若将爱当作磨炼自己的课题，那么，当把爱献给别人时，应该不会有所抵触吧！但是，不论是献身自己，还是与所有人的精神契合（这里必须是长久贮存下来），对于年轻人来说都不应操之过急，也不是年轻人的最后一项任务。

⬛佳作点评 ▮▮▁

　　诚如作者所言，"爱"是需要学习的，它是一种生活的积淀。阅历越丰厚的人，对爱的认识越深。经历过种种苦难和磨砺的人，对爱的认识就越切。因此，我们要想体会爱，就必须保持一颗"谦卑的心"，去向生活学习，向社会学习，向身边的人学习。

　　爱是一种能力。只有具备爱的能力的人，方能明白爱到底是什么。

父亲的病 ·[中国]鲁迅

父　亲 ·[中国]彭家煌

父　亲 ·[中国]鲁彦

背　影 ·[中国]朱自清

父亲的玳瑁 ·[中国]鲁彦

回忆父亲 ·[中国]缪崇群

……

爱的感情是理性

使你的父亲感到荣耀的莫过于你以最大的热诚继续你的

学业，并努力奋发以期成为一个诚实而杰出的男子汉。

——贝多芬

父亲的病 ▌▏▖ ▄ ▄

□［中国］鲁迅

　　大约十多年前罢，S城中曾经盛传过一个名医的故事：

　　他出诊原来是一元四角，特拔十元，深夜加倍，出城又加倍。有一夜，一家城外人家的闺女生急病，来请他了，因为他其时已经阔得不耐烦，便非一百元不去。他们只得都依他。待去时，却只是草草地一看，说道"不要紧的"，开一张方，拿了一百元就走。那病家似乎很有钱，第二天又来请了。他一到门，只见主人笑面承迎，道，"昨晚服了先生的药，好得多了，所以再请你来复诊一回。"仍旧引到房里，老妈子便将病人的手拉出帐外来。他一按，冷冰冰的，也没有脉，于是点点头道，"唔，这病我明白了。"从从容容走到桌前，取了药方纸，提笔写道：

　　"凭票付英洋壹百元正。"下面是署名，画押。

　　"先生，这病看来很不轻了，用药怕还得重一点罢。"主人在背后说。

　　"可以，"他说。于是另开了一张方：

　　"凭票付英洋贰百元正。"下面仍是署名，画押。

　　这样，主人就收了药方，很客气地送他出来了。

　　我曾经和这名医周旋过两整年，因为他隔日一回，来诊我的父亲的病。那时虽然已经很有名，但还不至于阔得这样不耐烦；可是诊金却已经是一元四角。现在的都市上，诊金一次十元并不算奇，可是那时是一元四角已是巨款，很不容易张罗的了；又何况是隔日一次。他大概的确有些特别，据舆论说，用药就与众不同。我不知道药品，所觉得的，就是"药引"的难得，新方一换，就得忙一大场。先买药，再寻药引。"生姜"两片，竹叶十片去尖，他是不用的了。起码是芦根，须到河边去掘；一到经霜三年的甘蔗，便至少也得搜寻两三天。可是说也奇怪，大约后来总没有购求不到的。

据舆论说，神妙就在这地方。先前有一个病人，百药无效；待到遇见了什么叶天士先生，只在旧方上加了一味药引：梧桐叶。只一服，便霍然而愈了。"医者，意也。"其时是秋天，而梧桐先知秋气。其先百药不投，今以秋气动之，以气感气，所以……。我虽然并不了然，但也十分佩服，知道凡有灵药，一定是很不容易得到的，求仙的人，甚至于还要拼了性命，跑进深山里去采呢。

这样有两年，渐渐地熟识，几乎是朋友了。父亲的水肿是逐日利害，将要不能起床；我对于经霜三年的甘蔗之流也逐渐失了信仰，采办药引似乎再没有先前一般踊跃了。正在这时候，他有一天来诊，问过病状，便极其诚恳地说：——

"我所有的学问，都用尽了。这里还有一位陈莲河先生，本领比我高。我荐他来看一看，我可以写一封信。可是，病是不要紧的，不过经他的手，可以格外好得快……。"

这一天似乎大家都有些不欢，仍然由我恭敬地送他上轿。进来时，看见父亲的脸色很异样，和大家谈论，大意是说自己的病大概没有希望的了；他因为看了两年，毫无效验，脸又太熟了，未免有些难以为情，所以等到危急时候，便荐一个生手自代，和自己完全脱了干系。但另外有什么法子呢？本城的名医，除他之外，实在也只有一个陈莲河了。明天就请陈莲河。

陈莲河的诊金也是一元四角。但前回的名医的脸是圆而胖的，他却长而胖了：这一点颇不同。还有用药也不同，前回的名医是一个人还可以办的，这一回却是一个人有些办不妥帖了，因为他一张药方上，总兼有一种特别的丸散和一种奇特的药引。

芦根和经霜三年的甘蔗，他就从来没有用过。最平常的是"蟋蟀一对"，旁注小字道："要原配，即本在一窠中者。"似乎昆虫也要贞节，续弦或再醮，连做药资格也丧失了。但这差使在我并不为难，走进百草园，十对也容易得，将它们用线一缚，活活地掷入沸汤中完事。然而还有"平地木十株"呢，这可谁也不知道是什么东西了，问药店，问乡下人，问卖草药的，问老年人，问读书人，问木匠，都只是摇摇头，临末才记起了那远房的叔祖，爱种一点花木的老人，跑去一问，他果然知道，是生在山中树下的一种小树，能结红子如小珊瑚珠的，普通都称为"老弗大"。

"踏破铁鞋无觅处，得来全不费工夫。"药引寻到了，然而还有一种特别的丸药：败鼓皮丸。这"败鼓皮丸"就是用打破的旧鼓皮做成；水肿一名鼓胀，一用打破的鼓皮自然就可以克伏他。清朝的刚毅因为憎恨"洋鬼子"，预备打他们，练了些兵称作"虎神营"，取虎能食羊，神能伏鬼的意思，也就是这道理。可惜这一种神药，全城中只有一家出售的，离我家就有五里，但这却不像平地木那样，必须暗中摸索了，陈莲河先生开方之后，就恳切详细地给我们说明。

"我有一种丹，"有一回陈莲河先生说，"点在舌上，我想一定可以见效。因为舌乃心之灵苗……。价钱也并不贵，只要两块钱一盒……。"

我父亲沉思了一会，摇摇头。

"我这样用药还会不大见效，"有一回陈莲河先生又说，"我想，可以请人看一看，可有什么冤愆……。医能医病，不能医命，对不对？自然，这也许是前世的事……。"

我的父亲沉思了一会，摇摇头。

凡国手，都能够起死回生的，我们走过医生的门前，常可以看见这样的匾额。现在是让步一点了，连医生自己也说道："西医长于外科，中医长于内科。"但是Ｓ城那时不但没有西医，并且谁也还没有想到天下有所谓西医，因此无论什么，都只能由轩辕岐伯的嫡派门徒包办。轩辕时候是巫医不分的，所以直到现在，他的门徒就还见鬼，而且觉得"舌乃心之灵苗"。这就是中国人的"命"，连名医也无从医治的。

不肯用灵丹点在舌头上，又想不出"冤愆"来，自然，单吃了一百多天的"败鼓皮丸"有什么用呢？依然打不破水肿，父亲终于躺在床上喘气了。还请一回陈莲河先生，这回是特拔，大洋十元。他仍旧泰然的开了一张方，但已停止败鼓皮丸不用，药引也不很神妙了，所以只消半天，药就煎好，灌下去，却从口角上回了出来。

从此我便不再和陈莲河先生周旋，只在街上有时看见他坐在三名轿夫的快轿里飞一般抬过；听说他现在还康健，一面行医，一面还做中医什么学报，正在和只长于外科的西医奋斗哩。

中西的思想确乎有一点不同。听说中国的孝子们，一到将要"罪孽深重祸延父母"的时候，就买几斤人参，煎汤灌下去，希望父母多喘几天气，即使半天也好。我的一位教医学的先生却教给我医生的职务道：可医的应该给他医治，不可医的应该给他死得没有痛苦。——但这先生自然是西医。

父亲的喘气颇长久，连我也听得很吃力，然而谁也不能帮助他。我有时竟至于电光一闪似的想道："还是快一点喘完了罢……。"立刻觉得这思想就不该，就是犯了罪；但同时又觉得这思想实在是正当的，我很爱我的父亲。便是现在，也还是这样想。

早晨，住在一门里的衍太太进来了。她是一个精通礼节的妇人，说我们不应该空等着。于是给他换衣服；又将纸锭和一种什么《高王经》烧成灰，用纸包了给他捏在拳头里……。

"叫呀，你父亲要断气了。快叫呀！"衍太太说。

"父亲！父亲！"我就叫起来。

"大声！他听不见。还不快叫？！"

"父亲！！！父亲！！！"

他已经平静下去的脸，忽然紧张了，将眼微微一睁，仿佛有一些苦痛。

"叫呀！快叫呀！"她催促说。

"父亲！！！"

"什么呢？……不要嚷。……不……。"他低低地说，又较急地喘着气，好一会，这才复了原状，平静下去了。

"父亲！！！"我还叫他，一直到他咽了气。

我现在还听到那时的自己的这声音，每听到时，就觉得这却是我对于父亲的最大的错处。

十月七日。

佳作点评

作者回忆儿时为父亲延医治病的情景，描述了几位"名医"的行医态度、作风、开方等种种表现，揭示了这些人巫医不分、故弄玄虚、勒索钱财、草菅人命的实质，真实地展现了当时的人情世态和社会风貌。文中并未对庸医进行直接的指责，但字里行间却透着讽刺。

文本融记叙、议论为一体，不时插入"杂文技法"，提升了作品的艺术含量，犹如平地起惊雷，很有震撼力。

父 亲

□［中国］彭家煌

　　仲夏的一晚，乌云棉被似的堆满在天空，风儿到海滨歇凉去了，让镜梅君闷热的躺着。在平时，他瞧着床上拖沓的情形，就爱"尺啊，布啊，总欢喜乱丢！"的烦着，但这晚他在外浪费回来，忏悔和那望洋兴叹的家用的恐慌同时拥入他的脑门，恰巧培培又叽嘈的陪着他丧气，于是他那急待暴发的无名火找着了出路啦，眉头特别的绷起，牙齿咬着下唇，痧眼比荔枝还大的睁着，活像一座门神，在床上挺了一阵，就愤愤的爬起来嚷："是时候啦，小东西，得给他吃啊！"

　　照例，晚上九点钟时，培培吃了粥才睡。这时夫人闻声，端了粥来，抱起培培。培培在母亲怀里吃粥，小嘴一开一闭，舌头顶着唇边，像只小鲫鱼的嘴。镜梅君看得有趣，无名火又熄灭了，时时在他的脸上拨几下，在屁股上敲几下，表示对孩子的一点爱。粥里的糖似乎不够，培培无意多吃，口含着粥歌唱，有时喷出来，头几摇几摆，污了自己的脸，污了衣服，夫人不过"嗯，宝宝，用心吃！"的催着，羹匙高高的举起来等，可是镜梅君又恼起来啦，他觉着那是"养不教父之过"，不忍坐视的将培培夺过来，挟着他的头一瓢一瓢的灌。培培也知道一点怕，痴痴的瞧着镜梅君那睁大的眼和皱着的眉，将粥一口一口的咽，吃完了，镜梅君将他放在席子上。

培培肚子饱了，就忘记一切，攀着床的栏杆跳跃着站起来，小眼睛笑迷迷的，舌儿撑着下巴颚开开的，口涎直往胸部淌，快乐充满宇宙的尖脆的叫声在小喉里婉转，镜梅君的威严的仪表又暂时放弃了，搂起他在怀里紧紧的，吻遍了他的头颈，只少将这小生物吞下去，毛深皮厚的手又在他那柔嫩的股上拍。培培虽则感着这是一种处罚的不舒畅，但究竟是阿爹的好意，镜梅君也很自慰，即刻就想得到报酬似的命令着："嗨，爹，爹，爹！培培，叫我一声阿爹看。"培培不知道服从，只是张着口预备镜梅君来亲吻似的。颇久的抱着玩，培培可就任意撒尿了，小鸡鸡翘起来不辨方向的偏往镜梅君的身上淋，这是培培一时改不掉的大毛病，也可以说是一种过分的扰乱，而在镜梅君的脑中演绎起来，那可断定培培一生的行为与成就，于是他的面孔就不得不板起，牙齿从兜腮胡子里露出来："东西，你看，你看，迟不撒，早不撒，偏在这时撒在我身上，忤逆胚！"他骂着，手不拘轻重的拍培培。培培起首惊愕的瞧着他，即刻扁着嘴，头向着他妈哭。但这怎么能哭？"你哭，你哭，我敲死你，讨厌的东西！"镜梅君更加严厉了，培培越哭他越使力打！打完了，扔在席上。培培，年纪十个月大的男孩，美观的轮廓，为着营养不足而瘦损，黯黄的脸，表现出血液里隐藏着遗传下来的毒质，容颜虽不丰润，倒还天真伶俐。他常为着饿，屁股脏，坐倦了就"嗯——嗳——"的哭，但必得再睡了一觉醒才得满足他的需求，因此，他妈非常可怜他。"他懂什么，你没轻没重的打他？你索兴打死他啦！也没看见这样不把孩子当人的！"培培遭了打，夫人看得很心痛，等到自己抱着培培在怀里，才敢竖着眉毛向着丈夫咒。

"不抱走，你看我不打他个臭死！讨厌的东西！"镜梅君本懒于再打，但语气里却不肯收敛那无上的威严。

"讨厌！？你不高兴时，他就讨厌；你高兴时，他就好玩，他是给你

爱的感情是理性

开玩笑的吗？"

　　"不是啊！他撒湿我的衣服，还不讨厌，还不该打！"

　　"干吗要给你打，我养的？"

　　"不怕丑！"

　　夫妻俩常为孩子吵，但不曾决裂过，其原因是镜梅君担负家庭间大半经济的责任，他常觉自己是负重拉车的牛马，想借故吵着好脱离羁绊，好自个儿在外面任情享乐，幸而他的夫人会见风转舵，每每很审慎的闹到适可而止，因而夫妻的感情始终维系着，镜梅君也就暂时容忍下去。那时，他觉着过于胜利，静默了一会，又觉着夫人的责备不为无理，同时便心平气和的感到有一种文明人的高玄的理想不能不发表出来似的，因为文明人的智识和态度不能落后于妇女们，见笑于妇女们的。于是他用半忏悔半怀疑的语气说：

　　"不知怎样，我心里不快乐时，就爱在孩子身上出气；其实我也知道尊重孩子的地位，知道哭是满足他的欲求的工具，爱吵爱闹是他天赋的本能。他的一切是自然的，真实的，我也想细心观察他，领导他，用新颖而合理的教育方法陶冶他，使他的本能顺遂的在多方面健全的发展，但我不知如何，一听见他哭，或看见他撒屎撒尿撒了满地，就不高兴！"

　　"是呀，你就爱这样，我知道是你肝火太盛的缘故，明天上医院去看看吧，老是吵着也不是事。"

　　好，孩子被毒打了一顿，已归罪于肝火，一切便照旧安静。培培瞌睡来了，他妈将他安置在床上，自己也在旁边睡了，镜梅君也一个人占一头，睡了。

　　不管天气闷热不，到了晚上，在培培便是凄惨黯淡的晚上。蚊子臭虫在大人的身上吮吸点血液，他们不觉着痛痒，即令觉着了，身体一转，手一拍，那蓬饱的小生物，可就放弃了它们的分外之财，陈尸在大的肉体之下；但它们遇着培培呢，自己任意吃饱了还雍容儒雅的踱着，叫它们的伙伴来。培培不敢奈何它们，只知道哭，在床上滚，给全床以重大的扰乱，而镜梅君之陶冶他，处理他，也就莫过于这时来得妥当、公道、严肃而最合新颖的教育原理！

　　五尺宽的床本不算很窄，但镜梅君爱两脚摊开成个"太"字形的躺着，好像非如此，腋下胯下的一弯一角的秽气无由发挥，而疲劳也无由恢复似的。那时培培睡得很安静，连镜梅君的闲毛都没冒犯过，镜梅君得恬静的躺着，于是悠然神往的忆起白天的事，众流所归的脑海忽然浮起一支"白板"来。那是 C 家麻雀席上的下手放出的。当时，他如中了香槟票的头彩一般，忙将自己手里的"中风""白板"对倒的四番牌摊开，战栗恐惧的心得到无穷的快慰，可是正等着收钱进来，对门也将一支"白板"晾出来，自己的"四番"给他的"念八和"截住了。那次是他的末庄，捞本的机会错过了，一元一张的五张钞票进了别人的袋，于是他血液沸腾的愤懑的睁着眼睛瞧着对门。他回忆到这里，不觉怒气磅礴的。这时候，培培不知天高地厚的像一条蚯蚓样在他的脚边蠕动了，"嗯——嗳——"的声浪破静寂而传入他的耳膜，愤懑的情绪里搀入了厌恶，于是所有的怨毒都集中在这小蚯蚓的身上，直等床上不再有什么扰乱，于是，"蚯蚓""对门"随着那支"白板"漂漂荡荡的在脑海里渺茫了，继之而起的是一阵漾动着的满含春意的微波。

　　那微波也是 C 家麻雀席上起的：一位年轻的寡妇是他的上手，她那伶俐的眼睛时时溜着他，柔嫩的手趁着机会爱在他的手上碰，那似是有意，在她的枯燥生活中应该是有意。他的手好像附在她的手下蚁行前进着，到腋下，到胸膛，由两峰之间一直下去。想到了玄妙的地方，他便俯着身体想寻求满足，在没得到满足时，那怕半颗灰尘侮辱了他，也足够惹起他那把肝火的，漫说那末大的培培在他的脚边有扰乱的行为。

　　那时，夫人被挤在一边倒是静静的，可是培培竟又昏天黑地莽撞起来，左翻右滚，在床角俨然是个小霸王，但这是小丑跳梁，在镜梅君的领域里是不作兴的。起首，镜梅君忍着性子，临崖勒马似的收住脚力，只将培培轻轻的踹开，虔诚的约束起自己那纷乱的心，将出了轨的火车一般的思潮，猛力一挟，挟上正轨，然后照旧前进着；可是不久培培仍是毫无忌惮的滚，他可就加力的踹着，开始烦起来啦："讨厌的东西，闹得人家觉都不能睡！"

"好，又起了波浪啦，我真害怕！"夫人恐惧的说，连忙唱着睡歌想稳住培培，但培培受了镜梅君的踢，更加叽嘈了。

"我不是爱起波浪，我的肝火又在冒啦，我告你！家里叽叽嘈嘈，就容易惹起我的肝火，我真是不希望有家庭，家庭于我有什么？"镜梅君已经仰转身体睡，想寻求满足的目的地已给夫人和孩子扰乱得满目荒凉了！"你总爱说这种话，我知道你早有了这付心肠，你要如何就如何吧，我不敢和你说话，反正我是天生成的命苦！"

"来啦，鬼来啦，来了这末一大串！哼，晚上吵得这样安不了生，就只想压住我不说话，我早有了这付心肠！就有了你要怎么样？这小畜生……"镜梅君手指着培培，一条小蚯蚓，"你瞧，一个月总得花八九块钱的代乳粉，吃得饱饱的还要闹，屎尿撒得满屋臭熏熏的，光是娘姨服侍他还不够！"

"唉，那家没有孩子，那个孩子不这样，像他还是顶乖的，你怪三怪四的埋怨干什么？""我埋怨，我埋怨我自己当初不该……"这时培培又在镜梅君的脚边滚，他不由得使劲的踹着说，"喏，你瞧，这家伙还在我脚边讨厌，他好像爱在人家肝火盛的时候故意来呕人，九点吃的粥，滚到现在……"说着他坐起，在培培的腿上捏了两把，又继续的嚷，"你寻死吗，老是滚来滚去的。"培培不但不静止，反而"哇"的哭起来，镜梅君的肝火的势焰也随着冲到了极地。"你哭，你哭，我打死你，小畜生，闹得人家觉都不能睡，我花钱受罪，我为的什么，我杀了你，可恶的小杂种！"他口里一句一句的数，巴掌一记一记的在培培的脸上股上拍。夫人起首忍着，渐渐心痛起来了：

"唉，他连苍蝇站在脸上都得哭一阵，蚊子臭虫想咬他还找他不着呢，这么大的孩子，那能受得起这样粗重的手脚踢啊，打啊！欺侮孩子罪过的！"

"放屁，放屁，我不懂得这些！谁讨厌，我就得解决谁！女人，我知道很清楚，很会瞎着眼睛去爱孩子，宠得他将来打自己的耳巴，除此之外就会吃醋争风，吃喝打扮，有的是闲工夫去寻缝眼跟丈夫吵嘴。你当然不是这种人，受过教育的，我知道，但是，你还是收起你的那张嘴巴强。"镜梅君压服了夫人，便专心来对付培培："这杂种，他什么地方值得爱？像这打不怕的畜生，将来准是冥顽的强盗，我说的错不错，到那时候你会知道。现在我得赶早收拾他，你瞧，他还往我这边滚！"镜梅君想使孩子的罪恶有彰明的证据，颤着手指给夫人看，顺势将那只手纷纷的打培培。"轻轻的打你几下就送了你的终吗？你这该杀的，我就杀了你也并不过分啊！"

培培只是拼命的哭，夫人闷着一肚子的气，本想不睬不理，但她抑制不住母亲对孩子的慈悲，终于伸出手去抱，但她的手给镜梅君的拦回了。

"不行，不行，我不能让谁抱起他！我要看他有多末会哭，会滚！我知道他是要借着吵闹为消遣，为娱乐；我也要借着打人消遣消遣看，娱乐娱乐看。"镜梅君阻住了夫人又向着培培骂："你这世间罕有的小畜生，你强硬得过我才是真本事！你哭，你滚，你索兴哭个痛快，滚个痛快吧！妈妈的，我没有你算什么，我怕乳粉没人吃，我怕一人安静的睡得起不了床！"他很气愤，认真的动起武来了，打得培培的脸上屁股上鲜红的，热热的，哇一声，隔了半天又哇一声。夫人坐在旁边没办法，狠心地溜下床，躲开了。她不忍目睹这凄惨的情景，一屁股坐在邻室的马桶盖上，两手撑着无力的头，有一声没一声的自怨着："唉，为什么要养下孩子来，我？——培培，你错投了胎啦，你能怪我吗？——这种日子我怎么能过得

爱的感情是理性

去，像今晚这日子——我早知道不是好兆头，耗子会白天跑到我的鞋上的，唉！"

这种断续的凄楚的语音，在镜梅君的拍打声中，在培培的嚎叫声中，隐约的随着夜的延续而微细，而寂然。培培愈哭愈招打，愈打愈哭；打一阵哭一阵之后，他竟自翻身爬起来，身体左右转动，睁开泪眼望着，希冀他妈来救援，但他妈不知去向了，在他前面的只有镜梅君那幅阎罗似的凶脸，在惨淡的灯光之下愈显得吓人，黯灰的斗室中，除泰然的时钟"踢踏"的警告着夜是很深了而外，只有他这绝望的孤儿坐以待毙的枯对着夜叉，周围似是一片渺茫的黄沙千里的戈壁，耳鼻所接触的似是怒嚎的杀气与腥风。于是，人世的残酷与生命的凄凉好像也会一齐汇上他那小小的心灵上，他伏在席上本能的叫出一声不很圆熟的，平常很难听到的"姆妈"来，抬头望了一下又伏着哭，等再抬头看他妈来了不的时候，眼前别无所有，只镜梅君的手高高的临在他的额前，一刹那就要落下。他呆木的将眼睛死死的钉住那只手，又向旁边闪烁着，似乎要遁逃，但他是走不动的孩子，不能遁逃，只得将万种的哀愁与生平未曾经历过的恐惧，一齐堆上小小的眉头，终于屈服的将哭声吞咽下去。微细的抽噎着；惨白而瘦削的脸上的泪流和发源于蓬蓬的细长的头发里的热汗汇合成一条巨大的川流，晃晃的映出那贼亮贼亮的灯光的返照，他像是个小小的僵尸，又像是个悲哀之神，痉挛似的小腿在席上无意义的伸缩，抖战的小手平平的举起，深深的表现出他的孤苦与还待提抱的怯弱来。

人穷了喊天，病倒了喊妈，这是自然的，培培喊"姆妈"算得什么，然而在这时的镜梅君的心上竟是一针一针的刺着一样。他蓦然觉着刚才的举动不像是人类的行为；用这种武力施之于婴儿，也像不是一个英雄的事业，而且那和文明人的言论相去太远，于是他的勇气销沉了，心上好像压了一块冰。他感到自己也是爹妈生的。爹虽活着，但那是在受磨折，勉强的度着残年，和自己年年月月给迢迢万里的河山阻隔着，连见一面也难。许多兄弟中，他独为爹所重视，他虽则对爹如路人一般，但爹容忍的过着愁苦日子，毫无怨言，至今还满身负着他读书时所欠的巨债；岂仅无怨言，还逢人饰词遮掩儿子的薄情，免避乡人的物议，说："这衣服是镜梅寄回的。这玳瑁边眼镜值三四十元，也是镜梅寄回的。"妈呢，辛苦的日子过足了，两手一撒，长眠在泥土里，连音容都不能记忆。她曾在危险的麻豆症中将他救起，从屎尿堆里将他抚养大，而他在外面连半个小钱都没寄给她缝补缝补破旧的衣服，逢年过节也不寄信安慰安慰她倚闾念子的凄愁，于今感恩图报，可还来得及？爹妈从来不曾以他对付培培的手段对付他过，将来培培对他又应怎样？培培的将来虽不能说，或许也如他对爹妈一样，应遭天谴，但他对于仅十个月大的培培，那有像爹妈对他那末的深恩厚德！何况这么小的培培还吃不住这种苦啊！反复的推敲，他的眼泪几乎潮涌上来，立即将培培抱起，轻轻的拍着在室内踱着，凶残的硬块似已溶解于慈祥的浓液中了，但偶然听见一声啼哭时，他觉着又是一种扰乱来了，那又是一种该处罚的忤逆行为，慈祥的脸子骤然变了，不肯轻易放弃的威严又罩下来，口里又是："还哭啊，还哭啊，我打你！"的威吓着。他好像不这样便示了弱，失了自己的身份似的。培培在他的怀里缩做一团的低声抽噎，经过许久也就打起瞌睡来了。夫人悲哀得够了，也就上床睡了，于是镜梅君将培培放在夫人的身边，自己也尽兴的躺着，随着肝火的余烬，悠悠的入梦，更深夜静，只有培培在梦中断断续续的抽噎的声音。

第二天，清早，第一个醒的是培培。他那肉包子似的小拳在自己的脸上乱揎了一阵，头左右摇几下，打了一个呵欠，小眼睛便晶明透亮的张开了。他静静的看看天花板，看看窗上的白光，渐渐的，小腿儿伸了几伸，小手在空中晃了几晃，便又天真烂漫的跟窗外的小鸟儿一样，婉转他的歌喉，散播着乐音如快乐之神一般的，昨宵的恐惧与创伤便全然忘却了，他眼中的宇宙依然是充满着欢愉，他依然未失他固有的一切！

第二个醒的是夫人，她也忘了一切，高兴的逗着培培玩，格支格支的用手轻轻的抓着他的腰胁，有时抱着他狂吻。培培发出婴儿的尖脆的笑声，非常好听！最后醒的是镜梅君。他是给大门外的粪车声惊醒的，他当那是天雷。那雷是从昨宵那满堆着乌云的天空中打出的。但他张着眼睛向窗边一闪，射入他的眼帘的不是闪电，却是灿烂的晨光，那光照出他的羞惭的痕迹，于是他怯生的将眼门重新关了，用耳朵去探听；培培的笑声，夫人的打趣声，一阵一阵传送进来，室内盈溢着母子自由自在的在乐着的欢忻。镜梅君觉着那又是故意呕他享受不到那种天伦之乐，心中起了些恼愤，但同时又反衬出其所以致此之由，全然是自己的罪恶，情绪完全陷入懊悔的漩涡里，不好意思抬头望夫人，更难为情看那天真烂漫的孩子；但又不能长此怯羞下去，于是念头一转，重要的感觉却又是：犯不上对属于自己统治之下的妻儿作过分跼跼的丑态；犯不上在妇孺之前露出文明人的弱点来。他只得大胆的将眼门开了，故意大模大样的咳嗽着，抬头唾出一泡浓痰，望了培培几眼，又嘻皮笑脸的逗他玩："Hello，Baby！ Sorry，Sorry！"

"不要脸的！"夫人斜着眼，竖着眉头，啐了他一口。培培听了奇怪的喊声，旋转头来向镜梅君愕眙的瞧了一眼，他认识了那是谁，便脸色灰败的急往他妈的怀里爬！

◢佳作点评▮▮▃▃

　　彭家煌是现代文学五四初期的乡土小说作家之一，本文从平凡的日常生活中截取内容，以培培一家的生活事例来表现深刻的社会内容。

　　文章饱含人道主义情怀，结构严谨，构思精妙，具有喜剧色彩和地方色彩。

父 亲

□［中国］鲁彦

"父亲已经上了六十岁了，还想做一点事业，积一点钱，给我造起屋子来。"一个朋友从北方来，告诉了我这样的话。他的话使我想起了我的父亲。我的父亲正是和他的父亲完全一样的。

我的父亲曾经为我苦了一生，把我养大，送我进学校，为我造了屋子，买了几亩田地。六十岁那一年，还到汉口去做生意，怕人家嫌他年老，只说五十几岁。大家都劝他不要再出门，他偏背着包裹走了。

"让我再帮儿子几年！"他只是这样说，

后来屋子被火烧掉了，他还想再做生意，把屋子重造起来。我安慰他说，三年以后我自己就可积起钱造屋了，还是等一等吧。他答应了。他给我留下了许多造屋的材料，告诉我这样可以做什么那样可以做什么。他死的之前不久，还对我说：

"早一点造起来吧，我可以给你监工。"

但是他终于没有看见屋子重造起来就死了。他弥留的时候对我说，一切都满足了。但是我知道他倘能再活几年，我把屋子造起来，是他所最心愿的。我听到他弥留时的呻吟和叹息，我相信那不是病的痛苦的呻吟和叹

爱的感情是理性

093

息。我知道他还想再活几年，帮我造起屋子来。

现在我自己已是几个孩子的父亲了。我爱孩子，但我没有前一辈父亲的想法，帮孩子一直帮到老，帮到死还不足。我赞美前一辈父亲的美德，而自己却不能跟着他们的步伐走去。

我觉得我的孩子累我，使我受到极大的束缚。我没有对他们的永久的计划，甚至连最短促的也没有。

"倘使有人要，我愿意把他们送给人家！"我常常这样说，当我厌烦孩子的时候。

唉，和前一辈做父亲的一比，我觉得我们这一辈生命力薄弱得可怜，我们二三十岁的人比不上六七十岁的前辈，他们虽然老的老死的死了，但是他们才是真正的活着到现在到将来。

而我们呢，虽然活着，却是早已死了。

▎佳作点评 ▍

都说爱是无私的，父母之爱尤其如此。本文写了作者自己的父亲，也写了作为父亲的自己。父亲对自己的爱是无所求的，只要他一息尚存，就无时不在为儿子着想。父亲最大的愿望是给儿子造屋，遗憾的是，他没等到那一天，自己就含恨而去，使作者深感内疚。

文章后半部分，主要写作为父亲的自己对儿子的爱。采取"对比"手法，将自身的父爱与自己的父亲对照，更显父亲的"伟大"。

结尾发人深省，深具警世意义。

背 影 ▌▌▖▁ ▖ ▗

□［中国］朱自清

我与父亲不相见已二年余了，我最不能忘记的是他的背影。

那年冬天，祖母死了，父亲的差使也交卸了，正是祸不单行的日子，我从北京到徐州打算跟着父亲奔丧回家。到徐州见着父亲，看见满院狼藉的东西，又想起祖母，不禁簌簌地流下眼泪。父亲说，"事已如此，不必难过，好在天无绝人之路！"

回家变卖典质，父亲还了亏空；又借钱办了丧事。这些日子，家中光景很是惨淡，一半为了丧事，一半为了父亲赋闲。丧事完毕，父亲要到南京谋事，我也要回北京念书，我们便同行。

到南京时，有朋友约去游逛，勾留了一日；第二日上午便须渡江到浦口，下午上车北去。父亲因为事忙，本已说定不送我，叫旅馆里一个熟识的茶房陪我同去。他再三嘱咐茶房，甚是仔细。但他终于不放心，怕茶房不妥帖；颇踌躇了一会。其实我那年已二十岁，北京已来往过两三次，是没有什么要紧的了。他踌躇了一会，终于决定还是自己送我去。我两三劝他不必去；他只说，"不要紧，他们去不好！"

我们过了江，进了车站。我买票，他忙着照看行李。行李太多了，得

爱的感情是理性

向脚大行些小费，才可过去。他便又忙着和他们讲价钱。我那时真是聪明过分，总觉他说话不大漂亮，非自己插嘴不可。但他终于讲定了价钱；就送我上车。他给我拣定了靠车门的一张椅子；我将他给我做的紫毛大衣铺好座位。他嘱我路上小心，夜里警醒些，不要受凉。又嘱托茶房好好照应我。我心里暗笑他的迂；他们只认得钱，托他们只是白托！而且我这样大年纪的人，难道还不能料理自己么？唉，我现在想想，那时真是太聪明了！

我说道，"爸爸，你走吧。"他往车外看了看，说，"我买几个橘子去。你就在此地，不要走动。"我看那边月台的栅栏外有几个卖东西的等着顾客。走到那边月台，须穿过铁道，须跳下去又爬上去。父亲是一个胖子，走过去自然要费事些。我本来要去的，他不肯，只好让他去。我看见他戴着黑布小帽，穿着黑布大马褂，深青布棉袍，蹒跚地走到铁道边，慢慢探身下去，尚不大难。可是他穿过铁道，要爬上那边月台，就不容易了。他用两手攀着上面，两脚再向上缩；他肥胖的身子向左微倾，显出努力的样子。这时我看见他的背影，我的泪很快地流下来了。我赶紧拭干了泪，怕他看见，也怕别人看见。我再向外看时，他已抱了朱红的橘子往回走了。过铁道时，他先将橘子散放在地上，自己慢慢爬下，再抱起橘子走。到这边时，我赶紧去搀他。他和我走到车上，将橘子一股脑儿放在我的皮大衣上。于是扑扑衣上的泥土，心里很轻松似的，过一会说，"我走了，到那边来信！"我望着他走出去。他走了几步，回过头看见我，说，"进去吧，里边没人。"等他的背影混入来来往往的人里，再找不着了，我便进来坐下，我的眼泪又来了。

近几年来，父亲和我都是东奔西走，家中光景是一日不如一日。他少年出外谋生，独力支持，做了许多大事。那知老境却如此颓唐！他触目伤怀，自然情不能自已；情郁于中，自然要发之于外；家庭琐屑便往往触他之怒。他待我渐渐不同往日。但最近两年的不见，他终于忘却我的不好，只是惦记着我，惦记着我的儿子。我北来后，他写了一信给我，信中说道，

"我身体平安，唯膀子疼痛厉害，举箸提笔，诸多不便，大约大去之期不远矣。"我读到此处，在晶莹的泪光中，又看见那肥胖的、青布棉袍黑布马褂的背影。唉！我不知何时再能与他相见！

▪ 佳作点评 ▮▮…

这是一篇散文名篇。

作者在文中写父亲为远行的自己买橘子的细节，来表现父爱的深沉和无私。父亲的"胖"，更是衬托出行动的艰难。惟其艰难，所以动人。这种鲜明的对比，使我们更加清晰地感到父亲的爱的无微不至。

好的文章，往往靠细节取胜。朱自清正是抓住了父亲买橘子这个细节进行刻画，才使人久久难忘。这个细节，触动了作者内心最柔软的地方，使他萌生了以"背影"这样一个动情点，来反映人生的大道理，从而写出了表达父爱的传世之作。

父亲的玳瑁

在墙脚根刷然溜过的那黑猫的影，又触动了我对于父亲的玳瑁的怀念。

净洁的白毛的中间，夹杂些淡黄的云霞似的柔毛，恰如透明的妇人的玳瑁首饰的那种猫儿，是被称为"玳瑁猫"的。我们家里的猫儿正是那一类，父亲就给了它"玳瑁"这个名字。

在近来的这一匹玳瑁之前，我们还曾有过另外的一匹。它有着同样的颜色，得到了同样的名字，同是从我姊姊家里带来，一样地为我们所爱。

但那是我不幸的妹妹的玳瑁，它曾经和她盘桓了十二年的岁月。

而现在的这一匹，是属于父亲的。

它什么时候来到我们家里，我不很清楚，据说大约已有三年光景了。父亲给我的信，从来不曾提过它。在他的理智中，仿佛以为玳瑁毕竟是一匹小小的兽，比不上任何的家事，足以通知我似的。

但当我去年回到家里的时候，我看到了父亲和玳瑁的感情了。

每当厨房的碗筷一搬动，父亲在后房餐桌边坐下的时候，玳瑁便在门外"咪咪"地叫了起来。这叫声是只有两三声，从不多叫的。它仿佛在问父亲，可不可以进来似的。

于是父亲就说了，完全像对什么人说话一样：

"玳瑁，这里来！"

我初到的几天，家里突然增多了四个人，在玳瑁似乎感觉到热闹与生疏的恐惧，常不肯即刻进来。

"来吧，玳瑁！"父亲望着门外，不见它进来，又说了。

但是玳瑁只回答了两声"咪咪"，仍在门外徘徊着。

"小孩一样，看见生疏的人，就怕进来了。"父亲笑着对我们说。

但是过了一会，玳瑁在大家的不注意中，已经跃上了父亲的膝上。

"哪，在这里了。"父亲说。

我们弯过头去看，它伏在父亲的膝上，睁着略带惧怯的眼望着我们，仿佛预备逃遁似的。

父亲立刻理会它的感觉，用手抚摩着它的颈背，说："困吧，玳瑁。"一面他又转过来对我们说："不要多看它，它像姑娘一样的呢。"

我们吃着饭，玳瑁从不跳到桌上来，只是静静地伏在父亲的膝上。有时鱼腥的气息引诱了它，它便偶尔伸出半个头来望了一望，又立刻缩了回去。它的脚不肯触着桌。这是它的规矩，父亲告诉我们说，向来是这样的。

父亲吃完饭，站起来的时候，玳瑁便先走出门外去。它知道父亲要到厨房里去给它预备饭了。那是真的。父亲从来不曾忘记过，他自己一吃完饭，便去添饭给玳瑁的。玳瑁的饭每次都有鱼或鱼汤拌着。父亲自己这几年来对于鱼的滋味据说有点厌，但即使自己不吃，他总是每次上街去，给玳瑁带了一些鱼来，而且给它储存着的。

白天，玳瑁常在储藏东西的楼上，不常到楼下的房子里来。但每当父亲有什么事情将要出去的时候，玳瑁像是在楼上看着的样子，便溜到父亲的身边，绕着父亲的脚转了几下，一直跟父亲到门边。父亲回来的时候，它又像是在什么地方远远望着，静静地倾听着的样子，待父亲一跨进门限，它又在父亲的脚边了。它并不时时刻刻跟着父亲，但父亲的一举一动，父亲的进出，它似乎时刻在那里留心着。

晚上，玳瑁睡在父亲的脚后的被上，陪伴着父亲。

我们回家后，父亲换了一个寝室。他现在睡到弄堂门外一间从来没有人去的房子里了。

玳瑁有两夜没有找到父亲，只在原地方走着，叫着。它第一夜跳到父亲的床上，发现睡着的是我们，便立刻跳了出去。

正是很冷的天气。父亲记念着玳瑁夜里受冷，说它恐怕不会想到他会搬到那样冷落的地方去的。而且晚上弄堂门又关得很早。

但是第三天的夜里，父亲一觉醒来，玳瑁已在床上睡着了，静静地，"咕咕"念着猫经。

半个月后，玳瑁对我也渐渐熟了。它不复躲避我。当它在父亲身边的时候，我伸出手去，轻轻抚摩着它的颈背，它伏着不动。然而它从不自己走近我。我叫它，它仍不来。就是母亲，她是永久和父亲在一起的，它也不肯走近她。父亲呢，只要叫一声"玳瑁"，甚至咳嗽一声，它便不晓得从什么地方溜出来了，而且绕着父亲的脚。

有两次玳瑁到邻居去游走，忘记了吃饭。我们大家叫着"玳瑁玳瑁"，东西寻找着，不见它回来。父亲却猜到它那里去了。他拿着玳瑁的饭碗走出门外，用筷子敲着，只喊了两声"玳瑁"，玳瑁便从很远的邻屋上走来了。

"你的声音像格外不同似的，"母亲对父亲说，"只消叫两声，又不大，它便老远地听见了。"

"是哪，它只听我管的哩。"

对于寂寞地度着残年的老人，玳瑁所给与的是儿子和孙子的安慰，我觉得。

六月四日的早晨，我带着战栗的心重到家里，父亲只躺在床上远远地望了我一下，便疲倦地合上了眼皮。我悲苦地牵着他的手在我的面上抚摩。

他的手已经有点生硬，不复像往日柔和地抚摩玳瑁的颈背那么自然。据说在头一天的下午，玳瑁曾经跳上他的身边，悲鸣着，父亲还很自然地抚摩着它，亲密地叫着"玳瑁"。而我呢，已经迟了。

从这一天起，玳瑁便不再走进父亲的以及和父亲相连的我们的房了。我们有好几天没有看见玳瑁的影子。我代替了父亲的工作，给玳瑁在厨房里备好鱼拌的饭，敲着碗，叫着"玳瑁"。玳瑁没有回答，也不出来。母亲说，这几天家里人多，闹得很，它该是躲在楼上怕出来的。于是我把饭碗一直送到楼上。然而玳瑁仍没有影子。过了一天，碗里的饭照样地摆在楼上，只饭粒干瘪了一些。

玳瑁正怀着孕，需要好的滋养。一想到这，大家更其焦虑了。

第五天早晨，母亲才发现给玳瑁在厨房预备着的另一只饭碗里的饭略略少了一些。大约它在没有人的夜里走进了厨房。它应该是非常饥饿了。然而仍像吃不下的样子。

一星期后，家里的戚友渐渐少了。玳瑁仍不大肯露面。无论谁叫它，都不答应，偶然在楼梯上溜过的后影，显得憔悴而且瘦削，连那怀着孕的肚子也好像小了一些似的。

一天一天家里愈加冷静了。满屋里主宰着静默的悲哀。一到晚上，人还没有睡，老鼠便吱吱叫着活动起来，甚至我们房间的楼上也在叫着跑着。玳瑁是最会捕鼠的。当去年我们回家的时候，即使它跟着父亲睡在远一点的地方，我们的房间里从没有听见过老鼠的声音，但现在玳瑁就睡在隔壁的楼上，也不过问了。我们毫不埋怨它。我们知道它所以这样的原因。

可怜的玳瑁。它不能再听到那熟识的亲密的声音，不能再得到那慈爱的抚摩，它是在怎样的悲伤呵！

三星期后，我们全家要离开故乡。大家预先就在商量，怎样把玳瑁带出来。但是离开预定的日子前一星期，玳瑁生了小孩了。我们看见它的肚子松瘪着。

怎样可以把它带出来呢？

然而为了玳瑁，我们还是不能不带它出来。我们家里的门将要全锁上。邻居们不会像我们似地爱它，而且大家全吃着素菜，不会舍得买鱼饲它。单看玳瑁的脾气，连对于母亲也是冷淡淡的，决不会喜欢别的邻居。

我们还是决定带它一道来上海。

它生了几个小孩，什么样子，放在那里，我们虽然极想知道，却不敢去惊动玳瑁。我们预定在饲玳瑁的时候，先捉到它，然后再寻觅它的小孩。因为这几天来，玳瑁在吃饭的时候，已经不大避人，捉到它应该是容易的。

但是两天后，我们十几岁的外甥遏抑不住他的热情了。不知怎样，玳瑁的孩子们所在的地方先被他很容易地发见了。它们原来就在楼梯门口，一只半掩着的糠箱里。玳瑁和它的小孩们就住在这里，是谁也想不到的。外甥很喜欢，叫大家去看。玳瑁已经溜得远远地在惧怯地望着。

我们想，既然玳瑁已经知道我们发觉了它的小孩的住所，不如便先把它的小孩看守起来，因为这样，也可以引诱玳瑁的来到，否则它会把小孩衔到更没有人晓得的地方去的。

于是我们便做了一个更适的窠，给它的小孩们，携进了以前父亲的寝室，而且就在父亲的床边。

那里是四个小孩，白的，黑的，黄的，玳瑁的，都还没有睁开眼睛。贴着压着，钻做一团，肥圆的。捉到它们的时候，偶然发出微弱的老鼠似的吱吱的鸣声。

"生了几只呀？"母亲问着。

"四只。"

"嗨，四只！怪不得！扛了你父亲的棺材，不要再扛我的呢！"母亲叹息着，不快活地说。

大家听着这话，愣住了。

"把它们丢出去！"外甥叫着说，但他同时却又喜悦地抚摩着玳瑁的小孩们，舍不得走开。

玳瑁现在在楼上寻觅了，它大声地叫着。

"玳瑁，这里来，在这里，"我们学着父亲仿佛对人说话似地叫着玳瑁说。

但是玳瑁像只懂得父亲的话，不能了解我们说什么。它在楼上寻觅着，在弄堂里寻觅着，在厨房里寻觅着，可不走进以前父亲天天夜里带着它睡觉的房子。我们有时故意作弄它的小孩们，使它们发出微弱的鸣声。玳瑁仍像没有听见似的。

过了一会，玳瑁给我们女工捉住了。它似乎饿了，走到厨房去吃饭，却不妨给她一手捉住了颈背的皮。

"快来！快来！捉住了！"她大声叫着。

我扯了早已预备好的绳圈，跑出去。

玳瑁大声地叫着，用力地挣扎着。待至我伸出手去，还没抱住玳瑁，女工的手一松，玳瑁溜走了。

它再不到厨房里去，只在楼上叫着，寻觅着。

几点钟后，我们只得把玳瑁的小孩们送回楼上。它们显然也和玳瑁似地在忍受着饥饿和痛苦。

玳瑁又静默了，不到十分钟，我们已看不见它的小孩们的影子。现在可不必再费气力，谁也不会知道它们的所在。

有一天一夜，玳瑁没有动过厨房里的饭。以后几天，它也只在夜里，待大家睡了以后到厨房里去。

我们还想设法带玳瑁出来，但是母亲说：

"随它去吧，这样有灵性的猫，那里会不晓得我们要离开这里。要出去自然不会躲开的。你们看它，父亲过世以后，再也不忍走进那两间房里，并且几天没有吃饭，明明在非常的伤心。现在怕是还想在这里陪伴你们父亲的灵魂呢。它原是你父亲的。"

我们只好随玳瑁自己了。它显然比我们还舍不得父亲，舍不得父亲所住过的房子，走过的路以及手所抚摸过的一切。父亲的声音，父亲的形象，父亲的气息，应该都还很深刻地萦绕在它的脑中。

可怜的玳瑁，它比我们还爱父亲！

然而玳瑁也太凄惨了。以后还有谁再像父亲似地按时给它好的食物，而且慈爱地抚摩着它，像对人说话似地一声声地叫它呢？

离家的那天早晨，母亲曾给它留下了许多给孩子吃的稀饭在厨房里。门虽然锁着，玳瑁应该仍然晓得走进去。邻居们也曾答应代我们给它饲料。然而又怎能和父亲在的时候相比呢？

现在距我们离家的时候又已一月多了。玳瑁应该很健康着，它的小孩们也该是很活泼可爱了吧？

我希望能再见到和父亲的灵魂永久同在着的玳瑁。

佳作点评

文章未直接抒发对父亲的感情，而是通过与父亲相处融洽的一只猫"玳瑁"，来刻画父亲的性格和精神风貌。

对"玳瑁"的怀念，就是对"父亲"的怀念。所谓"睹物思人"，也是这个意思。

从父亲对"玳瑁"的深厚感情，可以看出他对家庭的爱。"侧面描写"有时比"直接描写"更有力量，也更感人。

在这篇文章里，"玳瑁"是他父亲灵魂的化身。

借物喻人，立意悠远，表现深刻。

回忆父亲 ▍▍ᵢᵢ▃ ▃▖ ▃

□ ［中国］缪崇群

隔了一个夏天我又回到南京来，现在我是度着南京的第二个夏天。

当初在外边，逢到夏天便怀想到父亲的病，在这样的季候，常常唤起了我的忧郁和不安。

如今还是在外边，怀想却成了一块空白。夏天到来了，父亲的脸，父亲的肉，父亲的白白的胡须，怕在棺木里也会渐朽渐尽了罢？是在这样的季候了。

和弟弟分别的时候说：

"和父亲同年的一般人差不多都死光了，现在剩下的只有我们这一辈。"

一年一年地度了过去，我不晓得我的心是更寂寞下去还是更宁静下去了。往昔我好像一匹驿马，从东到西；南一趟北一趟，长久地喘息着奔驰。如今不知怎么，拖到那个站驿便是那个站驿，而且我是这样需要休息，到了罢，到了那个站驿我便想驻留下来；就在这一个站驿里，永远使我休息。

这次回到南京来，我是再也不想动弹了。因为没有安适驻留的地方，索性就蹲在像槽一般大的妻的家里。我原想在这里闭两天的气，那知道一个别了很久的老友又来临了。

这个槽，只有这样大，他也只得占一张小小的行军床为他的领地。

在夏夜，我常常是失眠的，每夜油灯捻小了过后，他们便都安然地就睡；灯不久也像疲惫了似的自己熄灭了。

我烦躁，我倾耳，我怎么也听不见一点声音，夜是这样的黑暗而沉寂，我委实不知道我竟歇在那里。

莫名的烦躁，引起了我身上莫名的刺痒，莫名的刺痒，又引起了我的心上莫名的烦躁。

我决心地划了一支火柴，是要把这夜的黑暗与沉寂一同撕开。

在刹那的光亮里，我看见那古旧了的板壁下面睡着我的老友，我的身边睡着我的妻。白的褥单上面，一颗一颗梨子子大的"南京虫"却在匆忙地奔驰。

火柴熄了，夜还是回到它的黑暗与沉寂。

吸血的东西在暗处。

朋友不时地短短地梦呓着。

妻也不时地短短地梦呓着。

我问他们，他们都没有答语。我恐怖地想：睡在这一个屋里的没有朋友也没有妻，他们只是两具人形，而且还像是被幽灵伏罩住的。夜就是幽灵的。我还是听不见什么声音，倘使蚊香的香灰落在盘里有声，那是被我听见的了。

我还是看不见什么东西，如果那一点点蚊香的红火头就是我看见的，那无宁说是它还在看着我们三个罢。

不知怎么，蚊香的火头，我看见两个了；幽灵像是携了我的手，我不知怎么就到了第二天的早晨。

第二天的早晨我等他们都醒了便问：

"昨天夜里你们做了什么梦？"

"没有。"笑嘻嘻的，都不记得了。"昨夜我不知怎么看见蚊香盘里两个红火头。"我带着昨夜的神秘来问。

"那是你的错觉。"朋友连我看见的也不承认了。

"多少年了，像老朋友这样的朋友却没有增加起来过。"

朋友不知怎么忽地想起了这样一句话说。

我沉默着。想起这次和弟弟分别时候的话来，又想补足了说：

"我们这一辈的也已经看着看着凋零了。"

▎佳作点评 ▎

文章写得十分温馨，回忆父亲，实际是在回忆一种生活，一种感情。当作者重新回到他曾生活过的南京，看到熟悉的一花一草，往事历历在目，父亲的影子也便跃然纸上。

过往的生活，其实都是跟亲人联系在一起的。随着时光的流逝，眼看亲人老去，哀伤之情溢于言表。

这是人生的无奈。好在，我们有记忆。铭记也是一种怀念。

我的父亲 ▌▏▁▁ ▁

□ ［中国］冰心

关于我的父亲，零零碎碎地我也写了不少了。我曾多次提到，他是在"威远"舰上，参加了中日甲午海战。但是许多朋友和读者都来信告诉我，说是他们读了近代史，"威远"舰并没有参加过海战。那时"威"字排行的战舰很多，一定是我听错了，我后悔当时我没有问到那艘战舰舰长的名字，否则也可以对得出来。但是父亲的确在某一艘以"威"字命名的兵舰上参加过甲午海战，有诗为证！

记得在 1914—1915 年之间，我在北京中剪子巷家里客厅的墙上，看到一张父亲的挚友张心如伯伯（父亲珍藏着一张"岁寒三友"的相片，这三友是父亲和一位张心如伯伯，一位萨幼洲伯伯。他们都是父亲的同学和同事。我不知道他们的大名，"心如"和"幼洲"都是他们的别号）贺父亲五十寿辰的七律二首，第一首的头两句我忘了：

×××××××，×××××××。

东沟决战甘前敌，威海逃生岂惜身。

人到穷时方见节，岁当寒后始回春。

而今乐得英才育，坐护皋比士气伸。

第二首说的都是谢家的典故，没什么意思，但是最后两句，点出了父亲的年龄：

乌衣门第旧冠裳，想见阶前玉树芳。
希逸有才工月赋，惠连入梦忆池塘。
出为霖雨东山望，坐对棋枰别墅光。
莫道假年方学易，平时诗礼已闻亓。

从第一首诗里看来，父亲所在的那艘兵舰是在大东沟"决战"的，而父亲是在威海卫泗水"逃生"的。

提到张心如伯伯，我还看到他给父亲的一封信，大概是父亲在烟台当海军学校校长的时期（父亲书房里有一个书橱，中间有两个抽屉，右边那个，珍藏着许多朋友的书信诗词，父亲从来不禁止我去翻看。）信中大意说父亲如今安下家来，生活安定了，母亲不会再有"会少离多"的怨言了，等等。中间有几句说："秋分白露，佳话十年，会心不远，当笑存之。"

我就去问父亲："这佳话十年，是什么佳话？"父亲和母亲都笑了，说：那时心如伯伯和父亲在同一艘兵舰上服役。海上生活是寂寞而单调，因此每逢有人接到家信，就大家去抢来看。当时的军官家属，会亲笔写信的不多，母亲的信总会引起父亲同伴的特别注意。有一次母亲信中提到"天气"的时候，引用了民间谚语："白露秋分夜，一夜冷一夜"，大家看了就哄笑着逗着父亲说："你的夫人想你了，这分明是'鸳鸯瓦冷霜华重，翡翠衾寒谁与共'的意思！"父亲也只好红着脸把信抢了回去。从张伯伯的这封信里也可以想见当年长期在海上服务的青年军官们互相嘲谑的活泼气氛。

就是从父亲的这个书橱的抽屉里，我还翻出萨镇冰老先生的一首七绝，题目仿佛是《黄河夜渡》：

晓发 ×× 尚未寒，
夜过荥泽觉衣单。
黄河桥上轻车渡，
月照中流好共看。

父亲盛赞这首诗的末一句，说是"有大臣风度"，这首诗大概是作于清末民初，萨老先生当海军副大臣的时候，正大臣是载洵贝勒。

一九八四年十一月五日清晨

.ı佳作点评 ‖▖...

作者写父亲，重在表现父亲的一种精神。通过与张伯伯之间的"诗话"，深刻写出两个老一辈文化人的情怀和深厚的感情。

文章直接写父亲的笔墨并不多，主要借助他人与父亲的交往来点题。

短小精悍，题旨深远。

父亲的绳衣 ||ı.___

□［中国］石评梅

　　"荣枯事过都成梦，忧喜情忘便是禅。"人生本来一梦，在当时兴致勃然，未尝不感到香馥温暖，繁华清丽。至于一枕凄凉，万象皆空的时候，什么是值得喜欢的事情，什么是值得流泪的事情？我们是生在世界上的，只好安于这种生活方程，悄悄地让岁月飞逝过去。消磨着这生命的过程，明知是镜花般不过是一瞥的幻梦，但是我们的情感依然随着遭遇而变迁。为了天辛的死，令我觉悟了从前太认真人生的错误，同时忏悔我受了社会万恶的蒙蔽。死了的明显是天辛的躯壳，死了的惨淡潜隐便是我这颗心，他可诅咒我的残忍，但是我呢，也一样是啮残下的牺牲者呵！

　　我的生活是陷入矛盾的，天辛常想着只要他走了，我的腐蚀的痛苦即刻可以消逝。这是一个错误的观念，事实上矛盾痛苦是永不能免除的。现在我依然沉陷在这心情下，为了这样矛盾的危险，我的态度自然也变了，有时的行为常令人莫明其妙。

　　这种意思不仅父亲不了解，就连我自己何尝知道我最后一日的事实；就是近来倏起倏灭的心思，自己每感到奇特惊异。

　　清明那天我去庙里哭天辛，归途上我忽然想到与父亲和母亲结织一件绳衣。我心里想的太可怜了，可以告诉你们的就是我愿意在这样心情下，作点东西留个将来回忆的纪念。母亲他们穿上这件绳衣时，也可想到他们的女儿结织时的忧郁和伤心！这个悲剧闭幕后的空寂，留给人间的固然很多，这便算埋葬我心的坟墓，在那密织的一丝一缕之中，我已将母亲交付给我的那心还她了。

我对于自己造成的厄运绝不诅咒，但是母亲，你们也应当体谅我，当我无力扑到你怀里睡去的时候，你们也不要认为是缺憾吧！

当夜张着黑翼飞来的时候，我在这凄清的灯下坐着，案头放着一个银框，里面刊装着天辛的遗像，像的前面放着一个紫玉的花瓶，瓶里插着几枝玉簪，在花香迷漫中，我默默的低了头织衣；疲倦时我抬起头来望望天辛，心里的感想，我难以写出。深夜里风声掠过时，尘沙向窗上瑟瑟的扑来，凄凄切切似乎鬼在啜泣，似乎鸥鸮的翅儿在颤栗！我仍然低了头织着，一直到我伏在案上睡去之后。这样过了七夜，父亲的绳衣成功了。

父亲的信上这样说：

……明知道你的心情是如何的恶劣，你的事务又很冗繁，但是你偏在这时候，日夜为我结织这件绳衣，远道寄来，与你父防御春寒。你的意思我自然喜欢，但是想到儿一腔不可宣泄的苦衷时，我焉能不为汝凄然！……

读完这信令我惭愧，纵然我自己命运负我，但是父母并未负我；他们希望于我的，也正是我愿为了他们而努力的。父亲这微笑中的泪珠，真令我良心上受了莫大的责罚，我还有什么奢望呢！我愿暑假快来，我扎挣着这创伤的心神，扑向母亲怀里大哭！我廿年的心头埋没的秘密，在天辛死后，我已整个的跪献在父母座下了。我不忍那可怕的人间隔膜，能阻碍了我们天性的心之交流，使他们永远隐蔽着不知道他们的女儿——不认识他们的女儿。

　　石评梅的文字，语言很有特色，诗意而富有节奏，意境和氛围渲染得也恰到好处。

　　本文从"议论"起题，勾连出对父母的回忆。"绳衣"作为贯穿作品的一条线索，也可视为一种"象征"。

蕙娟的一封信

□〔中国〕石评梅

你万想不到，我已决定了走这条路，信收到时我已在海天渺茫的路程中了，这未卜前途的摸索，自然充满了危险和艰苦，但是我不能不走这条路。玲弟！我的境遇太惨苦了！你望着我这渐泥于黑暗的后影也觉得黯然吗？

请你转告姑母，我已走，就这样悄悄地走了。你们不必怀念，任我去吧！我希望你们都忘掉我和我死了一样，因为假如忆到我，这不祥多难的身世徒令人不欢——我愿我自己承受上躲到天之一角去，不愿让亲爱我的人介怀着这黯淡的一切而惆怅！

来到这里本是想排解我的忧愁，但孰料结果又是这样惨淡！无意中又演了一幕悲剧。玲弟：我真不知世界为什么这样小，总捉弄着我，使我处处受窘。人间多少事太偶然了，偶然这样，偶然那样；结果又是这般同样的方式，为什么人的能力灵感不能挣脱斩断这密布的网罗呢！我这次虽然逃脱，但前途依然有的是陷阱网罗，何处不是弋人和埋伏呢！玲弟！我该怎样解脱我才好？这世界太小了。

这次走，素君完全不知道。现在他一定正在悲苦中，希望你能替我安慰劝解他，他前程远大，不要留恋着我，耽误他的努力。他希望于我的，希望于这世界的，虽然很小，但是绝对的不可能，你知道我现在——一直到死的心，是永不能转移的。他也很清楚，但是他沉溺了又不能自由意志的振拔自己，这真令我抱欠悲苦到万分。我这玩弄人间的心太狠毒了，但是我不能不忍再去捉弄素君，我忏悔着罪恶的时候，我又那能重履罪恶呢！天呵！让我隐没于山林中吧！让我独居于海滨吧！我不能再游于这扰攘的人寰了。

素君喜欢听我的诗歌，我愿从此搁笔不再做那些悲苦欲泣的哀调以引他的同情。素君喜欢读我过去记录，我愿从此不再提到往事前尘以动他的感慨。素君喜欢听我抚琴，我愿从此不再向他弹琴以乱他的心曲。素君喜欢我的行止丰韵，我愿此后不再见他以表示绝决。玲弟！我已走了，你们升天入地怕也觅不到我的踪迹，我是向远远地天之角地之涯独自漂流去了。不必虑到什么，也许不久就毁灭了这躯壳呢！那时我可以释去此生的罪戾，很清洁光明的去见上帝。

姑母的小套间内储存着一只大皮箱，上面有我的封条。我屋里中间桌上抽屉内有钥匙，请你开开，那里边就是我的一生，我一生的痕迹都在那里。你像看戏或者读小说一样检收我那些遗物，你不必难受。有些东西也不要让姑母表妹她们知道，我希望你能知道我了解我，我不愿使不了解不知道我的人妄加品评。那些东西都是分别束缚着。你不是快放暑假了吗？你在闲暇时不妨解开看看，你可以完全了解我这苦悲的境界和一切偶然的捉弄，一直逼我到我离开这世界。这些都是刺伤我的毒箭，上边都沾着我淋漓的血痕，和粉碎的心瓣。

唉！让我追忆一下吧！小时候，姑父说蕙儿太聪慧了，怕没有什么福气，她的神韵也太清峭了。父亲笑道：我不喜欢一个女孩儿生得笨蠢如牛，一窍不通。那时大家都笑了，我也笑了！如今才知道自己的命运，已早由姑父鉴定了；我很希望黄泉下的姑父能知道如今流落无归到处荆棘的蕙儿。而一援手指示她一条光明超脱的路境以自救并以救人哩！

　　不说闲话吧！你如觉这些东西可以给素君看时，不妨让他看看。他如果看完我那些日记和书信，他一定能了然他自己的命运，不是我过分的薄情，而是他自己的际遇使然了。这样可以减轻我许多罪恶，也可以表示我是怎样的一个女子，不然怕诅咒我的人连你们也要在内呢！如果素君对于我这次走不能谅解时，你还是不必让他再伤心看这些悲惨的遗物，最好你多寻点证据来证明我是怎样一个堕落无聊自努力的女子，叫他把我给他那点稀薄的印象完全毁灭掉才好，皮箱内有几件好玩具珍贵的东西，你最好替我分散给表妹妹们。但是素君，你千万不能把我的东西给他，你能原谅我这番心才对，我是完全想用一个消极的方法来毁灭了我在他的心境内的。

　　皮箱上边夹袋内有一个银行存款折子，我这里边的钱是留给母亲的一点礼物，你可以代收存着；过一两个月，你用我名义写一封信汇一些钱去给母亲，一直到款子完了再说，那时这世界也许已变过了。这件事比什么都重要，你一定要念我的可怜，念我的孤苦，念我母亲的遭遇，替我办到这很重要的事。另有一笔款子，那是特别给文哥修理坟墓用的。今年春天清明节我已重新给文哥种植了许多松树，我最后去时，已葱笼勃然大有生气，我是希望这一生的血泪来培植这几株树的，但是连这点微小的希望环境都不允许我呢！我走后，他墓头将永永远远的寂寞了，永永远远再看不见缟素衣裳的女郎来挥泪来献花了，将永永远远不能再到那湖滨那土丘看晚霞和春霭了。秋林枫叶，冬郊寒雪。芦苇花开，稻香弥漫时，只剩了孤寂无人凭吊的墓了，这也许是永永远远的寂寞泯灭吧！以后谁还知道这块黄土下埋着谁呢？更有谁想到我的下落，已和文哥隔离了千万里呢！

　　深山村居的老母，此后孤凄仃伶的生活，真不堪设想，暮年晚景伤心如此，这都是我重重不孝的女儿造成的，事已到此，夫复何言。黄泉深埋的文哥，此后异乡孤魂，谁来扫祭？这孤冢石碑，环墓朽树，谁来灌浇？也许没有几年就冢平碑倒，树枯骨暴呢！我也只好尽我的力量来保存他，因此又要劳你照拂一下，这笔款子就是预备给他修饰用的。玲弟！我不敢说我怎样对你好，但是我知道你是这世界上能够了解我、可怜我、同情我的一个人。这些麻烦的未了之件也只有你可以托付了。我用全生命来感谢你的盛意，玲弟！你允许我这最后的请求吗？

这世界上。事业我是无望了，什么事业我都做过，但什么都归失败了。这失败不是我的不努力而是环境的恶劣使然。名誉我也无望了，什么虚荣的名誉我都得到了，结果还是空虚的粉饰。而且牺牲了无数真诚的精神和宝贵的光阴去博那不值一晒的虚荣，如今，我还是依然故我，徒害得心身俱碎。我悔，悔我为了一时虚名博得终身的怨愤。有一个时期我也曾做过英雄梦，想轰轰烈烈，掀天踏海的闹一幕悲壮武剧。结果，我还未入梦，而多少英雄都在梦中死了，也有侥幸逃出了梦而惊醒的，原来也是一出趣剧，和我自己心里理想的事迹绝不是一件事，相去有万万里，而这万万里又是黑暗崎岖的险途，光明还是在九霄云外。

有时自己骗自己说：不要分析，不要深究，不要清楚，昏昏沉沉糊涂混日子吧！因此奔波匆忙，微笑着，敷衍着，玩弄面具，掉换枪花，当时未尝不觉圆满光彩。但是你一沉思凝想，才会感觉到灵魂上的尘土封锁创痕斑驳的痛苦，能令你鄙弃自己，痛悔所为，而想跃入苍海一洗这重重的污痕和尘土呢！这时候，怎样富贵荣华的物质供奉，那都不能安慰这灵魂高洁纯真的需要。这痛苦，深夜梦醒，独自沉思忏悔着时：玲弟！我不知应该怎样毁灭这世界和自己？

社会——我也大略认识了。人类——我也依稀会晤了。不幸的很，我都觉那些一律无讳言吧，罪恶、虚伪的窝薮和趣剧表演的舞台而已。虽然不少真诚忠实的朋友，可以令我感到人世的安慰和乐趣，但这些同情好意；也许有时一样同为罪恶，揭开面具还是侵夺霸占，自利自私而已。这世界上什么是值得我留恋的事，可以说如今都在毁灭之列了。

这样在人间世上，没有一样东西能系连着继续着我生命的活跃，我觉这是一件最痛苦的事。不过我还希望上帝能给我一小点自由能让我灵魂静

爱的感情是理性

静地蜷伏着，不要外界的闲杂来扰乱我；有这点自由我也许可以混下去，混下去和人类自然生存着，自然死亡着一样。这三年中的生活，我就是秉此心志延长下来的。我自己又幻想任一个心灵上的信仰寄托我的情趣，那就是文哥的墓地和他在天的灵魂，我想就这样百年如一日过去。谁会想到，偶然中又有素君来破坏捣乱我这残余的自由和生活，使我躲避到不能不离开母亲和文哥而奔我渺茫不知栖止的前程。

都是在人间不可避免的，我想避免只好另觅道路了。但是那样乱哄哄内争外患的中国，什么地方能让我避免呢！回去山里伴母亲渡这残生，也是一个良策，但是我的家乡正在枪林弹雨下横扫着，我又怎能归去，绕道回去，这行路难一段，怕我就没有勇气再挣扎奋斗了，我只恨生在如此时代之中国，如此时代之社会，如此环境中之自我；除此外，我不能再说什么了。玲弟！这是蕙姊最后的申诉，也是我最后向人间忏悔的记录，你能用文学家的眼光鉴明时，这也许是偶然心灵的组合，人生皆假，何须认真，心情阴晴不定，人事变化难测，也许这只是一封信而已。

姑母前替我问好，告诉她我去南洋群岛一个华侨合资集办的电影公司，去做悲剧明星去了。素君问到时，也可以告诉他说蕙姊到上海后已和一个富翁结婚，现在正在西湖度蜜月呢。

一九二八，五，二九，花神殿。

■佳作点评 ■

本篇文章，近乎是作者的诀别文字了。

字里行间，情感饱满，情深意长，一咏三叹，透露出作者对故人的怀念，对亲人的感恩和对友人的关爱，让读者禁不住潸然泪下。

这是石评梅的行文风格，阴柔、忧郁而又哀愁。

是你的永久的同道

—— 许广平致鲁迅信

□ ［中国］许广平

MY DEAR TEACHER：

今日（16日）午饭后回办公处，看见桌上有你10日寄来的一信，我一面欢喜，一面又仿佛觉着有了什么事体似的，拆开信一看，才知道是这样子。

校方表面上好像没有什么了，但旧派学生见恐吓无效，正在酝酿着罢课，今天要求开全体大会，我以校长不在，没法批准为辞，推掉了。如果一旦开会，则学校干涉，群众盲从，恐怕就会又闹起来。至于教职员方面，则因薪水不足维持生活，辞去的已有五六人，再过几天，一定更多，那时虽欲维持，但中途哪有这许多教员可得？至于解决经费一层，则在北伐期中，谈何容易，校长到底也只能至本月30日提出辞呈，飘然引去，那时我们也就可以走散了。MY DEAR TEACHER，你愿否我乘这闲空，到厦门一次，我们师生见见再说，看你这几天的心情，好像是非常孤独似的。还请你决定一下，就通知我。

看了《送南行的爱而君》，情话缠绵，是作者的热情呢，还是笔下的善于道情呢？我虽然不知道，但因此想起你的弊病，是对有些人过于深恶痛绝，简直不愿同在一地呼吸，而对有些人又期望大殷，不惜赴汤蹈火，一旦觉得不副所望，你便悲哀起来了。这原因是由于你太敏感，太热情。其实世界上你所深愿的和期望的，走到十字街道，还不是一样么？而你硬要区别，或爱或憎，结果都是自己吃苦，这不能不说是小说家的取材失策。倘明白凡有小说材料，都是空中楼阁，自然心平气和了。我向来也有这样的傻气，因此很碰了钉子，后来有人劝我不要太"认真"，我想一想，确是太认真了的过处。现在这句话，我总时时记起，当作悬崖勒"马"。

几个人乘你遁迹荒岛枪击你，你就因此气短么？你就不看全般，甘为几个人所左右么？我好好有一番话，要和你见面商量，我觉得坦途在前，人又何必因了一点小障碍而不走路呢？即如我，回粤以来，信中虽总是向你诉苦，但这两月内，究竟也改革了两件事，并不白受了辛苦。你在厦门比我苦，然而你到处受欢迎，也过我万万倍，将来即去而之他，而青年经过你的陶冶，于社会总会有些影响的。至于你自己的将来，唉，那你还是照我上面所说罢，不要太认真。况且你敢说天下就没有一个人是你的永久的同道么？有一个人，你就可以自慰了，可以由一个人而推及二三以至无穷了，那你又何必悲哀呢？如果连一个人也"出乎意表之外"……也许是真的么？总之，现在是还有一个人在劝你，希望你容纳这意思的。

没有什么要写的了。你在未得我离校的通知以前，有信仍不妨寄这里，我即搬走，自然托人代收转寄的。你的闷气，尽管仍向我发，但愿不要闷在心里就好了。

YOUR H. M.

11 月 16 晚 10 时半，1926 年

　　这是许广平致鲁迅的一封信，字字都藏满真挚的情感，透出对鲁迅的敬仰和爱。这不是一般的情书，而是心灵的诉说。"我向来也有这样的傻气，因此很碰了钉子，后来有人劝我不要太'认真'，我想一想，确是太认真了的过处。现在这句话，我总时时记起，当作悬崖勒'马'。"许广平充分体现了她的才情，和对人生的看法。

友谊和花香一样 ‖‖.......

□〔中国台湾〕席慕蓉

淡淡的花香

曾经有人问过我，为什么那么喜欢植物？为什么总喜欢画花？

其实，我喜欢的不仅是那一朵花，而是伴随着那一朵花同时出现的所有的记忆；我喜欢的甚至也许不是眼前的大自然，而是大自然在我心里所唤起的那一种心情。

我从朋友那里听到一句使我动心的话："友谊和花香一样，还是淡一点的比较好，越淡的香气越使人依恋，也越能持久。"

真的啊！在这条人生的长路上，有过多少次，迎面袭来的是那种淡淡的花香？有过多少朋友，曾含笑以花香贻我？使我心中永远留着他们微笑的面容和他们的淡淡的爱怜。

中年的心情

今夜，在我的灯下，我终于感觉到一种中年的心情了。

这是一种既复杂却又单纯，既悲伤却又欢喜，既无奈却又无怨的心情。

在人生的长路上，总会遇到分歧的一点，无论我选择了哪一个方向，总是会有一个方向与我相背，使我后悔。

此刻，我置身的这条路上，和风丽日，满眼苍翠，而我相信，我当初若是选择了另外一个方向，也必然会有同样的阳光，同样的鸟语花香。越走越远以后，每次回顾，就都会有一种莫名的怅惘。

生命里到处都铺展着如谜般的轨道，理想依旧存在，先是在每一个昼夜的反复里，会发生很多细小琐碎的错误，将我与我的理想慢慢隔开。回头望过去，生命里所有的记忆都只能变成一幅褪色的画。

希望终于有一天，画出一幅永不褪色的画来。

■佳作点评 ▋▋－

两则文字，是两幅作者的内心"镜像"。第一则以"花"喻"友谊"，恰切得体。事实也如此，真正的友谊就像花一样芬芳。故古人爱把两人之间的友情称为"芝兰之交"。

第二则写人到中年的一种心情。有喜有忧，有感动，有惆怅。但生命的道路是不能选择的，只能敞开心扉，享受不同阶段的时光了。

用全身心的爱迎接今天

□ ［美国］奥格·曼狄诺

我要用全身心的爱来迎接今天。

因为，爱是一切成功的最大秘密。强力或许能够劈开一块盾牌，甚至毁灭生命。但是具有无与伦比的力量的唯有爱，它可以使人们敞开心扉。在掌握爱的艺术之前，我只算商场上的无名小卒。没有人能抵挡爱的威力，我要让爱成为我最大的武器。

我的理论，他们也许反对；我的言谈，他们也许怀疑；我的穿着，他们也许不赞成；我的长相，他们也许不喜欢；甚至我廉价出售的商品他们都可能将信将疑；然而，我的爱心一定能温暖他们，就像太阳的光芒能融化冰冷的冻土。

我要用全身心的爱来迎接今天。

我该怎样做呢？从今往后，我要满怀爱心地对待一切，这样才能获得新生。我爱太阳，它温暖我的身体；我爱雨水，它洗净我的灵魂；我爱光明，它为我指引道路；我也爱黑夜，它让我看到星辰；我爱快乐，它使我心胸开阔；我忍受悲伤，它升华我的灵魂；我接受报酬，因为我为此付出汗水；我不怕困难，因为它们给我挑战。

我要用全身心的爱来迎接今天。

我该怎样说呢？我赞美敌人，敌人于是成为朋友；我鼓励朋友，朋友于是成为手足。我要常想理由赞美别人，绝不搬弄是非，道人长短。想要批评人时，咬住舌头；想要赞美人时，高声表达。

飞鸟、清风、海浪，自然界的万物不都在用美妙动听的歌声赞美造物主吗？我也要用同样的歌声赞美她的儿女。从今往后，我要赞美他人，这将改变我的生活。

我要用全身心的爱来迎接今天。

我该怎样行动呢？我要爱每个人的言谈举止，因为人人都有值得钦佩的性格，虽然有时不易察觉。我要用爱摧毁困住人们心灵的高墙——那充满怀疑与仇恨的围墙。我要架一座通向人们心灵的桥梁。

我爱雄心勃勃的人，他们给我灵感；我爱失败的人，他们给我教训；我爱王侯将相，因为他们也是凡人；我爱谦恭之人，因为他们非凡；我爱富人，因为他们孤独；我爱穷人，因为穷人太多了；我爱少年，因为他们真诚；我爱长者，因为他们有智慧；我爱美丽的人，因为他们眼中流露着凄迷；我爱丑陋的人，因为他们有颗宁静的心。

我要用全身心的爱来迎接今天。

我该怎样回应他人的行为呢？用爱心回应他人的行为。爱是我打开人们心扉的钥匙，也是我抵挡仇恨之箭与愤怒之矛的盾牌。爱使挫折变得如春雨般温和，它是我商场上的护身符：孤独时，给我支持；绝望时，使我振作；狂喜时，让我平静。这种爱心会一天天加强，越发具有保护力，直到有一天，我可以自然地面对芸芸众生，处之泰然。

我要用全身心的爱来迎接今天。

我该怎样面对遇到的每一个人呢？只有一种办法，我要在心里默默地为他祝福。这无言的爱会闪现在我的眼神里，流露在我的眉宇间，让我嘴角挂上微笑，在我的声音里响起共鸣。在这无声的爱意里，他的心扉向我敞开了，他将不再拒绝我。

我要用全身心的爱来迎接今天。

我该怎样爱我自己呢？只有爱自己，我才会认真检查进入我的身体、思想、精神、头脑、灵魂、心怀的一切东西。我绝不放纵肉体的需求，我要用清洁与节制来珍惜我的身体；我绝不让头脑受到邪恶与绝望的引诱，我要用智慧和知识使之升华；我绝不让灵魂陷入自满的状态，我要用沉思和祈祷来滋润它；我绝不让心怀狭窄，我要与人分享，使它成长，温暖整个世界。

我要用全身心的爱来迎接今天。

从今往后，我要爱所有的人，把仇恨从我的血管中剔除出去。我没有时间去恨，只有时间去爱。现在，我迈出成为一个优秀的人的第一步。有了爱，即使才疏智短，我也能以爱心获得成功；相反，如果没有爱，即使博学多识，也终将失败。

我要用全身心的爱来迎接今天。

佳作点评

全文每段可自成段落，又不可分离。每一段都仿佛是对自己的一种告诫——要用全身心的爱迎接今天。

作者在这里，没有说迎接"明天"，而是说迎接"今天"。是在告诉人们珍惜当下的日子，真心实意，快快乐乐地过好每一天。

爱的感情是理性

理性人不能仅为了人生的目的而活着。不能够的原因是此路不通，一切动物人所追求的目标显然都无法达到。理性意识指出其他的目标，那些目标不仅可以达到，而且给予人的理性意识以完全的满足。但是起初在世间的错误学说影响下，人以为那些目标是与他的人生相抵触的。

我们培养出来的人具有强烈的、过盛的肉欲，不管他怎么努力去承认理性的我，他总是不能在理性的我中感觉到他在动物性的自身中所感觉到的对生命的渴求。理性的我仿佛是消极地观察着生活，而它本身不在生活，也没有对生活的渴求。理性的我没有求生欲，而动物性的我要受苦，于是只剩下一条路——逃避生活。

当代消极哲学家（叔本华、加尔特曼）就是这样随随便便地解决问题的。他们否定生活，但照常生活并不利用一切机会弃绝生活。于是自杀者们就来认真地解决这个问题，弃绝除了是恶以外对他们毫无其他意义的生活。

对于他们来说，自杀乃是摆脱当代人类无理性生活的唯一出路。

悲观主义哲学和最普通的自杀者的论断是这样的：有一个动物性的我，

127

他有求生欲。这个有求生欲的我得不到满足；还有一个理性的我，他没有任何求生欲，他只是批判地观察全部并非真实的人生乐趣和动物性的我的情欲，而且全部加以否定。

如果我屈从于第一个我，那么我看到，我疯狂地活着，并且走向灾难，越来越深地陷入其中。如果我屈从于第二个我，即屈从于理性的我，那么在我身上就没有求生欲了。我看到，只为了人身的欲望，即人身的幸福而活着是荒谬的和难以忍受的。为了理性意识当然也可以活着，但却无目的也无愿望。侍奉我所自来的本原——上帝吧。那又为了什么呢？即便没有我，上帝（如果他存在的话）也不乏侍奉者，那我又何苦去侍奉他呢？当我还没有厌烦的时候，看看这种种生活游戏还可以。一旦我厌烦了，就可以走开，消灭自己。我就是这样做的。

这就是生命的矛盾概念，人类还在所罗门和佛以前就已经有了这个概念，而当代伪学者们还想叫人类返回到这个概念上去。

人身的要求达到了无理性的极限。觉醒了的理智否定人身的要求。但人身的要求如此膨胀，塞满人的意识，使人觉得，理性否定整个生命。人觉得，如果从他的生命意识中丢弃他的理智所否定的一切，那么就什么也不剩了。他已经看不到剩下的东西，剩下来的包含着生命的东西被他视为乌有。

但是光能够在黑暗中发亮，而黑暗不能吞没光明。

真理的学说知道二者必择其一。或者是疯狂地生存，或者弃绝这种生存。

所有的人从小就知道，除了动物人的幸福之外，还有一种更美好的生活幸福，它不仅不取决于动物人的肉欲是否能得到满足，相反，离开动物人的幸福越远，这种幸福就越大。这种能解决一切人的生命的矛盾、能给人以最大幸福的感觉，是所有的人都有的。这种感觉就是爱。

生命是服从理性法则的动物人的活动。理性就是动物人为了自己的幸福应该服从的规律。爱则是人的唯一的理性活动。

动物人渴望幸福，理性给人指明人身幸福的不可靠，并且留下一条路。在这条道路上进行的活动就是爱。

动物人要求幸福，理性意识向人指明一切相互搏斗着的人的灾难，向人指明动物人的幸福不可能有，而他唯一可能有的幸福是这样的：任何人之间不会有争斗，幸福不会终止，不会满溢到令人腻烦的程度，不会预感到死亡，也没有死亡的恐怖。

于是人在自己的心灵中找到了一种能给予人由理性指出的唯一可能的幸福的感情，就像专为这把锁配的钥匙。这种感情不仅能解决以前的人的生命的矛盾，而且仿佛在这一矛盾中才得以表现出自己。

动物人为了自己的目的想要利用人身。而爱的感情却引导人去为了别人的利益献出自己的生命。

动物人是痛苦的。而他的痛苦和这些痛苦的减轻就是爱的活动的主要对象。动物人在追求幸福的时候，实际上每时每刻都在追求最大的不幸——死亡，对死亡的预见破坏了人身的任何幸福。而爱的感情不仅能消除这种恐怖，而且把人引向为了别人的幸福而最终牺牲自己的肉体存在。

▎佳作点评 ▏

理性即是要求人超越动物性，用成熟的眼光，冷静的头脑去对待自己的生活和人生。

恒久的爱，都应是理性的。盲目的爱只能导致悲剧的发生。本文将"理性人"和"动物人"进行对比，以此说明"理性"的重要。

爱如果失去"理性"，就会失去方向。比如开闸的水，倘若没有一条水渠来引流，结果只会四处漫流，造成灾难。

真正的家

□ [英国] J. 拉斯金

简而言之，两性各自的特征是：

男子的力量是积极的、进取的、捍卫性的。显然，他们是实干家、创造者、发现者和保卫者。他们的智力适于推测与发明；他们的能量适于进取，适于战争，适于征服，只要他们从事的战争是正义战争；他们的征服便是不可或缺的征服。然而妇女的力量不适于战斗，而适于决断；她们的智力不适于发明或创造，而适于下达悦耳的命令，做出巧妙的安排和决定；她们了解事物的性质、要求和地位。她们的伟大在于赞扬；她们不参与竞争，但都万无一失地判决胜利王冠的归属。由于她们的职能与地位，她们受到保护，不受一切危险与引诱的损害。

男子在外部世界中从事艰苦的劳动，必须面临一切危险与考验，因此，他们必须面对失败、进攻和不可避免的错误，不时受伤或被征服；常常误入歧途；因此，在任何时候，他们都必须刚毅坚定。但对于妇女，他们坚决保护她们免受这一切损害；在他们的家里——在妇女料理下的家里——除非妇女本人出于自愿，否则，她们没有必要卷入危险、引诱、错误或进攻之中。

这，便是家的实质——它是和平之宫，是庇护所，不但能使人逃避一切损害，而且可以逃避恐惧、疑虑和分裂。家倘若不如此，便不称其为家了；倘若外界生活所含的焦虑渗透到家之中，倘若夫妻任何一方允许外界那个千变万化的、陌生的、没人爱的敌对社会跨入家的门槛，那么，家便不称其为家，只能是外部世界的、被人们蒙上屋顶、在其中生火煮饭的那部分罢了。

然而，家只要是一个神圣的地方，是维斯塔维斯塔：罗马神话中的炉火女神，其主要职责是守护圣火，她们被奉为妇女贞洁的象征的一座殿堂，是家神守护下一座温暖的殿堂，那么，除了那些能得到它以爱相迎的人以外，谁也不容许接近它。只要它的屋顶与炉火仅仅是阴凉处与更高洁的灯——如同荒野中岩石旁的阴凉处，波涛汹涌的大海中灯塔的光亮——只要它名副其实，符合人们对家的赞扬，它就是真正的家。

真正的妻子，她无论走到什么地方，家便围绕着她出现在什么地方。她头顶上也许只有高悬的星星，她脚下也许只有寒夜草丛中萤火虫的亮光，然而，她在哪儿，家便在哪儿；对于高洁的妇女，家在她周围覆盖的面积很广阔，胜过柏树遮住的天空，胜过橘红色的彩绘装饰；它为无家可归的人洒下了柔和的光。

▎佳作点评 ▎

真正的家，应该是一种稳定的结构。这就要求男女双方能够取长补短：做丈夫的，能给妻子多些理解和宽容；做妻子的，能给丈夫多点空间和慰藉。如此，才能创造出"和谐"的家庭环境。

本文分别从男性和女性的角度，剖析了各自性格上的差异。这种差异往往左右着家庭的稳定关系。但真正安定的家，是性格破坏不了的。因为，他们的灵魂早已融为一体，那才是一个家庭的"核心价值"。

致缪塞

□［法国］乔治·桑

我的朋友，愿上帝制止你现在的精神和心理状态。爱情是一个庙，凡恋爱的人建筑这个庙作为一个多少值得他崇拜的对象。而庙中美丽的东西，并不十分是神，而是神坛。你为什么要怕重新来试行这一着呢？无论神像是久已竖起，或即刻会跌成粉碎，然你总算已经建了一个美丽的庙。你的心灵将住在庙中，内中并且将充满敬神的香烟，而一个像你的心灵一样的心灵必定创造伟大的工作。神也许有变迁，但当你自身存在的时候，这个庙是会存在的。它是一个庄严的避难所，你可以在敬神的香烟中把你的心锻炼得结结实实，这颗心是十分丰富而有力，当神丧失了根基的时候，此心即可重新更换一个神。你以为一种恋爱或两种恋爱足以使一种强健的心灵精疲力竭么？我也早已相信这一点，但我现在才知道情形恰恰相反。这是一种火，它总是要努力燃烧起来，并且通明透亮的。这也许是一个人整个的生命中一种可怕的、庄严的和忍耐的工作。这是一顶有刺的花冠，当一个人的头发开始苍白的时候，这花冠便扬苞吐蕊，现出玫瑰花来了。上帝也许是要把我们的痛苦与勤劳和我们的道德力比较一下，有一个时候是我们休息的日子，是我们对于过去的劳苦自鸣得意的日子。失望的眼泪快乐的歌咏，哪一个是这两个心灵生活的时期中最美丽的呢？也许是第一个吧。我是进到第二个时期，然我觉得和梦幻一样；可是第一个时期是上帝所爱的，是上帝所庇护的，因为那些经过此时期的人是需要上帝帮助的。这个时期的结果是最活泼的感觉和最热烈的诗歌。这是一条羊肠小道的山路，充满了危险与困难。然而这条路是向着巍巍的高处走的，它总是俯瞰无气力的人们所栖息的单调而低下的世界。

▎佳作点评 ▎

作为女权主义的先驱，乔治·桑认为在两性关系上应该倡导女性的主导地位，女人不应该成为男人情欲的发泄对象，女人也有自己的七情六欲，应该主动地得到满足。在本文中，她也在宣扬这一思想。

而在实际生活中，她的爱情生活也是丰富多彩，众多名人拜倒在这位才女的石榴裙下，其做派即便在今天看来依旧"先锋"。

爱的感情是理性

石头下面的一颗心 ▌▏▎▁ ▁ ▁

□ ［法国］雨果

把宇宙缩减到唯一的一个人，把唯一的一个人扩张到上帝，这才是爱。

爱，便是众天使向群星的膜拜。

上帝在一切的后面，但是一切遮住了上帝。东西是黑的，人是不透明的，爱一个人，便是要使他透明。

某些思想是祈祷。有时候，无论身体的姿势如何，灵魂却总是双膝跪下的。

相爱而不能相见的人有千百种虚幻而真实的东西用来骗走离愁别恨。别人不让他们见面，他们不能互通音信，他们却能找到无数神秘的通信方法。他们互送飞鸟的啼唱、花朵的香味、孩子们的笑声、太阳的光辉、风的叹息、星的闪光、整个宇宙。这有什么办不到呢？上帝的整个事业是为爱服务的。爱有足够的力量可以命令大自然为它传递书信。

啊，春天，你便是我写给她的一封信。

未来仍是属于心灵的多，属于精神的少。爱，是唯一能占领和充满永恒的东西。对于无极，必须不竭。

上帝不能增加相爱的人们的幸福，除非给予他们无止境的岁月。在爱的一生之后，有爱的永生，那确是一种增益；但是，如果要从此生开始，便增加爱给予灵魂的那种无可言喻的极乐的强度，那是无法做到的，甚至上帝也做不到。上帝是天上的饱和，爱是人间的饱和。

如果你是石头，便应当做磁石；如果你是植物，便应当做含羞草；如果你是人，便应当做意中人。

深邃的心灵们，明智的精灵们，按照上帝的安排来接受生命吧。这是一种长久的考验，一种为未知的命运所做的不可理解的准备工作。这个命运，真正的命运，对人来说，是从他第一步踏出墓穴时开始的。到这时，便会有一种东西出现在他眼前，他也开始能辨认永定的命运。永定，请你仔细想想这个词儿。活着的人只能望见无极，而永定只让死了的人望见它。在死以前，为爱而忍痛，为希望而景仰吧。不幸的是那些只爱躯壳、形体、表相的人，唉！这一切都将由一死而全部化为乌有。应当知道爱灵魂，你日后还能找到它。

佳作点评

维克多·雨果是法国浪漫主义作家，人道主义的代表人物，19世纪前期积极浪漫主义文学运动的代表作家，法国文学史上卓越的资产阶级民主作家，被人们称为"法兰西的莎士比亚"。

本文是他关于爱的一篇"哲理小品文"。生命是短暂的，爱是恒久的。作者用富有激情的语言，再现了爱的隐秘存在方式，以及它的高贵性。

同　情

　□ ［印度］泰戈尔

如果我只是一只小狗而不是你的小孩，亲爱的妈妈，我想吃你盘子里的食物时，你会对我说声"不"吗？

你会赶开我，对我说"走开，你这顽皮的小狗"吗？

如果这样，妈妈，我只有走了！你叫唤我时，我就决不到你那里去，决不让你再来喂我吃东西了。

如果我只是一只绿色小鹦鹉而不是你的小孩，亲爱的妈妈，你会用链子把我缚住，生怕我飞走吗？

你会对我指指点点地说"你这不知感恩的鸟！日日夜夜咬着链子"吗？

如果这样，妈妈，我只有走了！我就一定逃到森林里去，我就决不让你再把我抱在怀里了。

佳作点评

这则文字从一个"儿童的视觉"，以反问的手法，向成人发问。意在批评那种自私的爱。

　中国书籍文学馆·精品赏析　温情蜜意

136

伟大的爱不止是爱自己的孩子，还应该爱世间万物，爱小狗，爱绿色的小鹦鹉……

　　孩子的心灵是纯洁无暇的，因此孩子的追问更能撼人心魄，给人特别的艺术力量。

只要有爱

□〔智利〕聂鲁达

我在许久以前曾受祖国发祥地的召唤顺着朗科湖往内地走，在那里找到了既受大自然攻击又受大自然爱护的诗歌的天生摇篮。

高高的柏树密密成林，空气飘逸着密林的芳香，一切都有响声，又都寂静无声。隐匿的鸟儿在低低交谈，果实和树枝落下时擦响树叶，在神秘而又庄严的瞬间一切都停止了，大森林里的一切似乎都在期待着什么。那时候有一条河流就要诞生了。我不知道这条河叫什么，但是它最初涌出的纯洁的、暗色的水流几乎令人察觉不出，涓细而且悄然无声，正在枯死的大树干和巨石之间寻觅出路。

枯藤老叶堆满了它的源头，过去的一切都要阻挡它的去路，却只能使它的道路溢满芳香。新生的河流把烂根朽叶一路冲刷，满载着新鲜的养分在自己行进的路上散发。

在我看来，诗歌的产生与此大同小异。它来自目力所不及的高处，它的源头神秘而又模糊，荒凉而又芳香，像河流那样把流入的小溪纳入自己的怀抱，在群山中间寻觅出路，在草原上发出悦耳的歌声。

它使干枯的田野受到滋润，为挨饿的人解决粮食；它在谷穗里寻路前进，赶路的人靠它解渴；当人们战斗或休息的时候，它就来歌唱。

它把人们联结起来，而且在他们中建立起村庄。它带着繁衍生命的根穿过山谷。

歌唱和繁殖就是诗。

它从地下喷薄而出，不断壮大，热情洋溢。它以不断增长的运动产生出能量，去磨粉、锯木，给城市以光明。黎明时岸边彩旗飞扬，总要在会唱歌的河边欢庆节日。

我曾在佛罗伦萨一家工厂参观过，并当场给一些工人朗诵我的诗。朗诵时我极其羞怯，这是任何一个来自年轻大陆的人在仍然活在那里的神圣幽灵近旁说话时都会有的心情。随后，该厂工人送我一件纪念品，那是一本彼特拉克诗集，1484 年版的，我会一直珍藏。

诗已随河水流过，在那家工厂里歌唱过，几个世纪以来一直伴随着工人们。我心目中的那位永远穿着修士罩袍的彼特拉克，是那些纯朴的意大利人中的一员，而我满怀敬意捧在手里、对我具有一种新的意义的那本书，对于一个普通人而言只是一件绝妙工具。

我知道前来参加这个庆祝会的有我的许多同胞，还有一些别国的男女知名人士，他们绝不是来祝贺我个人的，而是来赞扬诗人们的责任和诗的普遍发展。

这类聚会使我非常激动，也非常自豪，我感到我的诗还是有一定社会价值的。确保全体人类相互认识和了解，是人道主义者的首要责任和知识界的基本任务。只要有爱就值得去战斗和歌唱，就值得活在世上。

我很清楚在我们这个被大海和茫茫雪山隔绝的国度里，你们不是在为我，而是在为人类的胜利而举行庆祝。其中的原因很简单，假如说这些海拔几百米、几千米的高山和波澜起伏、神秘莫测的太平洋曾经想把我们祖国的心声摒弃在全世界之外，曾经企图阻止我们的祖国向全世界发出自己的声音，曾经反对各国人民的斗争和世界文化的统一，现在这些高山被征

爱的感情是理性

服了，大洋也被战胜了。

在我们这个地处偏远的国家里，我的人民和我的诗歌为增进交往和友谊进行了不屈不挠的战斗。

这所大学履行其学术职责，接待我们大家，从而确立了人类社会的胜利和智利这颗星辰的荣耀。

我们不曾孤单，来自美洲热带地区的鲁文·达里奥支援我们来了。他大概是在一个跟今天一样的天空澄碧、白雪皑皑的冬日来到瓦尔帕莱索的，来重建西班牙语的诗歌。

今天，我把我最诚挚的敬意和最深沉的思念奉献给他那星星般的壮丽。

昨夜，我收到了劳拉·罗迪格等人送给我的礼物。我十分激动地把劳拉·罗迪格带给我的礼物打开。这是加夫列拉·米斯特拉尔的《十四行诗》的手稿，是用铅笔写的，而且通篇是修改的字迹。这份手稿写于1914年，但依然可以领略到她那笔力雄健的书法特色。

在我看来这些十四行诗意境有如永恒雪山一样高远，而且具有克维多那样的潜在的震撼力。

此刻，我把加夫列拉·米斯特拉尔和鲁文·达里奥都当作智利诗人来怀念，在我年满五十周岁之际，我非常想对他们表达我内心的敬意与感激。

真的，我对他们充满了敬意，是对所有在我之前用各种文字从事笔耕的人。他们的名字举不胜举，他们有如繁星布满整个天空。

佳作点评

几乎所有的伟大诗人，都是爱的天使。他们用诗的形式，向人间输送爱的光芒。聂鲁达这篇优美的文字，无疑也是一篇关于爱的"宣言"。从中，我们可以感受到他爱的潮汐，感受到他作为一个诗人的情怀和博爱思想，以及他写诗的内在精神。

诗歌根源于爱，文学根源于爱。

弟　兄 · [中国] 鲁迅

爱底痛苦 · [中国] 许地山

悼胞兄曼陀 · [中国] 郁达夫

同是上帝的儿女 · [中国] 石评梅

好似几年样的挂念你们 · [中国] 张露萍

我永爱的哥哥 · [中国] 吴克茵

……

爱是生命的活动

时间可以让人丢失一切，可是亲情是割舍不去的。即使有

一天，亲人离去，但他们的爱却永远留在子女灵魂的最深处。

　　　　　　　　　　　　　　　　　　　　　　——高尔基

弟 兄 ▌▐▖▁▁ ▗ ▃

□ ［中国］鲁迅

公益局一向无公可办，几个办事员在办公室里照例的谈家务。秦益堂捧着水烟筒咳得喘不过气来，大家也只得住口。久之，他抬起紫涨着的脸来了，还是气喘吁吁的，说：

"到昨天，他们又打起架来了，从堂屋一直打到门口。我怎么喝也喝不住。"他生着几根花白胡子的嘴唇还抖着。"老三说，老五折在公债票上的钱是不能开公账的，应该自己赔出来……"

"你看，还是为钱，"张沛君就慷慨地从破的躺椅上站起来，两眼在深眼眶里慈爱地闪烁。"我真不解自家的弟兄何必这样斤斤计较，岂不是横竖都一样？……"

"像你们的弟兄，那里有呢。"益堂说。

"我们就是不计较，彼此都一样。我们就将钱财两字不放在心上。这么一来，什么事也没有了。有谁家闹着要分的，我总是将我们的情形告诉他，劝他们不要计较。益翁也只要对令郎开导开导……"

"那里……"益堂摇头说。

"这大概也怕不成。"汪月生说，于是恭敬地看着沛君的眼，"像你们的弟兄，实在是少有的；我没有遇见过。你们简直是谁也没有一点自私自利的心思，这就不容易……"

"他们一直从堂屋打到大门口……"益堂说。

"令弟仍然是忙？……"月生问。

"还是一礼拜十八点钟功课，外加九十三本作文，简直忙不过来。这几天可是请假了，身热，大概是受了一点寒……"

"我看这倒该小心些，"月生郑重地说。"今天的报上就说，现在时症流行……"

"什么时症呢？"沛君吃惊了，赶忙地问。

"那我可说不清了。记得是什么热罢。"

沛君迈开步就奔向阅报室去。

"真是少有的，"月生目送他飞奔出去之后，向着秦益堂赞叹着。"他们两个人就像一个人。要是所有的弟兄都这样，家里那里还会闹乱子。我就学不来……"

"说是折在公债票上的钱不能开公账……"益堂将纸煤子插在纸煤管子里，恨恨地说。

办公室中暂时的寂静，不久就被沛君的步声和叫听差的声音震破了。他仿佛已经有什么大难临头似的，说话有些口吃了，声音也发着抖。他叫听差打电话给普悌思普大夫，请他即刻到同兴公寓张沛君那里去看病。

月生便知道他很着急，因为向来知道他虽然相信西医，而进款不多，平时也节省，现在却请的是这里第一个有名而价贵的医生。于是迎了出去，只见他脸色青青的站在外面听听差打电话。

"怎么了？"

"报上说……说流行的是猩……猩红热。我我午后来局的时，靖甫就是满脸通红……已经出门了么？请……请他们打电话找，请他即刻来，同兴公寓，同兴公寓……"

他听听差打完电话，便奔进办公室，取了帽子。汪月生也代为着急，跟了进去。

"局长来时，请给我请假，说家里有病人，看医生……"他胡乱点着头，说。

"你去就是。局长也未必来。"月生说。

但是他似乎没有听到，已经奔出去了。

他到路上，已不再较量车价如平时一般，一看见一个稍微壮大，似乎能走的车夫，问过价钱，便一脚跨上车去，道，"好。只要给我快走！"

公寓却如平时一般，很平安，寂静；一个小伙计仍旧坐在门外拉胡琴。他走进他兄弟的卧室，觉得心跳得更利害，因为他脸上似乎见得更通红了，而且发喘。他伸手去一摸他的头，又热得炙手。

"不知道是什么病？不要紧罢？"靖甫问，眼里发出忧疑的光，显系他自己也觉得不寻常了。

"不要紧的，……伤风罢了。"他支梧着回答说。

他平时是专爱破除迷信的，但此时却觉得靖甫的样子和说话都有些不祥，仿佛病人自己就有了什么预感。这思想更使他不安，立即走出，轻轻地叫了伙计，使他打电话去问医院：可曾找到了普大夫？

"就是啦，就是啦。还没有找到。"伙计在电话口边说。

沛君不但坐不稳，这时连立也不稳了；但他在焦急中，却忽而碰着了一条生路：也许并不是猩红热。然而普大夫没有找到，……同寓的白问山虽然是中医，或者于病名倒还能断定的，但是他曾经对他说过好几回攻击中医的话；况且追请普大夫的电话，他也许已经听到了……

然而他终于去请白问山。

白问山却毫不介意，立刻戴起玳瑁边墨晶眼镜，同到靖甫的房里来。他诊过脉，在脸上端详一回，又翻开衣服看了胸部，便从从容容地告辞。

爱是生命的活动

沛君跟在后面，一直到他的房里。

他请沛君坐下，却是不开口。

"问山兄，舍弟究竟是……？"他忍不住发问了。

"红斑痧。你看他已经'见点'了。"

"那么，不是猩红热？"沛君有些高兴起来。

"他们西医叫猩红热，我们中医叫红斑痧。"

这立刻使他手脚觉得发冷。

"可以医么？"他愁苦地问。

"可以。不过这也要看你们府上的家运。"

他已经胡涂得连自己也不知道怎样竟请白问山开了药方，从他房里走出；但当经过电话机旁的时候，却又记起普大夫来了。他仍然去问医院，答说已经找到了，可是很忙，怕去得晚，须待明天早晨也说不定的。然而他还叮嘱他要今天一定到。

他走进房去点起灯来看，靖甫的脸更觉得通红了，的确还现出更红的点子，眼睑也浮肿起来。他坐着，却似乎所坐的是针毡；在夜的渐就寂静中，在他的翘望中，每一辆汽车的汽笛的呼啸声更使他听得分明，有时竟无端疑为普大夫的汽车，跳起来去迎接。但是他还未走到门口，那汽车却早经驶过去了；悯然地回身，经过院落时，见皓月已经西升，邻家的一株古槐，便投影地上，森森然更来加浓了他阴郁的心地。

突然一声乌鸦叫。这是他平日常常听到的；那古槐上就有三四个乌鸦窠。但他现在却吓得几乎站住了，心惊肉跳地轻轻地走进靖甫的房里时，见他闭了眼躺着，满脸仿佛都见得浮肿；但没有睡，大概是听到脚步声了，忽然张开眼来，那两道眼光在灯光中异样地凄怆地发闪。

"信么？"靖甫问。

"不，不。是我。"他吃惊，有些失措，吃吃地说，"是我。我想还是去请一个西医来，好得快一点。他还没有来……"

靖甫不答话，合了眼。他坐在窗前的书桌旁边，一切都静寂，只听得病人的急促的呼吸声，和闹钟的札札地作响。忽而远远地有汽车的汽笛发响了，使他的心立刻紧张起来，听它渐近，渐近，大概正到门口，要停下了罢，可是立刻听出，驶过去了。这样的许多回，他知道了汽笛声的各样：有如吹哨子的，有如击鼓的，有如放屁的，有如狗叫的，有如鸭叫的，有如牛吼的，有如母鸡惊啼的，有如呜咽的……他忽而怨愤自己：为什么早不留心，知道，那普大夫的汽笛是怎样的声音的呢？

对面的寓客还没有回来，照例是看戏，或是打茶围去了。但夜却已经很深了，连汽车也逐渐地减少。强烈的银白色的月光，照得纸窗发白。

他在等待的厌倦里，身心的紧张慢慢地弛缓下来了，至于不再去留心那些汽笛。但凌乱的思绪，却又乘机而起；他仿佛知道靖甫生的一定是猩红热，而且是不可救的。那么，家计怎么支持呢，靠自己一个？虽然住在小城里，可是百物也昂贵起来了……自己的三个孩子，他的两个，养活尚且难，还能进学校去读书么？只给一两个读书呢，那自然是自己的康儿最聪明，——然而大家一定要批评，说是薄待了兄弟的孩子……

后事怎么办呢，连买棺木的款子也不够，怎么能够运回家，只好暂时寄顿在义庄里……

忽然远远地有一阵脚步声进来，立刻使他跳起来了，走出房去，却知道是对面的寓客。

"先帝爷，在白帝城……"

他一听到这低微高兴的吟声，便失望，愤怒，几乎要奔上去叱骂他。但他接着又看见伙计提着风雨灯，灯光中照出后面跟着的皮鞋，上面的微明里是一个高大的人，白脸孔，黑的络腮胡子。这正是普悌思。

他像是得了宝贝一般，飞跑上去，将他领入病人的房中。两人都站在床面前，他擎了洋灯，照着。

"先生，他发烧……"沛君喘着说。

中国书籍文学馆·精品赏析 温情蜜意

148

"什么时候，起的？"普悌思两手插在裤侧的袋子里，凝视着病人的脸，慢慢地问。

"前天。不，大……大大前天。"

普大夫不作声，略略按一按脉，又叫沛君擎高了洋灯，照着他在病人的脸上端详一回；又叫揭去被卧，解开衣服来给他看。看过之后，就伸出手指在肚子上去一摩。

"Measles……"普悌思低声自言自语似的说。

"疹子么？"他惊喜得声音也似乎发抖了。

"疹子。"

"就是疹子？……"

"疹子。"

"你原来没有出过疹子？……"

他高兴地刚在问靖甫时，普大夫已经走向书桌那边去了，于是也只得跟过去。只见他将一只脚踏在椅子上，拉过桌上的一张信笺，从衣袋里掏出一段很短的铅笔，就桌上飕飕地写了几个难以看清的字，这就是药方。

"怕药房已经关了罢？"沛君接了方，问。

"明天不要紧。明天吃。"

"明天再看？……"

"不要再看了。酸的，辣的，太咸的，不要吃。热退了之后，拿小便，送到我的，医院里来，查一查，就是了。装在，干净的，玻璃瓶里；外面，写上名字。"

普大夫且说且走，一面接了一张五元的钞票塞入衣袋里，一径出去了。他送出去，看他上了车，开动了，然后转身，刚进店门，只听得背后gogo的两声，他才知道普悌思的汽车的叫声原来是牛吼似的。但现在是知道也没有什么用了，他想。

房子里连灯光也显得愉悦；沛君仿佛万事都已做讫，周围都很平安，心里倒是空空洞洞的模样。他将钱和药方交给跟着进来的伙计，叫他明天一早到美亚药房去买药，因为这药房是普大夫指定的，说惟独这一家的药品最可靠。

"东城的美亚药房！一定得到那里去。记住：美亚药房！"他跟在出去的伙计后面，说。

院子里满是月色，白得如银；"在白帝城"的邻人已经睡觉了，一切都很幽静。只有桌上的闹钟愉快而平匀地札札地作响；虽然听到病人的呼吸，却是很调和。他坐下不多久，忽又高兴起来。

"你原来这么大了，竟还没有出过疹子？"他遇到了什么奇迹似的，惊奇地问。

"……"

"你自己是不会记得的。须得问母亲才知道。"

"……"

"母亲又不在这里。竟没有出过疹子。哈哈哈！"

沛君在床上醒来时，朝阳已从纸窗上射入，刺着他朦胧的眼睛。但他却不能即刻动弹，只觉得四肢无力，而且背上冷冰冰的还有许多汗，而且看见床前站着一个满脸流血的孩子，自己正要去打她。

但这景象一刹那间便消失了，他还是独自睡在自己的房里，没有一个别的人。他解下枕衣来拭去胸前和背上的冷汗，穿好衣服，走向靖甫的房里去时，只见"在白帝城"的邻人正在院子里漱口，可见时候已经很不早了。

靖甫也醒着了，眼睁睁地躺在床上。

"今天怎样？"他立刻问。

"好些……"

"药还没有来么？"

"没有。"

他便在书桌旁坐下，正对着眠床；看靖甫的脸，已没有昨天那样通红了。但自己的头却还觉得昏昏的，梦的断片，也同时闪闪烁烁地浮出：

——靖甫也正是这样地躺着，但却是一个死尸。他忙着收殓，独自背了一口棺材，从大门外一径背到堂屋里去。地方仿佛是在家里，看见许多熟识的人们在旁边交口赞颂……

——他命令康儿和两个弟妹进学校去了；却还有两个孩子哭嚷着要跟去。他已经被哭嚷的声音缠得发烦，但同时也觉得自己有了最高的威权和极大的力。他看见自己的手掌比平常大了三四倍，铁铸似的，向荷生的脸上一掌批过去……

他因为这些梦迹的袭击，怕得想站起来，走出房外去，但终于没有动。也想将这些梦迹压下，忘却，但这些却像搅在水里的鹅毛一般，转了几个围，终于非浮上来不可：

——荷生满脸是血，哭着进来了。他跳在神堂上……那孩子后面还跟着一群相识和不相识的人。他知道他们是都来攻击他的……

——"我决不至于昧了良心。你们不要受孩子的诳话的骗……"他听得自己这样说。

——荷生就在他身边，他又举起了手掌……

他忽而清醒了，觉得很疲劳，背上似乎还有些冷。靖甫静静地躺在对面，呼吸虽然急促，却是很调匀。桌上的闹钟似乎更用了大声札札地作响。

他旋转身子去，对了书桌，只见蒙着一层尘，再转脸去看纸窗，挂着的日历上，写着两个漆黑的隶书：廿七。

伙计送药进来了，还拿着一包书。

"什么？"靖甫睁开了眼睛，问。

"药。"他也从惝恍中觉醒，回答说。

"不，那一包。"

"先不管它。吃药罢。"他给靖甫服了药，这才拿起那包书来看，道，

"索士寄来的。一定是你向他去借的那一本：《Sesameand Lilies》。"

靖甫伸手要过书去，但只将书面一看，书脊上的金字一摩，便放在枕边，默默地合上眼睛了。过了一会，高兴地低声说：

"等我好起来，译一点寄到文化书馆去卖几个钱，不知道他们可要……"

这一天，沛君到公益局比平日迟得多，将要下午了；办公室里已经充满了秦益堂的水烟的烟雾。汪月生远远地望见，便迎出来。

"嗄！来了。令弟全愈了罢？我想，这是不要紧的；时症年年有，没有什么要紧。我和益翁正惦记着呢；都说：怎么还不见来？现在来了，好了！但是，你看，你脸上的气色，多少……是的，和昨天多少两样。"

沛君也仿佛觉得这办公室和同事都和昨天有些两样，生疏了。虽然一切也还是他曾经看惯的东西：断了的衣钩，缺口的唾壶，杂乱而尘封的案卷，折足的破躺椅，坐在躺椅上捧着水烟筒咳嗽而且摇头叹气的秦益堂……

"他们也还是一直从堂屋打到大门口……"

"所以呀，"月生一面回答他，"我说你该将沛兄的事讲给他们，教他们学学他。要不然，真要把你老头儿气死了……"

"老三说，老五折在公债票上的钱是不能算公用的，应该……应该……"益堂咳得弯下腰去了。

"真是'人心不同'……"月生说着，便转脸向了沛君，"那么，令弟没有什么？"

"没有什么。医生说是疹子。"

"疹子？是呵，现在外面孩子们正闹着疹子。我的同院住着的三个孩子也都出了疹子了。那是毫不要紧的。但你看，你昨天竟急得那么样，叫旁人看了也不能不感动，这真所谓'兄弟怡怡'。"

"昨天局长到局了没有？"

"还是'杳如黄鹤'。你去簿子上补画上一个'到'就是了。"

爱是生命的活动

"说是应该自己赔。"益堂自言自语地说，"这公债票也真害人，我是一点也莫名其妙。你一沾手就上当。到昨天，到晚上，也还是从堂屋一直打到大门口。老三多两个孩子上学，老五也说他多用了公众的钱，气不过……"

　　"这真是愈加闹不清了！"月生失望似的说，"所以看见你们弟兄，沛君，我真是'五体投地'。是的，我敢说，这决不是当面恭维的话。"

　　沛君不开口，望见听差的送进一件公文来，便迎上去接在手里。月生也跟过去，就在他手里看着，念道：

　　"'公民郝上善等呈：东郊倒毙无名男尸一具请饬分局速行拨棺抬埋以资卫生而重公益由'。我来办。你还是早点回去罢，你一定惦记着令弟的病。你们真是'鹡鸰在原'……"

　　"不！"他不放手，"我来办。"

　　月生也就不再去抢着办了。沛君便十分安心似的沉静地走到自己的桌前，看着呈文，一面伸手去揭开了绿锈斑斓的墨盒盖。

一九二五年十一月三日

┛佳作点评┃┃┃.

　　本文是鲁迅反思人性弱点、剖析国民性心理的一篇重要作品。其中，充满了深刻的忏悔意识。以鲁迅为代表的五四文人在面对万恶的封建文化和黑暗的社会现实时，给予了坚决的抨击，甚至不惜自我解剖。鲁迅站在历史高度来审视自己的愿望和动机，剖析自己的内心和行为，彻底批判和否定自我。在这篇小说中，鲁迅向我们展示了一位强者在面对重重罪恶时追求超越的忏悔之路。

爱底痛苦 ▌▍▎▁▁▁▁▁

□ ［中国］许地山

在绿荫月影底下，朗日和风之中，或急雨飘雪底时候，牛先生必要说他底真言，"啊，拉夫斯偏（即"爱的痛苦"——编者注）！"他在三百六十日中，少有不说这话底时候。

暮雨要来，带着愁容底云片，急急飞避；不识不知的蜻蜓还在庭园间遨游着。爱诵真言底牛先生闷坐在屋里，从西窗望见隔院底女友田和正抱着小弟弟玩。

姊姊把孩子底手臂咬得吃紧；擘他底两颊；摇他底身体；又掌他底小腿。孩子急得哭了。姊姊才忙忙地拥抱住他，堆着笑说："乖乖，乖乖，好孩子，好弟弟，不要哭。我疼爱你，我疼爱你！不要哭。"不一会孩子底哭声果然停了，可是弟弟刚现出笑容，姊姊又该咬他、擘他、摇他、掌他咧。

檐前底雨好像珠帘，把牛先生眼中底对象隔住。但方才那种印象，却萦回在他眼中。他把窗户关上，自己一人在屋里踱来踱去。最后，他点点头，笑了一声，"哈，哈！这也是拉夫斯偏！"

他走近书桌子，坐下，提起笔来，像要写什么似地。想了半天，才写上一句七言诗。他念了几遍，就摇头，自己说："不好，不好。我不会做诗，还是随便记些起来好。"

牛先生将那句诗涂掉以后，就把他底日记拿出来写。那天他要记底事情格外多。日记里应用底空格，他在午饭后，早已填满了。他裁了一张纸，写着：

黄昏，大雨。田在西院弄她底弟弟，动起我一个感想，就是：人都喜欢见他们所爱者底愁苦；要想方法教所爱者难受。所爱者越难受，爱者越喜欢，越加爱。

一切被爱底男子，在他们底女人当中，直如小弟弟在田底膝上一样。他们也是被爱者玩弄底。

女人底爱最难给，最容易收回去。当她把爱收回去底时候，未必不是一种游戏的冲动；可是苦了别人哪。

唉，爱玩弄人底女人，你何苦来这一下！愚男子，你底苦恼，又活该呢！

牛先生写完，复看一遍，又把后面那几句涂去，说："写得太过了，太过了！"他把那张纸付贴在日记上，正要起身，老妈子把哭着底孩子抱出来，一面说："姊姊不好，爱欺负人。不要哭，咱们找牛先生去。"

"姊姊打我！"这是孩子所能对牛先生说底话。

牛先生装作可怜的声音，忧郁的容貌，回答说："是么？姊姊打你么？来，我看看打到哪步田地？"

孩子受他底抚慰，也就忘了痛苦，安静过来了。现在吵闹底，只剩下外间急雨底声音。

这篇作品饶有兴味，通过牛先生这样一个人物，折射出对"人生苦"的阐释。许地山的作品，大多富有强烈的"宗教思想"。"人生苦"是佛教教义的核心内容。这一文化内涵在许地山文学作品中的建构，形成了许地山特有的宗教文学。

"爱底痛苦"，不止是那个孩子的痛苦，更是牛先生的痛苦。有时，爱就是一种刑罚。

悼胞兄曼陀

□ ［中国］郁达夫

　　长兄曼陀，名华，长于我一十二岁，同生肖，自先父弃养后，对我实系兄而又兼父职的长辈，去年十一月廿三，因忠于职守，对卖国汪党，毫无容情，在沪特区法院执法如山，终被狙击于其寓外。这消息，早就在中外各报上登过一时了。最近接得沪上各团体及各闻人发起之追悼大会的报告，才知公道自在人心，是非必有正论。他们要盛大追悼正直的人，亦即是消极警告那些邪曲的人的意思。追悼会，将于三月廿四日，在上海湖社举行。我身居海外，当然不能亲往祭奠，所以只能撰一哀挽联语，遥寄春申江上，略表哀思。（天壤薄王郎，节见穷时，各有清名闻海内；乾坤扶正气，神伤雨夜，好凭血债索辽东。）

　　溯自胞兄殉国之后，上海香港各杂志及报社的友人，都来要我写些关于他的悲悼或回忆的文字，但说也奇怪，直到现在，仍不能下一执笔的决心。我自己推想这心理的究竟，也不能够明白的说出。或者因为身居热带，头脑昏胀，不适合于作抒情述德的长文，也未可知。但一最可靠的解释，则实因这一次的敌寇来侵，殉国殉职的志士仁人太多了，对于个人的情感，似乎不便夸张，执着，当是事实上的主因。反过来说，就是个人主义的血族情感，在我的心里，渐渐的减了，似乎在向民族国家的大范围的情感一方面转向。

情感扩大之后，在质的一方面，会变得稀薄一点，而在量的一方面，同时会得增大，自是必然的趋势。

譬如，当故乡沦陷之日，我生身的老母，亦同长兄一样，因不肯离去故土而被杀；当时我还在祖国的福州，接得噩耗之日，亦只痛哭了一场，设灵遥祭了一番，而终于没有心情来撰文以志痛。

从我个人的这小小心理变迁来下判断，则这一次敌寇的来侵，影响及于一般国民的感情转变的力量，实在是很大很大。自私的，执着于小我的那一种情感，至少至少，在中国各沦陷地同胞的心里，我想，是可以一扫而光了。就单从这一方面来说，也可以算是这一次我们抗战的一大收获。

现在，闲谈暂且搁起，再来说一说长兄的历史性行吧。长兄所习的虽是法律，毕生从事的，虽系枯燥的刑法判例；但他的天性，却是倾向于艺术的。他闲时作淡墨山水，很有我们乡贤董文恪公的气派，而写下来的诗，则又细腻工稳，有些似晚唐，有些像北宋人的名句。他的画集，诗集，虽则分量不多，已在香港上海制版赶印了。大约在追悼会开催之日，总可以与世人见面，当能证明我这话的并非自夸。至于他行事的不苟，接人待物的富有长者的温厚之风，则凡和他接近过的人，都能够说述，我也可以不必夸张，致堕入谀墓铭旌的常套。在这里，我只想略记一下他的历史。他生在前清光绪十年的甲申，十七岁就以府道试第一名入学，补博士弟子员，当废科举改学堂的第一期里，他就入杭府中学。毕业后，应留学生考试，受官费保送去日本留学，实系浙江派遣留学生的首批一百人中之一。在早稻田大学师范科毕业后，又改入法政大学，三年毕业，就在天津交涉公署任翻译二年，其后考取法官，就一直的在京师高等审判厅任职。当许公俊人任司法部长时，升任大理院推事，又被派赴日本考察司法制度。一年回国，也就在大理院奉职。直到九一八事变起来之日，他还在沈阳作大理院东北分院的庭长兼代分院长。东北沦亡，他一手整理案卷全部，载赴北平。上海租界的会审公堂，经接收过来以后，他就被任作临时高等分院刑庭庭长，一直到他殉职之日为止。

在这一个简短的略历里，是看不出他的为人正直，和临难不苟的态度来的。可是最大的证明，却是他那为国家，为民族的最后的一死。

鸿毛泰山等宽慰语，我这时不想再讲，不过死者的遗志，却总要我们未死者替他完成，就是如何的去向汪逆及侵略者算一次总帐！

▮佳作点评▮

郁曼陀是郁达夫的胞兄。曼陀15岁自富阳至杭州读书时，郁达夫才4岁。郁曼陀东渡日本时，郁达夫10岁。兄弟间直接的接触是不多的。郁曼陀对少年郁达夫的影响主要在人格力量上。他少年即出人头地的风貌，使郁达夫佩服至极。虽然，郁达夫成年后与郁曼陀之间曾发生过两次极大的冲突，但这丝毫不影响他们之间的感情。

本文即是郁达夫写给曼陀的纪念文章，郁达夫在文中不仅追忆了胞兄曼陀跌宕起伏的一生，更是写出了一个特殊时代对人的摧残和压榨，悲痛之情弥漫全篇。

失亲之痛加上家国之痛，使得"痛"具有了双重性。

同是上帝的儿女 ▌ⅰ▃▁ ▂ ▂

□〔中国〕石评梅

狂风——卷土扬沙的怒吼，人们所幻想的璀璨庄严的皇城，确是变成一片旷野无人的沙漠；这时我不敢骄傲了，因为我不是一只富于沙漠经验的骆驼——忠诚的说，连小骆驼的梦也未曾做过。

每天逢到数不清的洋车，今天都不知被风刮在那里去；但在这广大的沙漠中，我确感到急切的需要了。堪笑——这样狼狈，既不是贿选的议员，也不是树倒的猴狲，因有温馨的诱惑我；在这萧条凄寒的归路里，我只得蹒跚迎风，呻吟着适之先生的"努力"。

我觉着走了有数十里，实际不过是由学校走到西口，这时揉揉眼睛，猛然有了发现了：

两个小的活动的骷髅，抬着一辆曾拖过尸骸的破车，一个是男的在前面，一个是女的在后面，她的嘴似乎动了一动，细听这抖颤的声浪，她说：

"大姑儿您要车？"

"你能拉动我吗？这样小的车夫。"

"大姑儿，您坐吧，是那儿？"前边那个男小孩也拖着车子问我。但是我总不放心，明知我近来的乡愁闲恨，量——偌大的人儿，破碎的车儿，是难以载起。决定后，我大踏步的向前走了。

"大姑儿，您见怜小孩们吧！爸爸去打仗莫有回家，妈妈现在病在床上，想赚几个铜子，给妈妈一碗粥喝，但老天又这样风大！"后面那女孩似唱似诉的这样说。

真大胆，真勇气，记得上车时还很傲然，等他们拖不了几步，我开始在车上战栗了！不禁低头看看：我怀疑了，为什么我能坐车，他们只这样拉车？为什么我穿着耀目丝绸的皮袍，他们只披着百结的单衣？为什么我能在他们面前当小资本家，他们只在我几枚铜子下流着血汗？

谁能不笑我这浅陋呢？

良心，或者也可说是人情，逼着我让他们停了车，抖颤的掏出钱袋，倾其所有递给他们；当时我只觉两腮发热，惭愧的说不出什么！

他们惊讶的相望着，最终他们来谢我的，不是惨淡的笑容，是浸入土里的几滴热泪！至现在我还怀疑我们……同是上帝的儿女！

▎佳作点评▏▎▂

一个小男孩和一个小女孩，在生活的重压下，出来拉车，这给作者的心灵造成了震撼。在生活中，总有无数的苦难在上演，而作家无疑是这样"苦难生活"的发现者。他们天生具有一颗悲悯的心。他们用手中的笔，来为时代作证。

他们告诫所有人：良知大于文学。

好似几年样的挂念你们

□［中国］张露萍

慈祥的妈妈伯伯：

今天又是三月二七号了，搬着指头数一数，小儿离开你们的膝前已将五月了。在这短短的数月中，使我感到好似几年样的挂念你们。所以我每时每刻都在为你们祈上天保你们的康健！

我的身体比在家时好多了，请你们勿念罢！因为我年纪很小，所以常常想家，尤其是晚上是常常不能安静的睡，总是梦着你们，念着你们！我亲爱的妈妈伯伯：在我接到你们要乘机回四川时的信，我真是说不出的高兴。但当我打电报到西安找吴永照时，他已经不在那里了，儿为了怕到西安想不到办法——没有了钱，所以只有不能去，到现在还是留在延安。儿在这儿的生活很好，每天上课是忙极了，因此没有很多的时间写信来问候你们，望你们恕儿罢！

两个多月的时间是容易过极了，因此我还是希望妈妈伯伯不要念我，毕业后我马上回来看望你们的慈颜！

虽然陕北现在已经是前线了，但是我们同学两千多人中没有一个怕的。因为，大家都相信百战百胜的八路军。这儿是他们训练了多年的边区，也就是他们的根据地。这儿的老百姓不能（论）男女老少都是有组织的，就是说都能打杖（仗）的。由于内战时的事实告诉我们，他们都是爱自由的人，不愿作奴隶。所以这次的抗战使他（们）更兴奋，更努力，都愿意打日本。再加这儿地势的复杂、崎岖，使日本机械化的军队是没法的，飞机吗？更无用。我们住的都是山洞，他拿着简直没法。同时为了我们的环境恶劣，所以我们的学习更加强了。希望你们不要担心罢。中国人民的军队的八路军和边区亲爱的同胞们是会保护你们的孩子的！你们一定不要怕！两个月后你们依门接你们亲爱的小儿罢！

我亲爱的妈妈伯伯！时间不早了，我们还要开小组会。

还告诉你们个好稍息：你们的孩子每天能背三十几斤重的包裹爬八十几里的山路了，你们高兴吗？

祝安康

你们的孩子英敬禀

阳历三月二七

▪佳作点评 ▮▮▮

一个参军的孩子写给父母的家书，其中，充满了积极向上的生活态度。试问，天底下有哪个父母不期望自己的孩子成为国之栋梁呢？优秀的儿子，是懂得如何让自己的父母放心的。

这封信，与其说是一个身在异地的孩子在向父母汇报思想，毋宁说是一个胸怀理想的青年在展望人生的未来。

我永爱的哥哥

—— 吴克茵致曹雪松的信

□［中国］吴克茵

我永爱的哥哥！

我最亲爱的哥哥！

我最恳挚的哥哥！

我最好的哥哥！

我宁死不舍的哥哥！

我始终爱好的哥哥！

我的好哥哥！

我一世亲爱的哥哥！

我无论如何愿把爱情交给你的我的哥哥！

我愿牺牲一切而爱你的哥哥！

我今世最爱好的哥哥！

我的好人哥哥！

我爱爱爱……的哥哥！

我永远永远愿把我爱情给你的哥哥！

好哥哥呀！

我在第一页信纸上，什么也写不出来，只能大声喊哥哥！唉！哥哥：我此时的哭声，恐怕你亦能听到了！当我今天下午接到你6月16的一封双挂号信，看到这许多悲伤的话，我哭得不能停止了，哥哥，我现在哭得快要绝气了！但是，哥哥，我哭死了亦不怪你！因为我的姊姊不好，没有意思的事，我绝对拒绝的事，为什么她要告诉你呢？哥哥，我愿把她杀死了！方可不哭！我不知为什么她们要这样多事，哥哥，我哭！哭死也甘心，我哥哥既然写到这样，并且叫我"去！"，唉！哥哥，我愿早早能哭死！我愿早早哭死吧！唉！我为什么不能哭死呢？我的好人，尚且叫我"去"，唉！我还要什么？天呀！请你快把我哭死吧！哥哥呀！你想，你说到这样的悲酸，啊！我怎能不哭！哥哥，我愿快快哭死，确不愿我哥哥这样悲伤！确不愿我的哥哥要这样悲伤！哥哥，你听见吗？我在哭，我在哭，我在为我多事的姐姐太多事而哭，我在为我的哥哥，叫我"去"的一句话而哭！啊！哭死吧！哭死吧！我只愿快快哭死！却不愿我亲爱的哥哥叫我"去"！哥哥，你还要叫我"去"吗？

哥哥，婚事尚未决定的时候，你为什么要这样悲伤呢？哥哥，我除你之外我要谁？这许多话我在上信已经向哥哥说过的了！哥哥，哥哥，我愿牺牲一切爱我的哥哥，你现在能恕我否？哥哥，我一身的爱情完全给你了，要是你不容纳而拒绝我，那么，我只能跑到杳无人迹不知所在的鬼路上去了！哥哥，要是你不容纳我的爱你，那么，在短时期间，我愿离开宇宙间的一切！我愿和宇宙的一切永别！我的哥哥，我虽不愿和他永别；但到哥哥不容纳我爱他的时候，我也只能和他永远分别了！哥哥，要是你现在依旧是伤心！依旧是叫我"去"，依旧是不容纳我的爱你，那么，哥哥，我至至亲爱的哥哥，我就此告终我的一身了！哥哥呀！我现在愈写愈要哭！我的哥哥，我一心热爱的哥哥，怎好叫我去呢？哥哥，你现在还叫我去吗？唉！唉！唉！

哥哥，哥哥，哥哥，要是你弃我了，那么，我去，我向杳无人迹不知所在的鬼路上去！好哥哥，我再生总不愿离你，我今世的爱情不愿给任何人，但要求哥哥，要求哥哥容纳我的爱！千万要求哥哥容纳我的爱！哥哥，我现在哭后不能再写，同时母亲又叫我吃晚饭，我虽则吃不下，但当敷衍一下！哥哥，等一会再写吧！

哥哥，我哪能吃得进饭呢？并且我这两天心中又不好过！唉！我的心怎样能到吃饭上去，哥哥，我的心在和你谈话，我的心在要求你容纳我的爱，在想念着你的伤心！哥哥，我最痛心的，就是你叫我"去"的一句话！我怎能不哭！我怎能忍得住不哭！在平时，我本最容易感到伤悲的人，最容易笑的！唉！哥哥，我这次的哭，你当知道，我丝毫不怪你，我只怪我多事的姐姐。不过在她写信的时候，我自己并没有什么主张，因为我那时不大明这回事，哥哥，也许她们是好意告诉你的，但是，我始终不认为她们是什么好意，始终是痛恨她们的多事！

哥哥，要是她们不写信告诉你，你定不会说出叫我"去"的一句话，我不怪她们，怪谁呢？

哥哥，我现在要，现在要来跪在你的面前，倒在你的怀里，痛哭着，要求着！要求你快快允许我，容纳我爱你！不要说"你去"这一句话！好哥哥，你允许我吗？

至于我将来的一切，我的哥哥已为我造成了。倘使你将来是有幸福的，那么我也是有幸福的；你将来是不幸的，那么，我也是不幸的！总之，我的哥哥将来是如何，我也是如何！要是你将来做乞丐，那么，我也跟着哥哥做乞丐！哥哥，你愿我跟着你吗？

你爱我的心，我是绝对明的，并且很感谢你！哥哥，我对你的心，你明没有？在上次信上，我本想细细的向你表白一下，但因时间的关系，没有多写！

哥哥，我不愿你唱单恋的悲歌，我愿哥哥同我一同唱恋爱的欢歌，哥哥，我不愿听你单恋的歌调，我愿听我们同唱的相爱的恋歌！你愿和我同唱吗，我的哥哥？

哥哥，你说"妹妹是个比白玉还纯洁的少女，应该找一个十全十足的郎君"，啊啊！哥哥，你这许多话，真使我看了有说不出的悲伤！哥哥，我去哪找一个十全十足的郎君？我以为你就是十全十足的郎君！只要你不拒绝我。哥哥，你当知道，我除你以外什么也不要；可是，我没有很好的才学，来形容哥哥使我爱你的一切，啊啊！我恨透自己没有才学，不能把我一切的心情，一切的爱意，完全无遗地描写出来，哥哥，你恕我吧！

哥哥，你这一封悲酸的信！我真不愿看，因为一看到了，我的眼泪就禁不住要流下，以致痛哭！唉！哥哥，我真哭到不成样子了，当我出去晚餐的时候，我母亲问我，眼睛为什么这样红？哥哥，我讲什么？我一时讲不出话来，只得低着头流泪！我母亲接连又问我，你是为你哥哥的信吧？（因为你的信已告知她了）唉！我说"不是"。我大姐又对母亲道："吃晚饭哪里来这许多话呢？"我母亲也不再开口了。唉！哥哥，我这时的眼泪禁也禁不住的流下！只能回到房中，说我今天吃不下去！唉！哥哥，我能哭死，倒也不必去管它，偏偏是哭不死的！亲爱的哥哥，我请你要千万恕我，啊，不要以为是没资格爱我，不要以为我不能过贫乏的生活，不要以为我要寻十全十足的郎君，不要以为社会不许你爱我，不要以为你不配爱我！哥哥，我一切都不愿听！

哥哥，我还有一句最伤心的话，就是"我们不知道还能见面否？"啊！……！哥哥，哥哥，哥哥！为什么不能再见？真使我更要痛哭起来了，哥哥，请你下次再不要说这许多伤心的话吧！要是，你拒绝我，我向杳无人迹不知所在的鬼路上去后，那么，哥哥，我们将不再见到，否则，为什么不能再见呢？伤心哉！伤心哉！你这最惨伤最痛心的一句话！哥哥，要是你再说出这种话，我愿一时哭死了！

哥哥，我可知道？你此次的一封信，使我看了，比什么还要悲伤！比我父亲死时的痛哭，还要厉害！

哥哥为我所找的位置，我是很愿意的，哥哥，我什么都愿意，只要就事的地方，在哥哥一起。不管此事是怎样的吃苦，是怎样的烦心，我都愿意的，只要能和我的哥哥在一起。我愿苦死在哥哥身前，我不要欢快而没有哥哥在身前，我愿做乞丐在哥哥身前，我不愿享荣华富贵而没有哥哥在身前！

哥哥，我下半年一定到上海来，但愿哥哥在暑期中一定到宜兴来。哥哥，我们待欢聚时同唱恋爱的欢歌！我们待欢聚时相谈离衷！总之，我们待欢聚后，享受一切快乐！但我要恳求哥哥，再不要讲"我们不知还能见面否"这一句话！

现在，我要，要求亲爱的哥哥，千万要求，莫再叫我"去"吧！莫再说配不上爱我，莫再说我们不知还能相见吗？还有一个最大的要求，要求我的至至爱的哥哥，容纳我的爱！

哥哥，倘使你能允许我上面的要求，那么我的一身，已归宿到你的怀里，我的一身己是你的所有了！哥哥，要是你不信我，那么请把这封信好好的，好好的藏好，作为凭证。

倘使我将来食言了，哥哥，你请放心，一方面有纸笔在这里作证，一方面我可向你发誓，要是我将来食言了，不得好死！不得久生！不是人类！

但是，哥哥，愿你永远莫再说痛心的话，愿你永远莫再说痛心的话，愿你永远永远恒久恒久一世一世莫再说这许多痛心的话！哥哥，望你恕我，允许我！我信爱的最信爱的哥哥，望你恕我，允许我，我现在跪在你的身前，求我的哥哥恕我，允许我，哥哥，我这复而又复的这许多话，为的是要你深深认识我：哥哥，你认识我没有？你明我没有？

此次的信，母亲们都已知道，因为我在忍不住痛哭的时候，不得不告诉她们我哭的原因，同时把信念给他们听。

母亲听完了，也是很伤心的说，叫我写信安慰你，并且含有允许我爱哥哥的意思，哥哥，这时我从痛哭中得到她们一些安慰。

我这一封信，足写了四个钟头，内中的哭声，哥哥，到现在还是呜咽着没有绝声！哥哥，你明我吧！你认识我吧！你允许我吧！

我的头痛已好了，今天已能往学校去上课，请勿念念于心。

我永久永久永久永久爱的哥哥，我不能再写了，下次再谈吧！祝你从悲伤而转为快乐！！！

妹克茵谨上

6月24日夜2时

◢ 佳作点评 ▎▎◣

书信是古老的传递信息的方式，一张纸上，一个个留下的字，牵动远方亲人的情丝。有时就是这一封薄薄的书信，道出心灵深处的呼喊。这是吴克茵写给曹雪松的信，激情飞溅中的情感，表露出无奈、绝望，"好哥哥，我再生总不愿离你，我今世的爱情不愿给任何人，但要求哥哥，要求哥哥容纳我的爱！千万要求哥哥容纳我的爱！"

看　花 ▌|..‥‥ ◾

□ ［中国］朱自清

　　生长在大江北岸一个城市里，那儿的园林本是著名的，但近来却很少；似乎自幼就不曾听见过"我们今天看花去"一类话，可见花事是不盛的。有些爱花的人，大都只是将花栽在盆里，一盆盆搁在架上；架子横放在院子里。院子照例是小小的，只够放下一个架子；架上至多搁二十多盆花罢了。有时院子里依墙筑起一座"花台"，台上种一株开花的树；也有在院子里地上种的。但这只是普通的点缀，不算是爱花。

　　家里人似乎都不甚爱花；父亲只在领我们上街时，偶然和我们到"花房"里去过一两回。但我们住过一所房子，有一座小花园，是房东家的。那里有树，有花架（大约是紫藤花架之类），但我当时还小，不知道那些花木的名字；只记得爬在墙上的是蔷薇而已。园中还有一座太湖石堆成的洞门；现在想来，似乎也还好的。在那时由一个顽皮的少年仆人领了我去，却只知道跑来跑去捉蝴蝶；有时掐下几朵花，也只是随意走着，"卖栀子花来。"栀子花不是什么高品，但我喜欢那白而晕黄的颜色和那肥肥的个儿，正和那些卖花的姑娘有着相似的韵味。栀子花的香，浓而不烈，清而不淡，也是我乐意的。我这样便爱起花来了。也许有人会问，"你爱的不

爱是生命的活动

169

是花吧？"这个我自己其实也已不大弄得清楚，只好存而不论了。在高小的一个春天，有人提议到城处 F 寺里吃桃子去，而且预备白吃；不让吃就闹一场，甚至打一架也不在乎。那时虽远在五四运动以前，但我们那里的中学生却常有打进戏园看白戏的事。中学生能白看戏，小学生为什么不能白吃桃子呢？我们都这样想，便由那提议人纠合了十几个同学，浩浩荡荡地向城外而去。到了 F 寺，气势不凡地呵叱着道人们（我们称寺里的工人为道人），立刻领我们向桃园里去。道人们踌躇着说："现在桃树刚才开花呢。"但是谁信道人们的话？我们终于到了桃园里。大家都丧了气，原来花是真开着呢！这时提议人 P 君便去折花。道人们是一直步步跟着的，立刻上前劝阻，而且用起手来。但 P 君是我们中最不好惹的；"说时迟，那时快"，一眨眼，花在他的手里，道人已跟跄在一旁了。那一园子的桃花，想来总该有些可看；我们却谁也没有想着去看。只嚷着，"没有桃子，得沏茶喝！"道人们满肚子委屈地引我们到"方丈"里，大家各喝一大杯茶。这才平了气，谈谈笑笑地进城去。大概我那时还只懂得爱一朵朵的栀子花，对于开在树上的桃花，是并不了然的；所以眼前的机会，便从眼前错过了。

以后渐渐念了些看花的诗，觉得看花颇有些意思。但到北平读了几年书，却只到过崇效寺一次；而去得又嫌早些，那有名的一株绿牡丹还未开呢。北平看花的事很盛，看花的地方也很多；但那时热闹的似乎也只有一班诗人名士，其余还是不相干的。那正是新文学运动的起头，我们这些少年，对于旧诗和那一班诗人名士，实在有些不敬；而看花的地方又都远不可言，我是一个懒人，便干脆地断了那条心了。后来到杭州做事，遇见了 Y 君，他是新诗人兼旧诗人，看花的兴致很好。我和他常到孤山去看梅花。孤山的梅花是古今有名的，但太少；又没有临水的，人也太多。有一回坐在放鹤亭上喝茶，来了一个方面有须，穿着花缎马褂的人，用湖南口音和人打招呼道，"梅花盛开嗒！""盛"字说得特别重，使我吃了一惊；但我吃惊的也只是说在他嘴里"盛"这个声音罢了，花的盛不盛，在我倒并没有什么的。有一回，Y来说，灵峰寺有三百株梅花；寺在山里，去的人也少。我和Y，还有N君，从西湖边雇船到岳坟，从岳坟入山。曲曲折折走了好一会，又上了许多石级，才到山上寺里。寺甚小，梅花便在大殿西边园中。园也不大，东墙下有三间净室，最宜喝茶看花；北边有座小山，山上有亭，大约叫"望海亭"吧，望海是未必，但钱塘江与西湖是看得见的。梅树确是不少，密密地低低地整列着。那时已是黄昏，寺里只我们三个游人，梅花并没有开，但那珍珠似的繁星似的骨都儿，已经够可爱了；我们都觉得比孤山上盛开时有味，大殿上正做晚课，送来梵呗的声音，和着梅林中的暗香，真叫我们舍不得回去。在园里徘徊了一会，又在屋里坐了一会，天是黑定了，又没有月色，我们向庙里要了一个旧灯笼，照着下山。路上几乎迷了道，又两次三番地狗咬；我们的Y诗人确有些窘了，但终于到了岳坟。船夫远远迎上来道："你们来了，我想你们不会冤我呢！"在船上，我们还不离口地说着灵峰的梅花，直到湖边电灯光照到我们的眼。

Y回北平去了，我也到了白马湖。那边是乡下，只有沿湖与杨柳相间着种了一行小桃树，春天花发时，在风里娇媚地笑着。还有山里的杜鹃花也不少。这些日日在我们眼前，从没有人像煞有介事地提议，"我们看花去。"但有一位S君，却特别爱养花；他家里几乎是终年不离花的。我们上他家去，总看他在那里不是拿着剪刀修理枝叶，便是提着壶浇水。我们常乐意看着。他院子里一株紫薇花很好，我们在花旁喝酒，不知多少次。白马湖住过一年，我却传染了他那爱花的嗜好。但重到北平时，住在花事很盛的清华园里，接连过了三个春，却从未想到去看一回。只在第二年秋天，曾经和孙三先生在园里看过几次菊花。"清华园之菊"是著名的，孙三先生还特地写了一篇文，画了好些画。但那种一盆一干一花的养法，花是好了，总觉没有天然的风趣。直到去年春天，有了些余闲，在花开前，先向人问了些花的名字。一个好朋友是从知道姓名起的，我想看花也正是如此。恰好Y君也常来园中，我们一天三四趟地到那些花下去徘徊。今年

爱是生命的活动

171

Y君忙些，我便一个人去。我爱繁花老干的杏，临风婀娜的小红桃，贴梗累累如珠的紫荆；但最恋恋的是西府海棠。海棠的花繁得好，也淡得好；艳极了，却没有一丝荡意。疏疏的高干子，英气隐隐逼人。可惜没有趁着月色看过；王鹏运有两句词道："只愁淡月朦胧影，难验微波上下潮。"我想月下的海棠花，大约便是这种光景吧。为了海棠，前两天在城里特地冒了大风到中山公园去，看花的人倒也不少；但不知怎的，却忘了畿辅先哲词。Y告我那里的一株，遮住了大半个院子；别处的都向上长，这一株却是横里伸张的。花的繁没有法说；海棠本无香，昔人常以为恨，这里花太繁了，却酝酿出一种淡淡的香气，使人久闻不倦。Y告我，正是刮了一日还不息的狂风的晚上；他是前一天去的。他说他去时地上已有落花了，这一日一夜的风，准完了。他说北平看花，是要赶着看的：春光太短了，又晴的日子多；今年算是有阴的日子了，但狂风还是逃不了的。我说北平看花，比别处有意思，也正在此。这时候，我似乎不甚菲薄那一班诗人名士了。

┃佳作点评 ┃┃┃

文章起笔，看似着墨过多，实则是为后文的发展做铺垫。后半部分重在描绘看花的乐趣，揭示出爱花的真谛，用真心与真情去体验，投入全部的感知品味美的情愫。

之外，文章运用比照的方法，浓抹了一幅观赏海棠花的动人情境，写西府海棠，着意刻画花的颜色、形态和品性，写得脱俗而洁净。

文章既写实，也写虚。把看花人用心与情体验到的感悟传神地描绘了出来，使读者在嗅到花香的瞬间产生种种联想。

感 情

□［中国］邹韬奋

我们待人，金钱的势力有限，威势的势力也有限，最能深入最能持久的是感情的势力，深切恳挚的感情，是使人心悦诚服的根源。

我们的亲属，或是我们的挚友，其中若有不幸而离开人世的，我们不自禁其鼻酸心痛，悲哀涕哭；听见有一个不相识的路人在门口被汽车轧死，我们至多悯惜而已，决不至流出眼泪来。亲属挚友是人，路人也是人，然而或悲或不悲，不过一则有感情，一则无感情而已。

友人某君在某机关居于领袖的地位，他对于其中的职员，除公事外，对于各人的私事，各人家庭状况之困难情形，个人疾病之苦痛情形等等，都很关切，时常查询慰问，有可以帮忙的地方无不热诚帮忙，所以许多同事视他不仅是公事上一个领袖，也是精神上得着安慰的一个良友。

又有一个机关的领袖，他的学识经验都很使人佩服，但是我问起他机关里职员对于他的感想怎样，所得的答语是："我们对于他敬则有之，不过感情一点儿没有！"我追求其故，才知道这位领袖于公事之外，对于同事私人的事情，从来没有一个字问起。你就是告了几天病假，来的时候，他把公事交给你就是了，问都不问，慰问更不必说！依他那样的冷淡态度，

爱是生命的活动

你死了，他就移原来薪水另雇一人就是了，心里恐怕一点不觉得什么！所以替他做事的人，也不过想我每月拿你多少钱，全看钱的面上替你做多少事，如此而已，至于个人的感情方面，直等于零！

上面那两个机关，在平日太平的时候，也许看不出什么差异，一旦有了特别的事故来，如受外界的诱惑或内部的意见而闹风潮的时候，结果使大不同了。

我还有一位朋友在上海某机关服务，他是常州人，不幸生了病，回乡去卧了一个多月，他那个机关里的领袖三番五次的写信慰问他，叫他尽管静养，不要性急。他说当时捧读这种情意殷切的信，真觉得感慰交并，精神上大为舒服，简直可以说于医药之外，也是促他速愈的一个要素！

我们倘能平心静气从这类事实上体会，很可以看出待人的道理；我们平日待人的时候，很要在这种地方留神，也可以说是做人处世的一种道理。

﹌佳作点评 ﹌

待人接物贵在一个"真"字，而"真"即是"真情"。虚情假意换不来真正的友谊，只能使你失去更多的朋友。文章所举事例都充分说明了这个道理。

人是有感情的动物。无论外在的条件再好，再优越，都比不过"情分"的力量。明白这个道理，或许你的人生之路会越走越宽广，越走越光明。

我的表兄们 ▌|▌.▖ ▖▗ ▄

□［中国］冰心

中国人的亲戚真多！除了堂兄姐妹，还有许许多多的表兄弟姐妹。正如俗语说的："一表三千里。"姑表、舅表、姨表；还有表伯、表叔、表姑、表姨的儿子，比我大的，就都是我的表兄了；其中有许多可写的，但是我最敬重的，是刘道铿（放园）先生。他是我母亲的表侄，怎么"表"法，我也说不清楚，他应该叫我母亲"表姑"，但他总是叫"姑"，把"表"字去掉。据我母亲说是他们从小在一个院住，因此彼此很亲热。从民国初年，我们到北京后，每逢年节或我父母亲的生日，他们一家必来拜贺。他比我大十七岁，我总以长辈相待，捧过茶烟，打过招呼，就退到一边，带他的儿女玩去了。那时他是《晨报》的编辑，我们家的一份《晨报》就是他赠阅的。"五四"运动时，我是协和女大学生会的文书，要写些宣传的文章，学生会还让我自己去找报刊发表。这时我才想起这位当报纸编辑的表兄，便从电话里和他商量，他让我把文章寄去。这篇短文，一下便发表出来了，我虽然很兴奋，但那时我一心一意想学医，写宣传文章只是赶任务，并不想继续下去。放园表兄却一直鼓励我写作，同时寄许多那时期出版的刊物，如《新青年》《新潮》《少年中国》《解放与改造》等等，让我阅读。我寄去的稿子，从来没有被修改或退回过，有时他还替上海的《时事新报》索稿。他就像我的亲哥哥一样，关心我的一切。一九二三年我赴美时，他还替我筹了一百美元，作为旅费——因为我得到的奖学金里，不包括旅费——但是这笔款，父亲已经替我筹措了。放园表兄仍是坚持要我带在身边，以备不时之需，我也只好把这款带走，但一直没有动用。一九二六年我得了硕士学位，应聘到母校——燕京大学——任教，旅费是学校出的。我一回到上海——那时放园表兄在上海通易信托公司任职——就把这百元美金，还给了他。

放园表兄很有学问，会吟诗填词，写得一笔好字。母亲常常夸他天性淳厚。他十几岁时，父母就相继逝世，他的弟妹甚至甥侄，都是他一手扶持起来的。自我开始写作，他就一直和我通讯，我在美期间，有一次得他的信，说："前日到京，见到姑母，她深以你的终身大事为念，说你一直太不注意这类事情，她很不放心。我认为你不应该放过在美的机会，切要多多留意。"原文大概是这些话，我不太记得了。我回信说："谢谢你的忠告，请您转告母亲，我'知道了'！"一九二六年，我回到家，一眼就看见堂屋墙上挂的红泥金对联，是他去年送给父亲六十大寿的：

明珠一颗

宝树三株

把我们一家都写进去了。

五十年代初期，他回到北京，就任文史馆馆员，我们又时常见面，记得他那时常替人写字，评点过《白香山全集》，还送我一部。一九五七年他得了癌疾，在北京逝世。

还有一位表兄，我只闻其声，从未见过其人，但他的一句笑话，我永远也忘不了，因为他送给我的头衔称号，是我这一辈子无论如何努力，也争取不到的！

我有一位表舅——也不知道是我母亲的哪一门表姑，嫁到福州郊区的胪下镇郑家——因为是三代单传，她的儿子生下来就很娇惯，小名叫做"皇帝"。他的儿子，当然就是"太子"了，这"太子"表兄，大约比我大七八岁。这两位"至尊"，我都没有拜见过。一九一一年的冬天，我回到福州，有一夜住在舅舅家。福州人没有冬天生炉子的习惯，天气一冷，大家没事就都睡得很早。我躺在床上睡不着，听见一个青年人的声音，从外院一路笑叫着进来，说："怎么这么这么早皇亲国戚都困觉了？！"我听到这个新奇的称呼，我觉得他很幽默！

1985 年 7 月 25 日

佳作点评

平淡的文章，亦有不平之处。文章幽默、练达，从细部入手，选取具有代表性的例子来表现叙写对象的性格特征和人格魅力。看似毫不经意，却处处留有余味。

我的三个弟弟 ▌▐▖ ▖ ▖ ▖

□［中国］冰心

　　我和我的弟弟们一向以弟兄相称。他们叫我"伊哥"（伊是福州方言"阿"的意思）。这小名是我的父母亲给我起的，因此我的大弟弟为涵小名就叫细哥（"细"是福州方言"小"的意思），我的二弟为杰小名就叫细弟，到了三弟为楫出生，他的小名就只好叫"小小"了！

　　说来话长！我一生下来，我的姑母就拿我的生辰八字，去请人算命，算命先生说："这一定是个男命，因为孩子命里带着'文曲星'，是会做文官的。"算命纸上还写着有"富贵逼人无地处，长安道上马如飞"。这张算命纸本来由我收着，几经离乱，早就找不到了。算命先生还说我命里"五行"缺"火"，于是我的二伯父就替我取了"婉莹"的大名，"婉"是我们家姐妹的排行，"莹"字上面有两个"火"字，以补我命中之缺。但祖父总叫我"莹官"，和我的堂兄们霖官、仪官等一样，当作男孩叫的。而且我从小就是男装，一直到一九一一年，我从烟台回到福州时，才改了女装。伯叔父母们叫我"四妹"，但"莹官"和"伊哥"的称呼，在我祖父和在我们的小家庭中，一直没改。

　　我的三个弟弟都是在烟台出生的，"官"字都免了，只保留福州方言，如"细哥"、"细弟"等等。

我的三个弟弟中，大弟为涵是最聪明的一个，十二岁就考上"唐山路矿学校"的预科（我在《离家的一年》这篇小说中就说的是这件事）。以后学校迁到北京，改称"北京交通大学"。他在学校里结交了一些爱好音乐的朋友，他自己课余又跟一位意大利音乐家学小提琴。我记得那时他从东交民巷老师家回来，就在屋里练琴，星期天他就能继续弹奏六七个小时。他的朋友们来了，我们的西厢房里就弦歌不断。他们不但拉提琴，也弹月琴，引得二弟和三弟也学会了一些中国乐器，三弟嗓子很好，就带头唱歌（他在育英小学，就被选入学校的歌咏队），至今我中午休息在枕上听收音机的时候，我还是喜欢听那高亢或雄浑的男歌音！

涵弟的音乐爱好，并没有干扰他的学习，他尤其喜欢外语。一九二三年秋，我在美国沙穰疗养院的时候，就常得到他用英文写的长信。病友们都奇怪说："你们中国人为什么要用英文写信？"我笑说："是他要练习外文并要我改正的缘故。"

其实他的英文在书写上比我流利得多。

一九二六年我回国来，第二年他就到美国的宾夕法尼亚大学，去学"公路"，回国后一直在交通部门工作。他的爱人杨建华，是我舅父杨子敬先生的女儿。他们的婚姻是我的舅舅亲口向我母亲提的，说是："姑做婆，赛活佛。"照现在的说法，近亲结婚，生的孩子一定痴呆，可是他们生了五个女儿，却是一个赛似一个地聪明伶俐。（涵弟是长子，所以从我们都离家后，他就一直和我父亲住在一起。）至今我还藏着她们五姐妹环绕着父亲的一张相片。她们的名字都取的是花名，因为在华妹怀着第一个孩子时，我父亲做了一个梦，梦见一个老人递给他一张条子，上面写着"文郎俯看菊陶仙"，因此我的大侄女就叫宗菊。"宗"字本来是我们大家庭里男孩子的排行，但我父亲说男女应该一样。后来我的一个堂弟得了一个儿子，就把"陶"字要走了，我的第二个侄女，只好叫宗仙。以后接着又来了宗莲和宗菱，也都是父亲给起的名字。当华妹又怀了第五胎的时候，她们四个姐妹聚在一起祷告，希望妈妈不要生个男儿，怕有了弟弟，就不疼她们了。宗梅生后，华妹倒是有点失望，父亲却特为宗梅办了一桌满月酒席，这是她姐姐们所没有的，表示他特别高兴。因此她们总是高兴地说："爷爷特别喜欢女孩子，我们也要特别争气才行！"

一九三七年，我和文藻刚从欧洲回来，"七七"事变就发生了。我们在燕京大学又呆了一年，就到后方云南去了。我们走的那一天，父亲在母亲遗像前烧了一炷香，保佑我们一路平安。那时杰弟在南京，楫弟在香港，只有涵弟一人到车站送我们，他仍旧是泪汪汪地，一语不发，和当年我赴美留学时一样，他没有和杰、楫一道到车站送我，只在家里窗内泪汪汪地看着我走。我永远也忘不了那一对伤离惜别的悲痛的眼睛！

我们离开北京时，倒是把文藻的母亲带到上海，让她和文藻的妹妹一家住在一起。那时我们对云南生活知道的不多；更不敢也不能拖着父亲和涵弟一家人去到后方，当时也没想到抗战会抗得那么长，谁知道匆匆一别遂成永诀呢？！

一九四〇年，我在云南的呈贡山上，得到涵弟报告父亲逝世的一封信，我打开信还没有看完，一口血就涌上来了！

不敢说的……谁也想不到他走的那样快……大人说："伊哥住址是呈贡三台山，你能记得吗？"我含泪点首……晨十时德国医陈义大夫又来打针，大人喘仍不止，稍止后即告我："将我的病况，用快函寄上海再转香港和呈贡，他们三人都不知道我病重了……"这时大人面色苍白，汗流如雨，又说："我要找你妈去！"……大人表示要上床睡，我知道是那两针吗啡之力，一时房中安静，窗外一滴一滴的雨声，似乎在催着正在与生命挣扎的老父，不料到了早晨八时四十五分，就停了气息……我的血也冷了，不知是梦境？是幻境？最后责任心压倒了一切，死的死了，活的人还得活着干……

他的第二封信，就附来一张父亲灵堂的相片，以及他请人代拟的文藻吊我父亲的挽联：

分为半子，情等家人，远道那堪闻霣耗。
本是生离，竟成死别，深闺何以慰哀思。

信里还说"听说你身体也不好，时常吐血，我非常不安……弟近来亦常发热出汗，疲弱不堪，但不敢多请假，因请假多了，公司将取消食粮配给……华妹一定要为我订牛奶，劝我吃鸡蛋，但是耗费太大，不得不将我的提琴托人出售，因为家里已没有可卖之物……一切均亏得华妹操心，这个家真亏她维持下去……孩子们都好，都知吃苦，也都肯用功读书，堪以告慰，但愿有一天苦尽甜来……"

这是涵弟给我的末一封信了。父亲是一九四〇年八月四日八时四十五分逝世的。涵弟在敌后的一个公司里又挨了四年，我也总找不到一个职业使他可以到后方来。他贫病交加，于一九四四年也逝世了！他最爱的也是最聪明的女儿宗莲，就改了名字和同学们逃到解放区去，其他的仍守着母亲，过着极其艰难的日子……

我的这个最聪明最尽责、性情最沉默、感情最脆弱的弟弟，就这样在敌后劳苦抑郁地了此一生！

关于能把三个弟弟写在一起的事：就是他们从小喜欢上房玩。北京中剪子巷家里，紧挨着东厢房有一棵枣树，他们就从树上爬到房上，到了北房屋脊后面的一个旮旯里，藏了许多他们自制的玩艺儿，如小铅船之类。房东祈老头儿来了，看见他们上房，就笑着嚷："你们又上房了，将来修房的钱，就跟你们要！"

还有就是他们同一些同学，跟一位打拳的老师学武术，置办一些刀枪剑戟，一阵乱打，以及带着小狗骑车到北海洇水、划船，这些事我当然都没有参加。

其实我在《关于女人》那一本书里，虽然说的是我的三位弟妇，却已经把我的三个弟弟的性情、爱好等等都已经描写过了。不过《关于女人》是写在一九四三年，对于大弟只写了他恋爱、婚姻一段，对于二弟、三弟就写得多一些。

二弟为杰从小是和我在一床睡的。那时父亲带着大弟，母亲带着小弟，我就带着他。弟弟们比我们睡得早，在里床每人一个被窝桶，晚饭后不久，就钻进去睡了。为杰和一般的第二个孩子一样，总是很"乖"的。他在三个弟兄里，又是比较"笨"的。我记得在他上小学时，每天早起我一边梳头，一边听他背《孟子》，什么"泄泄犹沓沓也"，我不知道这是《孟子》中的哪一章？哪一节？也许还是"注释"，但他呜咽着反复背诵的这一句书，至今还在我耳边震响着。

他的功课总是不太好，到了开初中毕业式那天，照例是要穿一件新的蓝布大褂的，母亲还不敢先给他做，结果他还是毕业了。可是到了高中，他一下子就蹿上来了，成了个高材生。一九二六年秋他考上了燕京大学，正巧我也回国在那里教课，因为他参加了许多课外活动，我们接触的机会很多。

有一次男生们演话剧"咖啡店之一夜"，那时男女生还没有合演，为杰就担任了女服务员这一角色。他穿的是我的一套黑绸衣裙，头上扎个带褶的白纱巾，系上白围裙，台下同学们都笑说他像我。那年冬天男女同学在未名湖上化装溜冰，他仍是穿那一套衣裳，手里捧着纸做的杯盘，在冰上旋舞。

一九二九年我同文藻结婚后，我们有了家了，他就常到家里吃饭，他很能吃，也不挑食。一九三〇年秋我怀上了吴平，害口，差不多有七个月吃不下东西。父亲从城里送来的新鲜的蔬菜水果，几乎都是他吃了。甚至在一九三一年二月我生吴平那一天，我从产房出来，看见他在病房等着我，房里桌上有一杯给产妇吃的冰淇淋，我实在太累了，吃不下，冲他一努嘴，他就捧起杯来，脸朝着墙，一口气吃下了！

他在燕大念的是化学，他的学士和硕士的论文，都是跟天津碱厂的总工程师侯德榜博士写的。侯先生很赏识他，又介绍他到美国威斯康星大学读化学博士，毕业时还得了金钥匙奖。回国后就在永利制碱公司工作。解放后又跟侯先生到了化工部。一九五一年我们从日本回到北京，见面的时候就多了。

我是农历闰八月十日生的，他的生日是农历八月初十，因此每到每年的农历的八月十一日，他们就买一个大蛋糕来，我们两家人一起庆祝，我现在还存着我们两人一同切蛋糕的相片。

一九八五年九月文藻逝世后，他得到消息，一进门还没得及说话，就伏在书桌上，大哭不止，我倒含着泪去劝他。他晚年身体不好，常犯气喘病，家里暖气不够热时，就往往在堂屋里生上火炉。一九八六年初，他病重进了医院，他的爱人李文玲还瞒着我，直到他一月十二日逝世几天以后，我才得到这不幸的消息。化工部他的同事们为他准备了一个纪念册，要我题字，我写：

他这么一个对祖国的化工事业，做出应有的贡献的弟弟，我又感到无限的自慰与自豪。

他的爱人李文玲是金陵女子大学音乐系毕业的，专修钢琴。他的儿子谢宗英和儿媳张薇都继承了他的事业，现在都在化工部的附属工程机关工作。

我的三弟谢为楫的一切，我在《关于女人》写我的三弟妇那一段已经把他描写过了：

他是我们弟兄中最神经质的一个，善怀，多感，急躁，好动，因为他最小，便养得很任性，很娇惯。虽然如此，他对于父母和兄姐的话总是听从的，对我更是无话不说……

爱是生命的活动

183

　　他很爱好文艺，也爱交些文艺界的年轻朋友。丁玲、胡也频、沈从文等，都是他介绍给我的，我记得那是一九二七年我的父亲在上海工作的时候。他还出过一本短篇小说集，名字我忘了，那时他也不过十七八岁。

　　他没有读大学就到英国利物浦的海上学校，当了航海学生，在五洲的海上飘荡了五年，居然还得了一张荣誉证书回来。从那时起他就在海关的缉私船上工作。抗战时期，上海失守后，他到了香港，香港又失守了，他就到重庆，不久由港务司派他到美国进修了一年，回来后就在上海港务局工作。

　　他的爱人刘纪华，是我的表兄刘放园先生的女儿，燕大的社会学系优秀的硕士研究生，那时也在上海的"善后救济总署"工作。他们是青梅竹马的恩爱夫妻，工作和生活都很愉快。他们有五个儿女。为楫说，为了纪念我，他们孩子的名字里都要带一个"心"字。长女宗慈，十一二岁就到东北上学，我记得是长春大学，学的是农业机械。他们的二女儿宗爱、三女儿宗恩，学的是音乐，是报考上海音乐学院附中的上千人中考上的五十人中之二。我听见了很高兴，给她们寄去八百元买了一架钢琴，作为奖励。他们的两个儿子宗惠和宗悫那时还小。

　　一九五七年，为楫响应"向党进言"的号召，写了几张大字报，被划成了右派，遣送到甘肃的武威劳动改造，从此丢弃了他的专业，如同失水的枯鱼一般，全家迁到了大西北。

　　那时我的老伴吴文藻，和我的儿子吴平也都是右派分子，我的头上响起了晴天的霹雳，心中的天地也一下子旋转了起来！

　　但我还是镇定地给为楫写一封封的长信，鼓励他好好改造，重新做人，求得重有报效祖国的机会，其实那几年我自己也不知道是怎么过的！只记得为楫夫妇都在武威一所中学教书，度过了相当艰苦的日子。孩子们在逆境中反而加倍奋发自强，宗恩和宗爱都在西安音乐学院毕了业。两个男孩子都学的是理工，在矿学事业自动化研究所里工作，这都是后话了！

劳瘁交加的纪华得了癌症，一九七六年去世了，为楫就到窑街和小儿子住了些日子，一九七八年又到四川的北碚，同大女儿住了些日子；一九七九年应兰州大学之聘，在兰大教授英语；一九八四年的一月十二日就因病在兰州逝世了！他的儿女们都没有告诉我们。我和为杰只奇怪楫弟为什么这样懒得动笔，每逢农历九月十九，我们还是寄些钱去（他比纪华大一岁，两人是同一天生日，往常我们总是祝他们"双寿"），让他的孩子们给他买块蛋糕。孩子们也总是回信说：

"爹爹吃了蛋糕，很喜欢，说是谢谢你们！"杰弟一直到死，还不知道"小小"已经比他先走了！

在写这一篇的时候，我流尽了最后的眼泪！王羲之在《兰亭集序》里说"死生亦大矣，岂不痛哉。"我倒觉得"死"真是个"解脱"，"痛"的是后死的人！

我的三个弟弟：从小到大，我尽力地爱护了你们。最后也还是我用眼泪来给你们送别，我总算对得起你们了！

1987 年 7 月 8 日风雨欲来的黄昏

■佳作点评 ▮▯▁

作者把她的三个弟弟比喻成三颗明亮的星星，可见他们曾怎样地照亮过作者的生活和内心。

本文从不同的角度，记叙了她与三个弟弟之间的往事，亲切而伤感，温暖而美好，浓浓亲情弥漫其间。

冰心一生信奉"爱的哲学"，她不断地唱出爱的赞歌。除了挚爱自己的双亲外，冰心也很珍重手足之情，她爱自己的三个弟弟。从这篇文章中，我们可以体察出这种爱的分量。

其实，冰心除了赞颂母爱和亲情，也赞颂童心和大自然，尤其是赞颂她在童年时代就很熟悉的大海。歌颂大自然，歌颂童心，歌颂母爱，成为冰心终生创作的永恒主题。

开始新的生活 ▌▍▁▁ ▁▁ ▁

□ ［美国］奥格·曼狄诺

今天，我开始新的生活。

今天，我爬出满是失败创伤的老茧。

今天，我重新来到这个世上，我出生在葡萄园中，园内的葡萄任人享用。

今天，我要从最高最密的藤上摘下智慧的果实，这葡萄藤是好几代前的智者种下的。

今天，我要品尝葡萄的美味，还要吞下每一颗成功的种子，让新生命在我心里萌芽。

我选择的道路充满机遇，也有辛酸与绝望。失败的同伴数不胜数，叠在一起，比金字塔还高。

然而，我不会像他们一样失败，因为我手中持有航海图，可以领我越过汹涌的大海，抵达梦中的彼岸。

失败不再是我奋斗的代价。它和痛苦都将从我的生命中消失。失败和我，就像水火一样，互不相容。我不再像过去一样接受它们，我要在智慧的指引下，走出失败的阴影，步入富足、健康、快乐的乐园，这些都超出了我以往的梦想。

我要是能长生不老，就可以学到一切，但我不能永生，所以，在有限的人生里，我必须学会忍耐的艺术，因为大自然的行为一向是从容不迫的。造物主创造树中之王——橄榄树——需要一百年的时间，而洋葱经过短短的九个星期就会枯老。我不留恋从前那种洋葱式的生活，我要成为万树之王——橄榄树，成为现实生活中最伟大的推销员。

怎么可能？我既没有渊博的知识，又没有丰富的经验，况且，我曾一度跌入愚昧与自怜的深渊。答案很简单，我不会让所谓的知识或者经验妨碍我的行程。造物主已经赐予我足够的知识和本能，这份天赋是其他生物望尘莫及的。经验的价值往往被高估了，人老的时候开口讲的多是糊涂话。

说实在的，经验确实能教给我们很多东西，只是这需要花费太长的时间。等到人们获得智慧的时候，其价值已随着时间的消逝而减少了。结果往往是这样，经验丰富了，人也余生无多。经验和时尚有关，适合某一时代的行为，并不意味着在今天仍然行得通。

只有原则是持久的，而我现在正拥有了这些原则。这些可以指引我走向成功的原则全写在这几张羊皮卷里。它教我如何避免失败，而不只是获得成功，因为成功更是一种精神状态。人们对于成功的定义，见仁见智，而失败却往往只有一种解释，即失败就是一个人没能达到他的人生目标，不论这些目标是什么。

事实上，成功与失败的最大分别，来自不同的习惯。好习惯是开启成功的钥匙，坏习惯则是一扇向失败敞开的门。因此，我首先要做的便是养成良好的习惯，全心全意去实行。

小时候，我常会感情用事，长大成人了，我要用良好的习惯代替一时的冲动。我的自由意志屈服于多年养成的恶习，它们威胁着我的前途。我的行为受到品味、情感、偏见、欲望、爱、恐惧、环境和习惯的影响，其中最厉害的就是习惯。因此，如果我必须受习惯支配的话，那就让我受好习惯的支配。那些坏习惯必须戒除，我要在新的田地里播种好的种子。

我要养成良好的习惯，全心全意去实行。

这不是轻而易举的事情，要怎样才能做到呢？靠这些羊皮卷就能做到。因为每一卷里都写着一个原则，可以摒除一项坏习惯，换取一个好习惯，使人进步，走向成功，这也是自然法则之一，只有一种习惯才能抑制另一种习惯，所以，为了走好我选择的道路，我必须养成一个好习惯。

每张羊皮卷用三十天的时间阅读，然后再进入下一卷。

清晨即起，默默诵读；午饭之后，再次默读；夜晚睡前，高声朗读。

第二天的情形完全一样。这样重复三十天后，就可以打开下一卷了。每一卷都依照同样的方法读上三十天，久而久之，它们就成为一种习惯了。

这些习惯有什么好处呢？这里隐含着人类成功的秘诀。当我每天重复这些话的时候，它们成了我精神活动的一部分，更重要的是它们渗入我的心灵。那是个神秘的世界，永不静止，创造梦境，在不知不觉中影响我的行为。

当这些羊皮卷上的文字被我奇妙的心灵完全吸收之后，我每天都会充满活力地醒来。我从来没有这样精力充沛过。我更有活力，更有热情，要向世界挑战的欲望克服了一切恐惧与不安。在这个充满争斗和悲伤的世界里，我竟然比以前更快活。

最后，我会发现自己有了应付一切情况的办法。不久，这些办法就能运用自如。因为，任何方法，只要多练习，就会变得简单易行。

经过多次重复，一种看似复杂的行为就变得轻而易举，实行起来就会有无限的乐趣。有了乐趣，出于人之天性，我就更乐意常去实行。于是，一种好的习惯便诞生了。习惯成为自然。既是一种好的习惯，也是我的意愿。

今天，我开始新的生活。

我郑重地发誓，决不让任何事情妨碍我新生命的成长。在阅读这些羊皮卷的时候，我决不浪费一天的时间，因为时光一去不返，失去的日子是无法弥补的。我也决不打破每天阅读的习惯。事实上，每天在这些新习惯上花费少许时间，相对于可能获得的快乐与成功而言只是微不足道的代价。

当我阅读羊皮卷中的字句时，决不能因为文字的精练而忽视内容的深沉。一瓶葡萄美酒需要千百颗果子酿制而成，果皮和渣子抛给了小鸟。葡萄的智慧代代相传，有些被过滤，有些被淘汰，随风飘逝。只有纯正的真理才是永恒的，它们就精练在我要阅读的文字中。我要依照指示，决不浪费，种下成功的种子。

今天，我的老茧化为尘埃。我在人群中昂首阔步，不会有人认出我来，因为我不再是过去的自己，我已拥有新的生命。

▎佳作点评 ▎▁

奥格·曼狄诺是当今世界上最能激发起读者阅读热情和自学精神的作家，也是世界上最具激励效应的畅销书作家，还是世界上最受追捧的演讲家之一。

我们可以把这篇作品看成是一篇激情飞扬的"演说词"，也可以把它看成是一篇"励志书"。作者从自身的经历出发，鼓励人们去做生活的主人。每天面向太阳升起的方向，扬帆远航，把希望播撒在铺满阳光的旷野上。

开始新的生活，就是开始新的人生。

最美好的时刻 ▊▋▁▁▁▁▁

□ ［美国］格拉迪·贝尔

我们每个人的一生想必都有一个最美好的时刻。

八岁那一年，我拥有了人生中的这一时刻。那是一个春天的夜晚，我突然醒了，睁开眼睛，看见屋里洒满了月光，四周静悄悄的，一点声音也没有。我的身旁充满了大自然带来的温暖清香。

我从床上起身，踏着脚轻轻地走出屋子里，关上了身后的门，母亲正坐在门廊的石阶上，她抬起头，看见了我，笑着点点头，伸出一只手拉我挨着她坐下，另一只手就势把我揽在怀里，整个乡村万籁俱寂，临近的屋子都熄了灯，月光是那么清晰、透明。远处，大约一英里外的那片树林，黑压压地呈现在眼前。那只看门狗在草坪上向我们跑来，舒服地躺在我们脚下，伸展了一下身子，把头枕在母亲外衣的下襟。我们就这样待了很久，谁都不出声。

然而，在那片黑压压的树林里并不那么宁静——野兔子和小松鼠、负鼠和金花鼠，它们都在那儿奔跳、欢笑；还有那田野里，花园的角落里，花草树木正悄悄地探出了头。

那些红的桃花，白的梨花，很快就会飘散零落，留下的将是初结的果实；那些野李子树也会长出滚圆的、像一盏盏灯笼似的野李子，在经过太阳烤炙、风吹雨打以后，它会变得又酸又甜；还有那青青的瓜藤，绽开着南瓜似的花朵，花朵里满是蜜糖，等待着早晨蜜蜂的来临，然而，要不了多时，它会变成一条条令你垂涎的甜瓜，你却也再找不到清香的花朵了。啊，在这无边无际的宁静中，生命——这种神秘的东西，它既摸不着，也听不见。只有大自然那无所不能、温柔可爱的手在抚弄着它——正在运动着，它在生长，它在壮大。

当然，八岁的我还不会想得那么多，我那时还不知道自己正沉浸在这无边无际的宁静中。不过，当我看见一颗星星挂在雪松的树梢上时，我被深深的迷住了；当我的耳旁传来了一只不知名的小鸟在月光下婉转啼鸣时，我的心里有一种说不出的欢喜；当我的手触到母亲的手臂时，我感到自己是那么安全、那么舒坦。

生命在运动，地球在旋转，江河在奔流。这一切对我来说也许是莫名其妙的事情，也许已经使我模糊的想到：这一定是天使为我捎来的最美好的时刻。

▄佳作点评 ▕▏▂

人生都有美好的时刻，只是对这种美好时刻的体认不一样罢了。在某些人眼里，或许登上人生舞台，获得鲜花和掌声的时候，是他最为美好的时刻。而在作者眼中，却是在与大自然和谐相处的时候，是他最美好的时刻。我们不能说这两种时刻，哪一个更"美好"，唯其因人而异。

然而，对于地球上的每一个人来讲，热爱和亲近大自然，应该都是美好和幸福的。人只有在与天地万物和谐相处时，你才能感受到什么是"真正的美好。"

理想与幸福 ▌▍▎▁ ▁▁ ▂

□［苏联］奥斯特洛夫斯基

车子、房子、票子、妻子、儿子，这些在我的理想之中所占比重较小。对我来说，最大的幸福莫过于做一名战士。个人的一切都不会永葆青春，都不能像公共事业那样万古长存。在为实现人类最大幸福的斗争中，要做一名永不掉队的战士，这就是我一直视为最崇高的目标。

最该死的人是自私自利者。须知，他只是为了自己才孤独寂寞地活在这个世界上。一旦抹掉了他们这个"我"字，他们也就形同枯槁，活着对他来说，再也没有任何意义了！但是，如果一个人不是为了自己而活着，而是为了整个社会呕心沥血，那他就可获得永生。因为，如要他灭亡，就首先要毁灭他周围的一切，毁灭整个国家和整个生活。我个人的死亡，只是自己生命的消失，可是我们的大军却一直向前，势不可挡。一个战士，即使他在镣铐锁身的情况下死去，但当他听到自己部队那胜利的欢呼声，他也会得到一种最终的、而且是至高无上的安慰。

拿我为例，活着的每一天都意味着要和巨大的苦痛做斗争。我是在说这十年来的日子。也许你们会说，怎么会天天看到我的微笑。这是发自内心的，饱含着幸福和欢乐的微笑。尽管我忍受着自己病躯的种种苦痛，但我仍然为我们国家的每一个胜利而欢心鼓舞。因为这对于我来说，是最令我欢心鼓舞，感到最快乐的事，虽然活着是非常美好的事，但不能单单是为了活着，我们还要斗争，还要赢得胜利！

现在，我觉得自己像冰雪融化那样越来越虚弱了。因此，我要比以往更加珍惜时间，趁我现在还能感到生命之火在心头燃烧，大脑神经还在闪光跳动。我虽经受了身体的巨大悲哀和不幸：双目失明，全身瘫痪，遍体疼痛。但是我仍然感到自己十分幸福。这倒不是因为政府奖赏了我。不，没有这些，我同样是快乐和幸福的！要知道，我所追求的绝不是这些加在我身上的物质的东西，我所追求的是比这高尚得多的幸福。

佳作点评

对不同的人来说，理想有高有低，幸福的指数也是不一样的。对某些人来说，强大的物质基础是其终身奋斗的目标。但当某一天，他积累了丰厚的物质资本，却发现自己的幸福指数并不高。相反，对另一些人来讲，他们终身奋斗的目标，是为实现人生的价值。这种价值是精神性的。他可能一生贫病交加，却照样感觉活得很幸福。这便是理想的不同，人的不同。

人是需要一点精神的，只有超越了物质的理想，才能最终获得幸福。

幸福的篮子 ▌▏▖▁▁▁▖▁

□ ［俄国］沃兹涅先斯卡娅

有段时间我曾极度痛苦，几乎不能自拔，以至于想到了死。那是在安德鲁沙出国后不久。在他临走时，我俩第一次，也是最后一次一起过夜。我知道，他永远不会回来了，我们的鸳鸯梦再也不会重温了。我也不愿那样，但我还是郁郁寡欢，无精打采。一天，我路过一家半地下室式的菜店，见一美丽无比的妇人正踏着台阶上来——太美了，简直是拉斐尔《圣母像》的再版！我不知不觉放慢了脚步，凝视着她的脸——因为起初我只能看到她的脸。但当她走出来时，我才发现她矮得像个侏儒，而且还驼背。我耷拉下眼皮，快步走开了。我羞愧万分……瓦柳卡，我对自己说，你四肢发育正常，身体健康，长相也不错，怎么能整天这样垂头丧气呢？打起精神来！像刚才那位可怜的人才是真正不幸的人……

我永远也忘不了那个长得像圣母一样的驼背女人。每当我牢骚满腹或者痛苦悲伤的时候，她便出现在我的脑海里。

我就是这样学会了不让自己自怨自艾。而如何使自己幸福愉快却是从一位老太太那儿学来的。那次事件以后，我很快又陷入了烦恼，但这次我知道如何克服这种情绪。于是，我便去夏日乐园漫步散心。我顺便带了件

195

快要完工的刺绣桌布，免得空手坐在那里无所事事。我穿上一件极简单、朴素的连衣裙，把头发在脑后随便梳了一条大辫子。又不是去参加舞会，只不过去散散心而已。

　　来到公园，找个空位子坐下，便飞针走线地绣起花儿来。一边绣，一边告诫自己："打起精神！平静下来！要知道，你并没有什么不幸。"这样一想，确实平静了许多，于是就准备回家。恰在这时，坐在对面的一个老太太起身朝我走来。

　　"如果你不急着走的话，"她说，"我可以坐在这儿跟您聊聊吗？"

　　"当然可以！"

　　她在我身边坐下，面带微笑地望着我说："知道吗，我看了您好长时间了，真觉得是一种享受。现在像您这样的可真不多见。"

　　"什么不多见？"

　　"您这一切！在现代化的列宁格勒市中心，忽然看到一位梳长辫子的俊秀姑娘，穿一身朴素的白麻布裙子，坐在这儿绣花！简直想象不出这是多么美好的景象！我要把它珍藏在我的幸福之篮里。"

　　"什么，幸福之篮？"

　　"这是个秘密！不过我还是想告诉您。您希望自己幸福吗？"

　　"当然了，谁不愿自己幸福呀。"

　　"谁都愿意幸福，但并不是所有的人都懂得怎样才能幸福。我教给您吧，算是对您的奖赏。孩子，幸福并不是成功、运气，甚至爱情。您这么年轻，也许会以为爱就是幸福。不是的。幸福就是那些快乐的时刻，一颗宁静的心对着什么人或什么东西发出的微笑。我坐在椅子上，看到对面一位漂亮姑娘在聚精会神地绣花，我的心就向您微笑了。我已把这一时刻记录下来，为了以后一遍遍地回忆，我把它装进我的幸福之篮里了。这样，每当我难过时，我就打开篮子，将里面的珍品细细品味一遍，其中会有个我取名为'白衣姑娘在夏日乐园刺绣'的时刻。想到它，此情此景便会立即重现，我就会看到，在深绿的树叶与洁白的雕塑的衬托下，一位姑娘正在聚精会神地绣花。我就会想起阳光透过椴树的枝叶洒在您的衣裙上；您的辫子从椅子后面垂下来，几乎拖到地上；您的凉鞋有点磨脚，您就脱了凉鞋，赤着脚；脚趾头还朝里弯着，因为地面有点凉。我也许还会想起更多，一些此时我还没有想到的细节。"

"太奇妙了！"我惊呼起来，"一只装满幸福时刻的篮子！您一生都在收集幸福吗？"

"自从一位智者教我这样做以后。您知道他，您一定读过他的作品。他就是阿列克桑德拉·格林。我们是老朋友，是他亲口告诉我的。在他写的许多故事中也都能看到这个意思。遗忘生活中丑恶的东西，而把美好的东西永远保留在记忆中。但这样的记忆需经过训练才行。所以我就发明了这个心中的幸福之篮。"

我谢了这位老妇人，朝家走去。路上我开始回忆童年以来的幸福时刻。回到家时，我的幸福之篮里已经有了第一批珍品。

▪佳作点评 ▮▮▂

有时，生活中发生的某件事情，会改变你对人生的态度，抑或对你的价值观产生影响。

本文作者即是在人生遭遇绝望之时，遇到了那个妇人。她仿佛人间的一位智者，专为拯救作者而来。

每个人都会遇到各种痛苦之事，当我们遭遇不幸的时候，不妨想一想那个老太太，想一想她的"幸福之篮"，想一想她对作者所说的话。你的不幸和痛苦，也许会有所减轻。

人人的心里都装着这么一位"智者"，只是要看你有没有发现她了。

在希望中生活

□［英国］狄克斯

请抬高你的头，挺直你的腰，心中充满希望，热切地接受大自然给予你的一切。用你机智的头脑警觉周围的一切变化，勇敢地面对明天的日子带给你的希望、梦想和目标。让一切有碍你进步的琐细烦恼、失望、不自信都见鬼去吧！

在障碍面前，有人会被吓得心惊胆战，有人则会把它当做一块踏脚石。至于你会用它来攀登上进或颠簸下坠，要看你接近它时的心情而定。

假若我们已经尽可能地做到最好，以自己累积的经验来面对生活时，却仍然大大地跌了一跤，这真是一件令人十分遗憾的事。如果摔跤过后，我们已经失去了重头开始的资本，那么这样的损失将会使我们更加难以接受。

可是，我们面对生活的信心尚存，我们追求的人生目标尚存，既然我们能活着，就一定有活着的道理，那么，这一切的惨痛又算得了什么呢！

这篇短文犹如春天里的一缕阳光，又仿佛冬天里的一盆炭火，总是给人光明和美好。当你人生失意的时候，或者遭遇挫折的时候，读读这篇文字，或许，它会带给你继续生活下去的勇气和力量。

人总得活着，活着就要心怀希望。

心灵的洗礼 ▌▌▗▖▗▖▖

如果恶意与憎恨由犀利的目光牵联，它们就只会徒留于观察者表面的看法。反之，如果犀利的眼光使得好意与友爱能亲密地结合，它们就能洞悉世界及所有人类。换句话说，它们能达到人的最高的期望。

探测你的内心，你便可以认清全部的你。因此，当你呼唤它们时，你的身体可以自然地听到内心回答："是。"如此一来，欢喜、快乐自然成为你最佳的表现方法。

思想如果不是以活动的天性为基础，就无法有效地推动运动着的生活。它只能随着不同时期的情势发展或消灭，而多样地变化思想又无法使世界真正地获利。

完全投降自己内心的人，通常只能发现一半的自己。为了使自己能变成最完美的人，他会去捉一个弱者或捉住一个世界。

人类若以内在灵魂而非外在因素来对待自己的话，灵魂势必深切反省自己的内心。这恰巧与音乐人面对乐器时的心理如出一辙。

心灵犹如一面镜子，要想保持镜面光彩照人，就得时刻记得洗涤。歌德的心灵无疑是伟大的，因为，他不但懂得如何洗涤自己的心灵，更重要的是，他还教会别人怎样去洗涤心灵。

这篇文字本身即是一面干净的镜子，仔细读，便能照出你心灵的美与丑来。

心境的需要

□ ［日本］中野孝次

良宽这个人，其实就是一个禅师。但近年来人们与年俱增的推崇和喜爱他，我认为这事简直可以列入七大奇观。我不清楚喜欢他的理由是否由于他的人生观恰恰与现代流行思潮相背逆的缘故，总之，我觉得这太不可思议。那么良宽何以会受到这么多人的崇拜？

生涯懒立身，腾腾任天真。

囊中三升米，炉边一束薪。

谁问迷悟迹，何知名利尘。

夜雨草庵里，双脚等闲伸。

这支曲目是良宽的代表作，反复吟唱之后会感到一种悠然的舒畅气氛。我思索一阵逐渐明白，也许正是因为我们已经缺乏这种纯粹的生活能力，所以才会涌现出如此之多喜欢他的人。良宽是一个不会为换取出人头地而卑躬屈膝的人，他只是一个不求功名利禄的人。他不愿压抑自己的心灵，于是将自己放纵于任性。现在自己草庵的头陀袋中还有乞讨来的三升米，炉边尚有一束柴薪哩。虽然，他随时都有吃不上饭的可能，但他却活得很知足。也许这就是所谓的彻悟吧！更不要说名利得失了，他就这样在夜雨淅淅而降的草庵里，悠闲地伸展开自己的双脚，欢乐而满足。

可是，如若要我们自己也如同他那样生活，我们却无法忍耐于这种心境了。然而我们却会不由自主地被诗中所显示的美妙的境界所吸引，这究竟是什么原因呢？既然我们自己不希望和他一样过这种没有保障的生活，为什么我们还要被他的心境所吸引呢？

有一年冬天，我压抑不住自己的好奇心，独自来到了五合庵遗址。站在那重建的草庵前，我想如果让我住在这么一间建在老杉树下的孤零零的破草庵，我可能会自杀，因为这里简直不是人待的地方。可以想像，那个叫良宽的人居然在这里一住就是几十年，这将需要多大的勇气才能做到呀！我不禁感叹，现代文明中娇生惯养的人是多么的脆弱啊！

回想一下，我们这些老一辈，也曾有过在以东京为首的日本城市被空袭夷为平地的经历，废墟上的生活和良宽何其相似，可毕竟那个年代的人已经死的死、亡的亡，所剩的也只是寥寥几人。我不幸也为寥寥中之一，有过那种饥寒交迫的日子。而今天，我站在五合庵前，竟然会提出"在如此贫寒的地方怎么生活啊"这样可笑的问题。可见我自己也已经被现代文明所惯纵，不知不觉间精神脆弱到如此的地步。

没有经历过饥不择食年代的人，对食物是难以有知足感恩的心情的。然而在饥饿的边缘，正是由于缺乏食物已成为生活常态，得到了少许温饱的保证便会对上苍感激不已。

如果所有的房屋都设有暖气，人们还会对温暖心存感激吗？而假如你从寒风凛冽的野外行乞归来，能有一束点燃的取暖柴薪，你却一定会被这难得的温暖感动得热泪盈眶。

当"无"成为常态时，人们才会对"有"感到无上的满足和感激。而"有"成为常态时，人们不会对"无"产生不满足感，也决不会在心里涌起对"无"

的感激之情。或许，良宽之所以会选择草庵生活，正是因为他已经有了这种"有"和"无"的认识。

不管怎样，我们仍被他吸引着，或许是他在草庵中所做那些难以言喻的优哉游哉的诗，打动了我们。也许仅仅如此，但，他那贫困的生活却是我们所有人所不会向往的。

《良宽禅师奇话》这本书是这样开头的：

良宽禅师常静默无语，动作闲雅有余。心宽体胖，即此之谓也。

从来没有人谈起过他的亲人，或者他本来就是一个孤独者，为了自己所选择的内省式的修行生活他常整天都不会说一句话，由此，人们才会将他的举止称作为悠闲潇洒。而身体自在潇洒的秘密正在于心灵平静，不为任何事物所惑。

▮佳作点评 ▮▮▯▯

人活着，除了衣食住行，还必须要有精神上的追求和心灵上的慰藉。本文通过禅师良宽的生活，来反观现代人心的贫乏。

心境良好的人，必是懂得生活的人。他们注重自身素养的修炼，并从中体会到强大的满足感和幸福感。

这是一种修行，更是一种信仰。

別做情感的奴隶

爱人，我的失眠让你落泪 · [中国] 郁达夫

莺萝行 · [中国] 郁达夫

爱就是刑罚 · [中国] 许地山

恋爱不是游戏 · [中国] 庐隐

一片红叶 · [中国] 石评梅

初　恋 · [中国] 周作人

……

爱一个人意味着什么呢？这意味着为他的幸福而高兴，为使他能够更幸福而去做需要做的一切，并从这当中得到快乐。

——车尔尼雪夫斯基

爱人，我的失眠让你落泪

□〔中国〕郁达夫

　　爱人，我的失眠让你落泪，这些泪水竟然落到了我们的故事里，让我胆战心惊，让我惶恐不安，让我在最深的夜晚，那些迷蒙的知觉中苟延残喘，只有孤灯和黑暗搀扶我飘荡的灵魂，那些灵魂是你的，那些灵魂是很久以前就被你完全收走，完全放进你飘来飘去的行囊，轻轻淡淡地码放在一个角落，却无人造访。

　　爱人，泪水是关于失眠的所有情节的。我很幸运地无辜，因为我已经让你美好的胡搅抓住，被你调皮的蛮缠无限扩大，从你乱梦中醒来的孤单将这种扩展铺满了整个天空。所以我是万恶，我这时的一举一动都渲染了让你厌恶的色彩，你应该知道这是多么的不准确。

　　爱人，没有什么大不了的事。不就是失眠么，不就是睡觉么，不就是作息时间问题么。你要知道，在你之前很久我就被岁月一下一下锻造成这种德行，岁月伸出一只肥厚的手掌把玩我的倦意，让我黑白颠倒，昼伏夜出，已经十年了。一天一夜是改不过来的。所以你的哭泣虽然美丽，但是虚幻；虽然忧伤，但是带有真正的喜剧色彩。我们都在一起了，很多事情我们都过来了，还怕这个么？我对你的迷恋穿梭在这广袤的夜空，你的梦如轻纱，缓缓掠过我满布皱纹的额头。体温隔着房间相互交融，你在均匀地呼吸，我在寂静中劳作。爱人，这就是幸福。

佳作点评

三段排比，串出一串爱的音符。每一串都情感饱满，真挚动人。感情层层推进，语言沉郁蓬勃，宁静而幽深。这篇作品，表面上看，是在写作者对爱人的安慰，实际却是充分写出了爱人对自己的无限深情。落泪看似为失眠，实则为爱。也只有爱才有如此魅力。

莺萝行 ‖||_. .. _

□ ［中国］郁达夫

同居的人全出外去后的这沉寂的午后的空气中独坐着的我，表面上虽则同春天的海面似的平静，然而我胸中的寂寥，我脑里的愁思，什么人能够推想得出来？现在是三点三十分了。外面的马路上大约有和暖的阳光夹着了春风，在那里助长青年男女的游春的兴致；但我这房里的透明的空气，何以会这样的沉重呢？龙华附近的桃林草地上，大约有许多穿着时式花样的轻绸绣缎的恋爱者在那里对着苍空发愉乐的清歌；但我的这从玻璃窗里透过来的半角青天，何以总带着一副嘲弄我的形容呢？啊啊，在这样薄寒轻暖的时候，当这样有作有为的年纪，我的生命力，我的活动力，何以会同冰雪下的草芽一样，一些儿也生长不出来呢？啊啊，我的女人！我的不能爱而又不得不爱的女人！我终觉得对你不起！

计算起来你的列车大约已经驶过松江驿了，但你一个人抱了小孩在车窗里呆看陌上行人的景状，我好像在你旁边看守着的样子。可怜你一个弱女子，从来没有单独出过门，你此刻呆坐在车里，大约在那里回忆我们两人同居的时候，我虐待你的一件件的事情了吧！啊啊，我的女人，我的不得不爱的女人，你不要在车中滴下眼泪来，我平时虽则常常虐待你，但我的心中却在哀怜你的，却在痛爱你的；不过我在社会上受来的种种苦楚，压迫，侮辱，若不向你发泄，叫我更向谁去发泄呢！啊啊，我的最爱的女人，你若知道我这一层隐衷，你就该饶恕我了。

唉，今天是旧历的二月二十一日，今天正是清明节呀！大约各处的男女都出到郊外去踏青的，你在车窗里见了火车路线两旁郊野里在那里游行的夫妇，你能不怨我的么？你怨我也罢了，你倘能恨我怨我，怨得我望我速死，那就好了。但是办不到的，怎么也办不到的，你一边怨我，一边又必在原谅我的，啊啊，我一想到你这一种优美的灵心，叫我如何能忍得过去呢！

细数从前，我同你结婚之后，共享的安乐日子，能有几日？我十七岁去国之后，一直的在无情的异国蛰住了八年。这八年中间就是暑假寒假也不回国来的原因，你知道么？我八年间不回国来的事实，就是我对旧式的、父母主张的婚约的反抗呀！这原不是你的错，也不是我的错，作孽者是你的父母和我的母亲。但我在这八年之中，不该默默的无所表示的。

后来看到了我们乡间的风习的牢不可破，离婚的事情的万不可能，又因你家父母的日日的催促，我的母亲的含泪的规劝，大前年的夏天，我才勉强应承了与你结婚。但当时我提出的种种苛刻的条件，想起来我在此刻还觉得心痛。我们也没有结婚的种种仪式，也没有证婚的媒人，也没有请亲朋友喝酒，也没有点一对蜡烛，放几声花炮。你在将夜的时候，坐了一乘小轿从去城六十里的你的家乡到了县城里的我的家里；我的母亲陪你吃了一碗晚饭，你就一个人摸上楼上我的房里去睡了。那时候听说你正患疟疾，我到夜半拿了一支蜡烛上床来睡的时候，只见你穿了一件白纺绸的单衫，在暗黑中朝里床睡在那里。你听见了我上床来的声音，却朝里转来默默的对我看了一眼。啊！那时候的你的憔悴的形容，你的水汪汪的两眼，神经常在那里颤动的你的小小的嘴唇，我就是到死也忘不了的。我现在想起来还要滴眼泪哩！

在穷乡僻壤生长的你，自幼也不曾进过学校，也不曾呼吸过通都大邑的空气，提了一双纤细缠小了的足，抱了一箱家塾里念过的《列女传》《女四书》等旧籍，到了我的家里。既不知女人的娇媚是如何装作，又不知时样的衣裳是如何剪裁，你只奉了柔顺两字，做了你的行动的规范。

结婚之后，因为城中天气暑热的缘故，你就同我同上你家去住了几天，总算过了几天安乐的日子；但无端又遇了你侄儿的暴行，淘了许多说不出来的闲气，滴了许多拭不干净的眼泪，我与你在你侄儿闹事的第二天就匆匆的回到了城里的家中。过了两三天我又害起病来，你也疟疾复发了。我就决定挨着病离开了我那空气沉浊的故乡。将行的前夜，你也不说什么，我也没有什么话好对你说。我从朋友家里喝醉了酒回来，睡在床上，只见你呆呆的坐在灰黄的灯下。可怜你一直到第二天的早晨我将要上船的时候止，终没有横到我床边上来睡一会儿，也没有讲一句话；第二天天刚亮的时候，母亲就来催我起身，说轮船已到鹿山脚下了。

从此一别，又同你远隔了两年。你常常写信来说。家里的老祖母在那里想念我，暑假寒假若有空闲，叫我回家来探望探望祖母母亲，但我因为异乡的花草，和年轻的朋友挽留我的缘故，终究没有回来。

唉唉！那两年中间的我的生活！红灯绿酒的沉湎，荒妄的邪游，不义的淫乐。在中宵酒醒的时候，在秋风凉冷的月下，我也曾想念及你，我也曾痛哭过几次。但灵魂丧失了的那一群妖媚的游女，和她们的娇艳动人的假笑伴啼，终究把我的天良迷住了。

前年秋天我虽回国了一次，但因为朋友邀我上A地去了，我又没有回到故乡来看你。在A地住了三个月，回到上海来过了旧历的除夕，我又回东京去了。直到了去年的暑假前，我提出了卒业论文，将我的放浪生活做了个结束，方才拖了许多饥不能食寒不能衣的破书旧籍回到了中国。一踏了上海的岸，生计问题就逼紧到我的眼前来，缚在我周围的命运的铁锁圈，就一天一天的扎紧起来了。

留学的时候，多谢我们孱弱无能的政府，和没有进步的同胞，像我这样的一个生则于世无补，死亦于人无损的零余者，也考得了一个官费生的资格。虽则每月所得不能敷用，是租了屋没有食，买了食没有衣的状态，但究竟每月还有几十块钱的出息，调度得好也能勉强免于死亡。并且又可进了病院向家里勒索几个医药费，拿了书店的发票向哥哥乞取几块买书钱。所以在繁华的新兴国的首都里，我却过了几年放纵的生活，如今一定的年限已经到了，学校里因为要收受后进的学生，再也不能容我在那绿树阴森的图书馆里，做白昼的痴梦了。并且我们国家的金库，也受了几个磁石心肠的将军和大官的吮吸，把供养我们一班不会作乱的割势者的能力丧失了。所以我在去年的六月就失了我的维持生命的根据，那时候我的每月的进款已经没有了。以年纪讲起来，像我这样二十六七的青年，正好到社会去奋斗。况且又在外国国立大学里卒业了的我，谁更有这样厚的面皮，再去向家中年老的母亲，或狷洁自爱的哥哥，乞求养生的资料。我去年暑假里一到上海流寓了一个多月没有回家来的原因，你知道了么？我现在索性对你讲明了吧，一则虽因为一天一天的挨过了几天，把回家的旅费用完了，其他我更有这一段不能回家的苦衷在的呀，你可能了解？

啊啊，去年六月在灯火繁华的上海市外，在车马喧嚷的黄浦江边，我一边念着 Housman 的 A Shropshire Lad（霍斯曼的《开罗浦郡的浪荡鬟》——编者注）里的：

Come you home a hero

Or come not home at all,

The lads you leave will mind you

Till Lud low tower shall fall.

几句清诗，一边呆呆的看着江中黝黑混浊的流水，曾经发了几多的叹声，滴了几多的眼泪。你若知道我那时候的绝望的情怀，我想你去年的那几封微有怨意的信也不至于发给我了。——啊！我想起了，你是不懂英文的，这几句诗我顺便替你译出吧。

汝当衣锦归，
否则永莫回，
令汝别后之儿童，
望到拉德罗塔毁。

平常责任心很重，并且在不必要的地方，反而非常隐忍持重的我，当留学的时候，也不曾著过一书，立过一说。天性胆怯，从小就害着自卑狂的我，在新闻杂志或稠人广众之中，从不敢自家吹一点小小的气焰。不在图书馆内，便在咖啡店里、山水怀中过活的我，当那些现代的青年当作科场看的群众运动起来的时候，绝不会去慷慨悲歌的演说一次，出点无意义的风头。赋性愚鲁，不善交游，不善钻营的我，平心讲起来，在生活竞争剧烈，到处有陷阱设伏的现在的中国社会里，当然是没有生存的资格的。去年六月间，寻了几处职业失败之后，我心里想我自家若想逃出这恶浊的空气，想解决这生计困难的问题，最好唯有一死。但我若要自杀，我必须先弄几个钱来，痛饮饱吃一场，大醉之后，用了我的无用的武器，至少也要击杀一二个世间的人类——若他是比我富裕的时候，我就算替社会除了一个恶。若他是和我一样或比我更苦的时候，我就算解决了他的困难，救了他的灵魂——然后从容就死。我因为有这一种想法，所以去年夏天在睡不着的晚上，拖了沉重的脚，上黄浦江边去了好几次，仍复没有自杀。到了现在我可以老实的对你说了，我在那时候，我并不曾想到我死后的你将如何的生活过去。我的八十五岁的祖母，和六十来岁的母亲，在我死后又当如何的种种问题，当然更不在我的脑里了。你读到这里，或者要骂我没有责任心，丢下了你，自家一个去走干净的路。但我想这责任不应该推给我负的，第一，我们的国家社会，不能用我去做他们的工，使我有了气力能卖钱来养活我自家和你，所以现代的社会，就应该负这责任。即使退一步讲，第二，你的父母不能教育你，使你独立营生，便是你父母的坏处，所以你的父母也应该负这责任。第三，我的母亲戚族，知道我没有养活你的能力，要苦苦的劝我结婚，他们也应该负这责任。这不过是现在我写到这里想出来的话，当时原是没有想到的。

　　上海的Ｔ书局和我有些关系，是你所知道的。你今天午后不是从这Ｔ书局编辑所出发的么？去年六月经理的Ｔ君看我可怜不过，却为我关说了几处，但那几处不是说我没有声望，就嫌我脾气太大，不善趋奉他们的旨意，不愿意用我。我当初把我身边的衣服金银器具一件一件的典当之后，在烈日蒸照，灰土很多的上海市街中，整日的空跑了半个多月，几个有职业的先辈，和在东京曾经受过我照拂的朋友的地方，我都去访问了。他们有的时候，也约我上菜馆去吃一次饭；有的时候，知道我的意思便也陪我做了一副忧郁的形容，且为我筹了许多没有实效的计划。我于这样的晚上，不是往黄浦江边去徘徊，便是一个人跑上法国公园的草地上去呆坐。在那时候，我一个人看看天上悠久的星河，听听远远从那公园的跳舞室里飞过来的舞曲的琴音，老有放声痛哭的时候，幸亏在黄昏的时节，公园的四周没有人来往，所以我得尽情的哭泣；有时候哭得倦了，我也曾在那公园的草地上露宿过的。

　　阳历六月十八的晚上——是我忘不了的一晚——Ｔ君拿了一封Ａ地的朋友寄来的信到我住的地方来。平常只有我去找他，没有他来找我的，Ｔ君一进我的门，我就知道一定有什么机会了。他在我用的一张破桌子前坐下之后，果然把信里的事情对我讲了。他说："Ａ地仍复想请你去教书，你愿不愿意去？"

中国书籍文学馆·精品赏析　温情蜜意

教书是有识无产阶级的最苦的职业，你和我已经住过半年，我的如何不愿意教书，教书的如何苦法，想是你所知道的，我在此处不必说了。况且A地的这学校里又有许多黑暗的地方，有几个想做校长的野心家，又是忌刻心很重的，像这样的地方的教席，我也不得不承认下去的当时的苦况，大约是你所意想不到的，因为我那时候同在伦敦的屋顶下挨饿的Chatterton（查斯顿，英国诗人——编者注）一样，一边虽在那里吃苦，一边我写回来的家信上还写得娓娓有致，说什么地方也在请我，什么地方也在聘我哩！

啊啊！同是血肉造成的我，我原是有虚荣心，有自尊心的呀！请你不要骂我作播间乞食的齐人吧！唉，时运不济，你就是骂我，我也甘心受骂的。

我们结婚后，你给我的一个钻石戒指，我在东京的时候，替你押卖了，这是你当时已经知道的。我当T君将A地某校的聘书交给我的时候，身边值钱的衣服器具已经典当尽了。在东京学校的图书馆里，我记得读过一个德国薄命诗人Grabbe（格拉贝，德国戏剧家——编者注）的传记。一贫如洗的他想上京去求职业去，同我一样贫穷的他的老母将一副祖传的银的食器交给了他，作他的求职的资斧。他到了孤冷的首都里，今日吃一个银匙，明日吃一把银刀，不上几日，就把他那副祖传的食器吃完了。我记得Heine（海涅，德国诗人——编者注）还嘲笑过他的。去年六月的我的穷状，可是比Grabbe更甚了；最后的一点值钱的物事，就是我在东京买来，预备送你的一个天赏堂制的银的装照相的架子，我在穷急的时候，早曾打算把它去换几个钱用，但一次一次的难关都被我打破，我决心把这一点微物，总要安安全全的送到你的手里；殊不知到了最后，我接到了A地某校的聘书之后，仍不得不把它去押在当铺里，换成了几个旅费，走回家来探望年老的祖母母亲，探望怯弱可怜同绵羊一样的你。

去年六月，我于一天晴朗的午后，从杭州坐了小汽船，在风景如画的钱塘江中跑回家来。过了灵桥里山等绿树连天的山峡，将近故乡县城的时候，我心里同时感着了一种可喜可怕的感觉。立在船舷上，呆呆的凝望着春江第一楼前后的山景，我口里虽在微吟"近乡情更怯，不敢问来人"的二句唐诗，我的心里却在这样的默祷：

……天帝有灵，当使埠头一个我的认识的人也不在！要不使他们知道才好，要不使他们知道我今天沦落了回来才好……

船一靠岸，我左右手里提了两只皮箧，在晴日的底下从乱杂的人丛中伏倒了头，同逃也似的走回家来。我一进门看见母亲还在偏间的膳室里喝酒。我想张起喉音来亲亲热热的叫一声母亲的，但一见了亲人，我就把回国以来受的社会的侮辱想了出来，所以我的咽喉便梗住了；我只能把两只皮箧向凳上一抛，马上就匆匆的跑上楼上的你的房里来，好把我的没有丈夫气，到了伤心的时候就要流泪的坏习惯藏藏躲躲；谁知一进你的房，你却流了一脸的汗和眼泪，坐在床前呜咽地暗在啜泣。我动也不动的呆看了一会，方提起了干燥的喉音，幽幽的问你为什么要哭。你听了我这句问话反哭得更加厉害，暗泣中间却带起几声压不下去的唏嘘声来了。我又问你究竟为什么，你只是摇头不说。本来是伤心的我，又被你这样的引诱了一番，我就不得不抱了你的头同你对哭起来。喝不上一碗热茶的工夫，楼下的母亲就大骂着说："……什么的公主娘娘，我说着这几句话，就要上楼去摆架子。……轮船埠头谁对你这小畜生讲了，在上海逛了一个多月，走将家来，一声也不叫，狠命的把皮箧在我面前一丢……这算是什么行为！……你便是封了王回来，也没有这样的行为的呀！……两夫妻暗地里通通信，商量商量，……你们好来谋杀我的……"

我听见了母亲的骂声，反而止住不哭了。听到"封了王回来"的这一句话，我觉得全身的血流都倒注了上来。在炎热的那盛暑的时候，我却同在寒冬的夜半似的手脚都发了抖。啊啊，那时候若没有你把我止住，我怕已经冒了大不孝的罪名，要永久的和我那年老的母亲诀别了。若那时候我和我母亲吵闹一场，那今年的祖母的死，我也是送不着的，我为了这事，也不得不重重的感谢你的呀！

那一天我的忽而从上海的回来，原是你也不知道，母亲也不知道的。后来母亲的气平了下去，你我的悲感也过去了的时候，我才知道我没有到家之先，母亲因为我久住上海不回家来的原因，在那里发脾气骂你。啊啊，你为了我的缘故，害骂害说的事情大约总也不止这一次了。也难怪你当我告诉你说我将于几日内动身到Ａ地去的时候，哀哀的哭得不住的。你那柔顺的性质，是你一生吃苦的根源。同我的对于社会的虐待，丝毫没有反抗能力的性质，却是一样。啊啊！反抗反抗，我对于社会何尝不晓得反抗，你对于加到你身上来的虐待也何尝不晓得反抗，但是怯弱的我们，没有能力的我们，叫我们从何处反抗起呢？

到了痛定之后，我看看你的形容，比前年患疟疾的时候更消瘦了。到了晚上，我捏到你的下腿，竟没有那一段肥突的脚肚，从脚后跟起，到脚弯膝止，完全是一条直线。啊啊！我知道了，我知道白天我对你说我要上Ａ地去的时候你就流眼泪的原因了。

我已经决定带你同往Ａ地，将催Ａ地的学校里速汇二百元旅费来的快信寄出之后，你我还不敢将这计划告诉母亲，怕母亲不赞成我们。到了旅费汇到的那天晚上，你还是疑惑不决的说："万一外边去不能支持，仍要回家来的时候，如何是好呢！"

可怜你那被威权压服了的神经，竟好像是希腊的巫女，能预知今天的劫运似的。唉，我早知道有今天的一段悲剧，我当时就不该带你出来了。

我去年暑假郁郁的在家里和你住了几天，竟不料就会种下一个烦恼的种子的。等我们同到了Ａ地将房屋什器安顿好的时候，你的身体已经不是平常的身体了。吃几口饭就要呕吐。每天只是懒懒的在床上躺着。头一个月我因为不知底细，曾经骂过你几次，到了三四个月上，你的身体一天一天的重起来，我的神经受了种种刺激，也一天一天的粗暴起来了。

第一因为学校里的课程干燥无味，我天天去上课就同上刑具被拷问一样，胸中只感着一种压迫。

第二因为我在杂志上发表了一篇旧作的文字，淘了许多无聊的闲气。更有些忌刻我的恶劣分子，就想以此来作我的葬歌，纷纷的攻击我起来。

第三我平时原是挥霍惯了的，一想到辞了教授的职后，就又不得不同六月间一样，尝那失业的苦味。况且现在又有了家室，又有了未来的儿女，万一再同那时候一样的失起业来，岂不要比曩时更苦。

我前面也已经提起过了，在社会上虽是一个懦弱的受难者的我，在家庭内却是一个凶恶的暴君。在社会上受的虐待，欺凌，侮辱，我都要一一回家来向你发泄的。可怜你自从去年十月以来，竟变了一只无罪的羔羊，日日在那里替社会赎罪，作了供我这无能的暴君的牺牲。我在外面受了气回来，不是说你做的菜不好吃，就骂你是害我吃苦的原因。我一想到了将来失业的时候的苦况，神经激动起来的时候每骂着说："你去死！你死了我方有出头的日子。我辛辛苦苦，是为什么人在这里做牛马的呀。要只有我一个人，我何处不可去，我何苦要在这死地方做苦工呢！只知道在家里坐食的你这行尸，你究竟是为了什么目的生存在这世上的呀？……"

你被我骂不过，就暗哭起来。我骂你一场之后，把胸中的悲愤发泄完了，大抵总立时痛责我自家，上前来爱抚你一番，并且每用了柔和的声气，细细的把我的发气的原因——社会对我的虐待——讲给你听。你听了反替我抱着不平，每又哀哀的为我痛哭，到后来，终究到了两人相持对泣而后已。像这样的情景，起初不过间几日一次的，到后来将放年假的时候，变了一日一次或一日数次了。

唉唉，这悲剧的出生，不知究竟是结婚的罪恶呢？还是社会的罪恶？若是为结婚错了的原因而起的，那这问题倒还容易解决；若因社会的组织不良，致使我不能得适当的职业，你不能过安乐的日子，因而生出这种家庭的悲剧的，那我们的社会就不得不根本的改革了。

在这样的忧患中间，我与你的悲哀的继承者，竟生了下来，没有足月的这小生命，看来也是一个神经质的薄命的相儿。你看他那哭时的额上的一条青筋，不是神经质的证据么？饥饿的时候，你喂乳若迟一点，他老要哭个不止，像这样的性格，便是将来吃苦的基础。唉唉，我既生到了世上，受这样的社会的煎熬，正在求生不可，求死不得的时候，又何苦多此一举，生这一块肉在人世呢？啊啊！矛盾，惭愧，我是解说不了的了。以后若有人动问，就请你答复吧！

悲剧的收场，是在一个月的前头。那时候你的神经已经昏乱了，大约已记不清楚，但我却牢牢记着的。那天晚上，正下弦的月亮刚从东边升起来的时候。

我自从辞去了教授职后，托哥哥在某银行里谋了一个位置。但不幸的时候，事运不巧，偏偏某银行为了政治上的问题，开不出来。我闲居Ａ地，日日在家中喝酒，喝醉之后，便声声的骂你与刚出生的那小孩，说你与小孩是我的脚镣，我大约要为你们的缘故沉水而死的。我硬要你们回故乡去，你们却是不肯。那一晚我骂了一阵，已经是朦胧的想睡了。在半醒半睡中间，我从帐子里看出来，好像见你在与小孩讲话。

"……你要乖些……要乖些。……小宝睡了吧……不要讨爸爸的厌……不要讨……娘去之后……要……要……乖些……"

讲了一阵，我好像看见你坐在洋灯影里揩眼泪，这是你的常态，我看得不耐烦了，所以就翻了一转身，面朝着了里床。我在背后觉得你在灯下哭了一会，又站起来把我的帐子掀开了对我看了一回。我那时候只觉得好睡，所以没有同你讲话。以后我就睡着了。

我们街前的车夫，在我们门外乱打的时候，我才从被里跳了起来。我跌来碰去的走出门来的时候，已经是昏乱得不堪了。我只见你的披散的头发，结成了一块，围在你的项上。正是下弦的月亮从东边升起来的时候，黄灰色的月光射在你的面上；你那本来是灰白的面色，反射出了一道冷光，你的眼睛好好的闭在那里，嘴唇还在微微的动着；你的湿透了的棉袄上，因为有几个扛你回来的车夫的黑影投射着，所以是一块黑一块青的。我把洋灯在地上一放，就抱着了你叫了几声，你的眼睛开了一开，马上就闭上了，眼角上却涌了两条眼泪出来。啊啊，我知道你那时候心里并不怨我的，我知道你并不怨我的，我看了你的眼泪，就能辨出你的心事来，但是我哪能不哭，我哪能不哭呢！我还怕什么？我还要维持什么体面？我就当了众人的面前哭出来了。那时候他们已经把你搬进了房。你床上睡着的小孩，听见了嘈杂的人声，也放大了喉咙啼泣了起来。大约是小孩的哭声传到了你的耳膜上了，你才张开眼来，含了许多眼泪对我看了一眼。我一边替你换湿衣裳，一边叫你安睡，不要去管那小孩。恰好间壁雇在那里的乳母，也听见了这杂噪声起了床，跑了过来；我知道你眷念小孩，所以就叫乳母替我把小孩抱了过来。奶妈抱了小孩走过床上你的身边的时候，你又对她看了一眼。同时我却听见长江里的轮船放了一声开船的汽笛声。

在病院里看护你的十五天工夫，是我的心地最纯洁的日子。利己心很重的我，从来没有感觉到这样纯洁的爱情过。可怜你身体热到四十一度的时候，还要忽而从睡梦中坐起来问我："龙儿，怎么样了？"

"你要上银行去了么？"

我从 A 地动身的时候，本来打算同你同回家去住的，像这样的社会上，谅来总也没有我的位置了。即使寻着了职业，像我这样愚笨的人，也是没有希望的。我们家里，虽则不是豪富，然而也可算得中产，养养你，养养我，养养我们的龙儿的几颗米是有的。你今年二十七，我今年二十八了，即使你我各有五十岁好活，以后还有几年？我也不想富贵功名了。若为一点毫无价值的浮名，几个不义的金钱，要把良心拿出来去换，要牺牲了他人作我的踏脚板，那但何苦哩。这本来是我从 A 地同你和龙儿动身时候的决心。不是动身的前几晚，我同你拿出了许多建筑的图案来看么？我们两人不是把我们回家之后，预备到北城近郊的地里，由我们自家的手去造的小茅屋的样子画得好好的么？我们将走的前几天不是到 A 地的可纪念的地方，与你我有关的地方都去逛了么？我在长江轮船上的时候，这决心还是坚固得很的。

我这决心的动摇，在我到上海的第二天。那天白天我同你照了照相，吃了午膳，不是去访问了一位初从日本回来的朋友么？我把我的计划告诉了他，他也不说可，不说否，但只指着他的几位小孩说："你看看我看，我是怎么也不愿意逃避的。我的系累，岂不是比你更多么？"

啊啊！好胜的心思，比人一倍强盛的我，到了这兵残垓下的时候，同落水鸡似的逃回乡里去——这一出失意的还乡记，就是比我更怯弱的青年，也不愿意上台去演的呀！我回来之后，晚上一晚不曾睡着。你知道我胸中的愁郁，所以只是默默的不响，因为在这时候，你若说一句话，总难免不被我痛骂。这是我的老脾气，虽从你进病院之后直到那天还没有发过，但你那事件发生以前却是常发的。

像这样的状态，继续了三天。到了昨天晚上，你大约是看得我难受了，所以当我兀兀的坐在床上的时候，你就对我说："你不要急得这样，你就一个人住在上海吧。你但须送我上火车，我与龙儿是可以回去的，你可以不必同我们去。我想明天马上就搭午后的车回浙江去。"

本来今天晚上还有一处请我们夫妇吃饭的地方，但你因为怕我昨晚答应你将你和小孩先送回家的事情要变卦，所以你今天就急急的要走。我一边只觉得对你不起，一边心里不知怎么的又在恨你。所以我当你在那里捡东西的时候，眼睛里涌着两泓清泪，只是默默的讲不出话来。直到送你上车之后，在车座里坐了一会，等车快开了，我才讲了一句："今天天气倒还好。"你知道我的意思，所以把头朝向了那面的车窗，好像在那里探看天气的样子，许久不回过头来。唉唉，你那时若把你那水汪汪的眼睛朝我看一看，我也许会同你马上就痛哭起来的，也许仍复把你留在上海，不使你一个人回去的。也许我就硬的陪你回浙江去的，至少我也许要陪你到杭州。但你终不回转头来，我也不再说第二句话，就站起来走下车了。我在月台上立了一会，故意不对你的玻璃窗看。等车开的时候，我赶上了几步，却对你看了一眼，我见你的眼下左颊上有一条痕迹在那里发光。我眼见得车去远了，月台上的人都跑了出去，我一个人落得最后，慢慢的走出车站来。我不晓得是什么原因，心里只觉得是以后不能与你再见的样子，我心酸极了。啊啊！我这不祥之语，是多讲的。我在外边只希望你和龙儿的身体壮健，你和母亲的感情融洽。我是无论如何，不至投水自沉的，请你安心。你到家之后千万要写信来给我的哩！我不接到你平安到家的信，什么决心也不能下，我是在这里等你的信的。

1923 年 4 月 6 日清明节午后

▪️**佳作点评** ▍▍..

有时，对自己所爱的人说话，就是在对自己的"灵魂"说话。写文章也如是。

本文看上去是作者在向爱人诉说生活琐事，其实却是在向对方坦白内心的隐秘，以及人生的各种际遇。那是一个男人的情感倾诉，从中可以看到其情感柔弱的一面。

平实的叙述，娓娓道来，波澜不惊，却藏着深沉的感情。文章细节饱满，内容结实，给人真实感和冲击力。

爱就是刑罚 ▌▎▁▁ ▁▁ ▃

“这什么时候了，还埋头在案上写什么？快同我到海边去走走罢。”

丈夫尽管写着，没站起来。也没抬头对他妻子行个"注目笑"底礼。妻子跑到身边，要抢掉他手里底笔，他才说："对不起，你自己去罢。船，明天一早就要开，今晚上我得把这几封信赶出来；十点钟还要送到船里底邮箱去。"

“我要人伴着我到海边去。”

“请七姨子陪你去。”

“七妹子说我嫁了，应当和你同行，她和别的同学先去了。我要你同我去。”

“我实在对不起你，今晚不能随你出去。”他们争执了许久，结果还是妻子独自出去。

丈夫低着头忙他底事体，足有四点钟工夫。那时已经十一点了，他没有进去看看那新婚的妻子回来了没有，披起大衣大踏步地出门去。

他回来，还到书房里检点一切，才进入卧房。妻子已先睡了。他们底约法：睡迟底人得亲过先睡者底嘴才许上床。所以这位少年走到床前，依

223

法亲了妻子一下。妻子急用手在唇边来回擦了几下。那意思是表明她不受这个接吻。

丈夫不敢上床呆呆地站在一边。一会，他走到窗前，两手支着下颔，点点底泪滴在窗棂上。他说："我从来没受过这样刑罚！……你底爱，到底在哪里？"

"你说爱我，方才为什么又刑罚我，使我孤零？"妻子说完，随即起来，安慰他说："好人，不要当真，我和你闹玩哪。爱就是刑罚，我们能免掉么？"

▮佳作点评▮▮

类似一篇微型小说，却可以当做散文来读。

文章截取一个生活片段，来反映情感问题。当太太要求丈夫陪她出去走走散心时，却丝毫不顾及正在忙碌的丈夫的感受，结果徒增丈夫对她的反感。这时，他们之间的感情裂痕也就出现了。

在这里，爱不再是理解和包容，而是变成了控制和惩罚。当惩罚降临，爱情也就"畏罪而逃了"。

恋爱不是游戏

□［中国］庐隐

没有在浮沉的人海中翻过筋斗的和尚，不能算善知识；

没有受过恋爱洗礼的人生，不能算真人生。

和尚最大的努力，是否认现世而求未来的槃，但他若不曾了解现世，他又怎能勘破现世，而跳出三界外呢？

而恋爱是人类生活的中心，孟子说："食色，性也。"所谓恋爱正是天赋之本能，如一生不了解恋爱的人，他又何能了解整个的人生？

所以凡事都从学习而知而能，只有恋爱用不着学习，只要到了相当的年龄，碰到合式（适）的机会，他和她便会莫名其妙地恋爱起来。

恋爱人人都会，可是不见得人人都懂，世俗大半以性欲伪充恋爱，以游戏的态度处置恋爱，于是我们时刻可看到因恋爱而不幸的记载。

实在的恋爱绝不是游戏，也绝不是堕落的人生所能体验出其价值的，它具有引人向上的鞭策力，它也具有伟大无私的至上情操，它更是美丽的象征。

在一双男女正纯洁热爱着的时候，他和她内心充实着惊人的力量；他们的灵魂是从万有的束缚中得到了自由，不怕威胁，不为利诱，他们是超越了现实，而创造他们理想的乐园。

不幸物欲充塞的现实世界，这种恋爱的光辉，有如萤火之微弱，而且"恋爱"有时会成为无知男女堕落之阶，使维纳斯不禁深深地叹息："自从世界人群趋向灭亡之途，恋爱变成了游戏，哀哉！"

佳作点评

本文带有较强的"批判色彩"，用言简意赅的文字，鞭挞和批判了那种在生活中把恋爱当做儿戏的人。他们以"游戏"的态度来对待"恋爱"，最终获得的只能是"伪感情"，经不起时间的检验和洗涤。

恋爱应该是严肃的，有尊严的。如是，我们的爱才能"保鲜"。

一片红叶

□ ［中国］石评梅

这是一个凄风苦雨的深夜。

一切都寂静了，只有雨点落在蕉叶上，淅淅沥沥令人听着心碎。这大概是宇宙的心音吧，它在这人静夜深的时候哀哀地泣诉！

窗外缓一阵紧一阵的雨声，听着像战场上金鼓般雄壮，错错落落似鼓枹敲着的迅速，又如风儿吹乱了柳丝般的细雨，只洒湿了几朵含苞未放的黄菊。这时我握着破笔，对着灯光默想，往事的影儿轻轻在我心幕上颤动，我忽然放下破笔，开开抽屉拿出一本红色书皮的日记来，一页一页翻出一片红叶。这是一片鲜艳如玫瑰的红叶，它挟在我这日记本里已经两个月了。往日我为了一种躲避从来不敢看它，因为它是一个灵魂孕育的产儿，同时它又是悲惨命运的纽结。谁能想到薄薄的一片红叶，里面纤织着不可解决的生谜和死谜呢！我已经是泣伏在红叶下的俘虏，但我绝不怨及它，可怜在万千飘落的枫叶里，它衔带了这样不幸的命运。我告诉你们它是怎样来的：

1923 年 10 月 26 的夜里，我翻读着一本《莫愁湖志》，有些倦意，遂躺在沙发上假睡；这时白菊正在案头开着，窗纱透进的清风把花香一阵阵吹在我脸上，我微嗅着这花香不知是沉睡，还是微醉！懒松松的似乎有许多回忆的燕儿，飞掠过心海激动着神思的颤动。我正沉恋着逝去的童年之梦，这梦曾产生了金坚玉洁的友情，不可掠夺的铁志；我想到那轻渺渺像云天飞鸿般的前途时，不自禁的微笑了！睁开眼见菊花都低了头，我忽然担心它们的命运，似乎它们已一步一步走近了坟墓，死神已悄悄张着黑翼在那里接引，我的心充满了莫名的悲绪！

大概已是夜里十点钟，小丫头进来递给我一封信，拆开时是一张白纸，拿到手里从里面飘落下一片红叶。"呵！一片红叶！"我不自禁的喊出来。怔愣了半天，用抖颤的手捡起来一看，上边写着两行字：

满山秋色关不住
一片红叶寄相思

天辛采自西山碧云寺
十月二十四日

平静的心湖，悄悄被夜风吹皱了，一波一浪汹涌着像狂风统治了的大海。我伏在案上静静地想，马上许多的忧愁集在我的眉峰。我真未料到一个平常的相识，竟对我有这样一番不能抑制的热情。只是我对不住他，我不能受他的红叶。为了我的素志我不能承受它，承受了我怎样安慰他；为了我没有一颗心给他，承受了如何忍欺骗他。我即使不为自己设想，但是我怎能不为他设想。因之我陷入如焚的烦闷里。

在这黑暗阴森的夜幕下，窗下蝙蝠飞掠过的声音，更令我觉着战栗！我揭起窗纱见月华满地，斑驳的树影，死卧在地下不动。特别现出宇宙的清冷和幽静。我遂添了一件夹衣，推开门走到院里，迎面一股清风已将我心胸中一切的烦念吹净。无目的走了几圈后，遂坐在茅亭里看月亮，那凄清皎洁的银辉，令我对世界感到了空寂。坐了一会，我回到房里蘸饱了笔，在红叶的反面写了几个字是：

枯萎的花篮不敢承受这鲜红的叶儿。

仍用原来包着的那张白纸包好，写了个信封寄还他。这一朵初开的花蕾，马上让我用手给揉碎了。为了这事他曾感到极度的伤心，但是他并未因我的拒绝而中止。他死之后，我去兰辛那里整理他箱子内的信件，那封信忽然又发现在我眼前！拆开红叶依然，他和我的墨迹都依然在上边，只是中间裂了一道缝，红叶已枯干了。我看见它心中如刀割，虽然我在他生前拒绝了不承受的，在他死后我觉着这一片红叶，就是他生命的象征。上帝允许我的祈求罢！我生前拒绝了他的，我在他死后依然承受他，红叶纵然能去了又来，但是他呢？是永远不能回来了，只剩了这一片志恨千古的红叶，依然无恙的伴着我，当我抖颤的用手捡起他寄给我时的心情，愿永远留在这鲜红的叶里。

◢佳作点评 ▮▮–

一片红叶，引出一个感人而温情的故事。"红叶"在文中是一种象征，象征一种精神，一种爱情。

大凡优秀的作家，都会为自己的文章找到一个切入口，切口越小，装的内容就越多。这篇文章更加证明了这一点。

语言诗性，画面感强，意境优美。

初 恋

□ ［中国］周作人

中国书籍文学馆·精品赏析 温情蜜意

那时我十四岁，她大约是十三岁罢。我跟着祖父的姜宋姨太太寄寓在杭州的花牌楼，间壁住着一家姚姓，她便是那家的女儿。她本姓杨，住在清波门头，大约因为行三，人家都称她作三姑娘。姚家老夫妇没有子女，便认她做干女儿，一个月里有二十多天住在他们家里，宋姨太太和远邻的羊肉店石家的媳妇虽然很说得来，与姚宅的老妇却感情很坏，彼此都不交口，但是三姑娘并不管这些事，仍旧推进门来游嬉。她大抵先到楼上去，同宋姨太太搭讪一回，随后走下楼来，站在我同仆人阮升公用的一张板桌旁边，抱着名叫"三花"的一只大猫，看我映写陆润痒的木刻的字贴。

我不曾和她谈过一句话，也不曾仔细的看过她的面貌与姿态。大约我在那时已经很是近视，但是还有一层缘故，虽然非意识的对于她很是感到亲近，一面却似乎为她的光辉所掩，开不起眼来去端详她了。在此刻回想起来，仿佛是一个尖面庞，乌眼睛，瘦小身材，而且有尖小的脚的少女，并没有什么殊胜的地方，但是在我的性的生活里总是第一个人，使我于自己以外感到对于别人的爱着，引起我没有明了的性之概念的，对于异性的恋慕的第一个人了。

我在那时候当然是"丑小鸭"，自己也是知道的，但是终不以此而减灭我的热情。每逢她抱着猫来看我写字，我便不自觉的振作起来，有了平常所无的努力去映写，感着一种无所希求的迷蒙的喜乐。并不问她是否爱我，或者也还不知道自己是爱着她，总之对于她的存在感到亲近喜悦，并且愿为她有所尽力，这是当时实在的心情，也是她所给我的赐物了。在她是怎样不能知道，自己的情绪大约只是淡淡的一种恋慕，始终没有想到男女关系的问题。有一天晚上，宋姨太太忽然又发表对于姚姓的憎恨，末了说道：

"阿三那小东西，也不是好货，将来总要流落到拱辰桥去做婊子的。"

我不很明白做婊子这些是什么事情，但当时听了心里想道：

"她如果真是流落做了，我必定去救她出来。"

大半年的光阴这样的消费过去了。到了七八月里因为母亲生病，我便离开杭州回家去了。一个月以后，阮升告假回去，顺便到我家里，说起花牌楼的事情，说道：

"杨家的三姑娘患霍乱死了。"

我那时也很觉得不快，想象她的悲惨的死相，但同时却又似乎很是安静，仿佛心里有一块大石头已经放下了。

十一年九月

▎佳作点评 ▎

初恋是美好而令人难忘的，但作者的初恋似乎是苦涩的，辛酸的。文章并未在"初恋"本身上着墨过多，而是把笔力放在"初恋女友"坎坷、多舛的命运的刻画上，这无疑增添了文章的深度。

为文全靠提炼。如果就"初恋"而写"初恋"，那就意义不大了。

无情的多情和多情的无情

□ ［中国］梁遇春

　　情人们常常觉得他俩的恋爱是空前绝后的壮举，跟一切芸芸众生的男欢女爱绝不相同。这恐怕也只是恋爱这场黄金好梦里面的幻影罢。其实通常情侣正同博士论文一样地平淡无奇。为着要得博士而写的论文同为着要结婚而发生的恋爱大概是一样没有内容罢。通常的恋爱约略可以分作两类：无情的多情和多情的无情。

　　一双情侣见面时就倾吐出无限缠绵的话，接吻了无数万次，欢喜得淌下眼泪，分手时依依难舍，回家后不停地吟味过去的欣欢——这是正打得火热的时候。后来时过境迁，两人不得不含着满泡眼泪离散了，彼此各自有个世界，旧的印象逐渐模糊了，新的引诱却不断地现在当前。经过了一段若即若离的时期，终于跟另一爱人又演出旧戏了。此后也许会重演好几次。或者两人始终持当初恋爱的形式，彼此的情却都显出离心力，向外发展，暗把种种盛意搁在另一个人身上了。这般人好像天天都在爱的漩涡里，却没有弄清真是爱哪一个人，他们外表上是多情，处处花草颠连，实在是无情，心里总只是微温的。他们寻找的是自己的享乐，以"自己"为中心，不知不觉间做出许多残酷的事，甚至于后来还去赏鉴一手包办的悲剧，玩弄那种微酸的凄凉情调，拿所谓痛心的事情来解闷消愁。天下有许多的眼泪流下来时有种快感，这般人却顶喜欢尝这个精美的甜味。我们爱上了爱情，为爱情而恋爱，所以一切都可以牺牲，只求始终能尝到爱的滋味而已。他们是拿打牌的精神踱进情场，"玩玩罢"是他们的信条。他们有时也假装诚恳，那无非因为可以更玩得有趣些。他们有时甚至于自己也糊涂了，以为真是以全生命来恋爱，其实他们的下意识是了然的。他们好比上场演戏，虽然兴高采烈时忘了自己，居然觉得真是所扮的角色了，可是心中明知台后有个可以洗去脂粉、脱下戏衫的化妆室。他们拿人生最可贵的东西——爱情来玩弄。跟人生开玩笑，真是聪明得近乎大傻子了。这般人我们无以名之，名之为无情的多情人，也就是洋鬼子所谓 Sentimental 了。

上面这种情侣可以说是走一程花草缤纷的大路，另一种情侣却是探求奇怪瑰丽的胜境，不辞跋涉崎岖长途，缘着悬岩峭壁屏息而行，总是不懈本志，从无限苦辛里得到更纯净的快乐。他们常拿难题来试彼此的挚情，他们有时现出冷酷的颜色。他们觉得心心既相印了，又何必弄出许多虚文呢？他们心里的热情把他们的思想毫发毕露地照出，他们的感情强烈地清晰地有如理智。天下抱定了成仁取义的决心的人干事时总是分寸不乱，行若无事的，这般情人也是神情清爽，绝不慌张的，他们始终是朝一个方向走去，永久抱着同一的深情，他们的目标既是如皎月之高悬，像大山一样稳固，他们的步伐怎么会乱呢？他们已从默默相对无言里深深了解彼此的心曲，他们哪里用得着绝不能明白传达我们的意思的言语呢？他们已经各自在心里矢誓，当然不做无谓的殷勤话儿了。他们把整个人生搁在爱情里，爱存则存，爱亡则亡，他们怎么会拿爱情做人生的装饰品呢？他们自己变为爱情的化身，绝不能再分身跳出圈外来玩味爱情。聪明乖巧的人们也许会嘲笑他们态度太严重了，几十个夏冬急水般的流年何必如是死板板地过去呢；但是他们觉得爱情比人生还重要，可以情死，绝不可为着贪生而断情。他们注全力于精神，所以忽于形迹，所以好似无情，其实深情，真是所谓"多情却似总无情"。我们把这类恋爱叫做多情的无情，也就是洋鬼子所谓 Passionate 了。

但是多情的无情有时渐渐化作无情的无情了。这种人起先因为全借心中白热的情绪，忽略外表，有时却因为外面惯于冷淡，心里也不知不觉地淡然了。人本来是弱者，专靠自己心中的魄力，不知道自己魄力的脆弱，就常因太自信了而反坍台。好比那深信具有坐怀不乱这副本领的人，随便冒险，深入女性的阵里，结果常是冷不防地陷落了。拿宗教来做比喻罢，宗教总是有许多仪式，但是有一般人觉得我们既然虔信不已，又何必这许多无谓的虚文缛节呢，于是就将这道传统的玩意儿一笔勾销，但是精神老是依着自己，外面无所附着，有时就有支持不起之势，信心因此慢慢衰颓了。天下许多无谓的东西所以值得保存。就因为它是无为的，可以做个表现各种情绪的工具。老是扯成满月的弦不久会断了，必定有弛张的时候。睁着眼睛望太阳反见不到太阳，眼睛倒弄晕眩了，必定斜着看才行。老子所谓"无"之为用，也就是在这类地方。

⅃佳作点评 ‖ₗ.

无情的多情和多情的无情，是两种不同的爱情形式。但无论是"无情"，还是"有情"，似乎都不是爱情的常态。"无情"属于冷情，"多情"又属滥情，仿佛秋千的两个极端。

真正的爱情，应该是恰如其分的吧。为其如此，才是爱的真谛。

给红子

□［中国］陈村

红子，给你写信。

很想写封情书，写得情深意长，将自己写得年轻一轮。可惜不行，说不行就不行了，无可通融。

于是，为写不成而悲哀。因为，人是应该经常怀着爱的。无论爱到哪个层次，都是幸福。我不知这写不成的悲哀算不算幸福。不管怎么说，悲哀似乎总比麻木要强。

很想写上一封真正的情书。

细想起来，虽说每年写过几百封信，这辈子要写几千封信，其中竟没有一封是够格的情书。没有醉酒般的倾诉，没有花锦似的语句。听歌听到"你像冲出朝霞的太阳，无比的新鲜，姑娘啊"时，觉得歌词也真不坏，轮到自己，却羞于下笔。似乎在信中也有过"我爱你"一类的词句，说完却急急地岔开，急得像躲避一个陷阱。连自己也觉得奇怪，分明是想投井的，又何以有那样的气短。一个连爱都不彻底的人，不光是没有出息了。

更没有出息的是居然还有悲哀。哀大莫过于心死，莫折腾人于心之死与不死之间。于是觉到了做人的不易，也觉到爱的不纯粹。悲哀者，其实是累赘。即便哀到刻骨铭心，依旧还是"没出息"三字。

爱是动作，不是宣言。无可动作之时，唯有心的沉思默想。滤去了宣言与动作的蛊惑，想念是无辜的，以蚕食自己。

我想，就像写不出一篇真正"虚"的小说一样，我也写不出一封真正的情书。我过于怕说蠢话。不愿一份一份地蠢，于是就整个地蠢了过去。人不总是拿自己有办法的。曾羡慕那些令我生厌的小子们，他们轻松、快活，无负重感。他们没有老盯着自我的那只眼睛。

做人做到气喘吁吁时，便格外想念爱。似乎爱真是港湾，真是绿地，真是伊甸园。当在伊甸园中发现了蛇，心中便哀痛起来。草地并非那么翠绿，港湾也有风波。而锚泊在心中的爱，便无家可归了。

终于，学着在纸上画点什么。似想画出一个梦。只有这时，才悟到茨威格《一个陌生女人的来信》原来也是梦，连同卡门与爱丝美拉达，统统只生活在纸上。

然而，唯有生活才叫人如此悲哀。

爱与悲哀只来自活人。

将亲密、热烈、暧昧、前途、归宿全都交出去，只留下悲哀，留下沉思默想，留下无可丢失的没出息。

没能将你丢失，是我的不幸与大幸。

你看见了，我依旧没能写成情书。既然这不是情书，那它就什么都不是。

我想，这辈子真得好好写封漂亮的情书。否则生活缺一大块，怎么都不像生活过的样子。人不能总显得那么聪明，我自作聪明地写过几百万字，写得蠢笨起来。我想，哪怕是对牛谈"情"，哪怕织成的是一个美丽的谎。

读书读到过列夫·托尔斯泰的晚年出走，他不是出自爱，因此而为他悲哀。他为自己挣得一个自由的死。他值了。

你还小，你还有许多不必自作聪明的机会，你不必出走。你不应该将自己认真地卖了。你得有出息。

　　想你。

⊿佳作点评 ‖‗

　　这是一个长者对后辈的"爱之书",不是谆谆教导,而是以心换心;不是居高临下,而是平等交流。这封"爱之书",是在倾诉爱,也是在教会人如何去爱。

　　爱是日常的,没有惊天动地。它就在一举手一投足之间,在你的一个微笑或一个表情里。

　　爱是无价的。充满爱的文章,宛如阳光一般,照亮人心。

　　给红子,也是给所有人。

玫瑰，与爱情无关

□ ［中国］叶倾城

一生中第一朵玫瑰，与爱情无关。

那是二月的一天，季节犹在春与冬之间徘徊，拥挤不堪的公共汽车里，我好不容易抢到了一个座位，我的身边，站着一个男孩，抱着一束红玫瑰。

他把花束高高地举着，在挨挨挤挤的人头间，力求容身之地。车开得跌跌撞撞，他便一直在摇摇晃晃，有人推他一把，有人瞪他一眼，他就不断向人道：

"对不起。"

看他的年纪应该是学生，他为什么不搭出租车呢？莫非这一束花已经用去了他全部的积蓄？全部的，一点一滴积蓄起来的梦想。

窗外，流过灰蒙蒙的街景，有冷风一阵一阵，从破了的车窗里刮进来。车厢里，全是脸色冷漠、急匆匆上班上学的人。这样的天气这样的城市，实在不是一束玫瑰的安身之处，而那束玫瑰偏偏那么红。

玫瑰灼灼的颜色，映红了男孩稚气的脸，他的神色是焦急的，而当他抬头看看手中的花束，柔情像流水一般掠过他的脸。他想到了什么？

是那个正等待的女孩吗？女孩有没有玫瑰色的面颊，接过玫瑰的时候，又会有怎样闪亮的眼睛？她是不是也像年少时的我，用整个青春来等待爱情？

车陡地一停，男孩一个踉跄，花束撞在铁栏杆上，每一朵花簌簌急摇，他来不及站稳就慌乱地验看，发现它们安然无恙，松一口气。他脸上种种温柔牵痛的神气，让我心中一动，我说："你把花给我，我帮你拿吧。"

他吃了一惊，转头来看我，犹豫了一下，终于把花束交给我。

我双手环抱着玫瑰，尽量地小心翼翼。男孩身体可以站直了，却还是紧张，用背抵挡着整个车厢的压力，目不转睛地盯着花束，身体微微张开，仿佛随时准备扑上来护持。我向他笑笑，示意让他放松，他脸一红，很腼腆的样子。

捧着这一束玫瑰，忽然有一种奇异的感觉，好像它们是送给我的。我不由得想起许多往事，轻轻叹口气，男孩看我一眼，仿佛全明白。

我们仍是两个陌生人，没有前因也没有后果，只有这一刻的默契，却仿佛已经足够了，我们自然而然地组成了一个整体，共同守护着一个完整的初恋故事。

我到站了，站起身，把花束和座位一起给他，欲走，他突然说："等一等。"我转身，一朵红玫瑰，轻轻递到我手中。我不由呆住了："给我？"

他的笑容是羞怯的又是真挚的："今天是情人节，祝你情人节快乐。"

忽然之间，世界变了，我们不再是陌生人，而这样的天气这样的城市变得非常非常之适合这一朵玫瑰。

▎佳作点评 ▎▎

玫瑰不止是用来送给"情人"的，它更应该拿来送给"有情人"。本文通过一个在公交车上送祝福的男孩的故事，来传递人间的美好和温暖。

那个男孩送出的玫瑰，温暖的不是一个人，而是所有人。

在这里，玫瑰成了"爱"的代名词。送玫瑰即是送爱心。正所谓：送人玫瑰，手留余香。

文章善于构思，立意深远，取材精当，以小见大。

我心里只有你的影子

—— 陆小曼致徐志摩的信

□ ［中国］陆小曼

3 月 28 日

一连又是几天不能亲近你了，摩！这日子真有点过不下去了，一天到晚只是忙些无味的酬应，你的信息又听不到，你的信也不来，算来你上工了也有十几天了，也该有信来了，为甚天天拿进来的信我老也见不着你的呢？难道说你真的预备从此不来信了么？也许朋友们的劝慰是有理的。你应该离开我去海外洗一洗脑子，也许可以洗去我这污浊的黑影，使你永远忘记你曾经认识过我。我的投进你的生命中也许是于你不利，也许竟可破坏你的终身的幸福的，我自己也明白，也看得很清，而且我们的爱是不能让社会明了，是不能叫人们原谅的。所以我不该盼你有信来，临行时你我不是约好不通信，不来往，大家试一试能不能彼此相忘的么？在嘴里说的时候，我的心里早就起了反对（不知你心里如何？），口内不管怎样地硬，心里照样还是软绵绵的；那一忽儿的口边硬在半小时内早就跑远了，因此不等到家我就变了主意，我信你也许同我一样，不过今天不知怎样有点信不过你了，难道现在你真想实行那句话了么？难道你才离开我就变了方向了？你若能真的从此不理我倒又是一件事了。本来我昨天就想退出了，大概你在第三封信内可以看见我的意思了，你还是去走那比较容易一点的旧路吧，那一条路你本来已经开辟得快成形了，为什么又半路中断去呢？前面又不是绝对没有希望，你不妨再去走走看，也许可以得到圆满的结果，我这边还是满地的荆棘，就是我二人合力的工作也不知几时才可以达到目的地呢？其中的情形还要你自己再三想想才好。我很愿意你能得着你最初的恋爱，我愿意你快乐，因为你的快乐就和我的一样。我的爱你，并不一定要你回答我，只要你能得到安慰，我心就安慰了，我还是能照样地爱你，并不一定要你知道的。是的，摩！我心里乱极了，这时候我眼里已经没有了我自己，我心里只有你的影子，你的身体，我不要想自身的安全，我只想你能因为爱我而得到一些安慰，那我看着也是乐的。

◢佳作点评 ▏▎▍

陆小曼致徐志摩的信，至今人们念念不忘，他们之间演绎一段爱的经典。"我心里乱极了，这时候我眼里已经没有了我自己，我心里只有你的影子，你的身体，我不要想自身的安全，我只想你能因为爱我而得到一些安慰，那我看着也是乐的。"陆小曼从徐志摩的身上，得到爱的欢乐，这是一首缠绵的情歌。

如果我是你 ▌▍▍▭ ▗ ▁ ▖

三毛女士：

我今年29岁，未婚，是一家报关行最低层的办事员，常常在我下班后，回到租来的斗室里，面对物质和精神相当贫乏的人生，觉得活着的价值，十分……。对不起，我黯淡的心情，无法用文字来表达。我很自卑，请你告诉我，生命最终的目的何在？

以我如此卑微的人（我的容貌太平凡了），工作能力也有限，说不出有什么特别的兴趣。也从来没有异性对我感兴趣。

我真羡慕你，恨不得能够活得像你，可惜我不能，请你多写书给我看，丰富我的生命，不然，真不知活着还有什么快乐？

敬祝

春安

一个不快乐的女孩子

不快乐的女孩：

从你短短的自我介绍中，看来十分惊心，二十九岁正当年轻，居然一连串的用了——最低层、贫、黯淡、自卑、平凡、卑微、能力有限这许多不正确的定义来形容自己。

以我个人的经验来说，我也反复思索过许多次，生命的意义和最终目的到底是什么，目前我的答案却只有一个，很简单的一个，便是"寻求真正的自由"，然后享受生命。

不快乐的女孩，你的心灵并不自由，对不对？当然，我也没有做到绝对的超越，可是如你信中所写的那些字句，我已不再用在自己身上了，虽然我们比较起来还是差不多的。

如果我是你，第一步要做的事是加重对自我的期许与看重，将信中那一串串自卑的字句从生命中一把扫除，再也不轻看自己。

你有一个正当的职业，租得起一间房间，容貌不差，懂得在上下班之余更进一步探索生命的意义，这都是很优美的事情，为何觉得自己卑微呢？你觉得卑微是因为没有用自己的主观眼光观看自己，而用了社会一般的功利主义的眼光，这是十分遗憾的。

一个不欣赏自己的人，是难以快乐的。

当然，由你的来信中，很容易想见你部分的心情，你表达的能力并不弱，由你的文字中，明明白白可以看见一个都市单身女子对于生命的无可奈何与悲哀，这种无可奈何，并不浮浅，是值得看重的。

很实际的来说，不谈空幻的方法，如果我住在你所谓的"斗室"里，如果是我，第一件会做的事情就是布置我的房间。我会将房间刷成明朗的白色，在窗上做上一幅美丽的窗帘，在床头放一个普通的小收音机，在墙角做一个书架，给灯泡换一个温暖而温馨的灯罩、然后去花市仔细地挑几盆看了悦目的盆景放在房间的窗口。如果仍有余钱，我会去买几张名画的复制品——海报似的那种，将它挂在墙上……这么弄一下，以我的估价，是不会超过四千台币的，当然，除了那架收音机以外，一切自己动手做，就省去了工匠费用，而且生活会有趣得多。

房间布置得美丽，是享受生命改变心情的第一步，在我来说，它不再是斗室了。然后，当我发薪水的时候——如果我是你，我要用极少的钱给自己买一件美丽又实用的衣服。如果我觉得心情不够开朗，我很可能去一家美发店，花一百台币修剪一下终年不变的发型，换一个样子，给自己耳目一新的快乐。我会在又发薪水的下一个月，为自己挑几样淡色的化妆品，或者再买一双新鞋。

当然，薪水仍然是每个月会领的，下班后也有四五个小时的空闲，那时候，我可能去青年会报名学学语文、插花或者其他感兴趣的课程，不要有压力的每周夜间上两次课，是改换环境又充实自己的另一个方式。

你看，如果我是你，我慢慢地在变了。

我去上上课，也许能交到一些朋友，我的小房间既然那么美丽，那么也许偶尔可以请朋友来坐坐，谈谈各自的生活或梦想。

慢慢的，我不再那么自卑了，我勇敢接触善良而有品德的人群（这种人在社会上仍有许多许多），我会发觉，原来大家都很平凡——可是优美，正如自己一样。我更会发现，原来一个美丽的生活，并不需要太多的金钱便可以达到，我也不再计较异性对我感不感兴趣，因为我自己的生活一点一点地丰富起来，自得其乐都来不及，还想那么多吗？

如果我是你，我会不再等三毛出新书，我自己写札记，写给自己欣赏，我慢慢地会发觉，我自己写的东西也有风格和趣味，我真是一个可爱的女人。

不快乐的女孩子，请你要行动呀！不要依赖他人给你快乐。你先去将房间布置起来，勉强自己去做，会发觉事情没有你想象的那么难，而且，兴趣是可以寻求的，东试试西试试，只要心中认定喜欢的，便去培养它，成为下班之后的消遣。

可是，我仍觉得，在这个世界上，最深的快乐，是帮助他人，而不只是在自我的世界里享受——当然，享受自我的生命也是很重要的，你先将自己假想为他人，帮助自己建立起信心，下决心改变一下目前的生活方式，把自己弄得活泼起来，不要任凭生命再做赔本的流逝和伤感，起码你得试一下，尽力的去试一下，好不好？

享受生命的方法很多很多，问题是你一定要有行动，空想是不行的。下次给我写信的时候，署名"快乐的女孩"，将那个"不"字删掉好吗？

你的朋友三毛上

▮佳作点评 ▮▮▮

这是三毛写给一个女孩的复信。文笔朴实、不加掩饰，仿佛是一个姐姐在给自己的妹妹谈心。这样的文字是感人的，真诚的。

文章后面作者把自己假设成来信的女孩，设身处地为对方着想，以解答女孩所面临的种种人生困惑。

这样的写法，比直接告诉对方该怎样怎样更具说服力，充满了人性的温暖。

如果每个写文章的人，都把自己的"心"掏给读者，那么，他所写出的文章一定不会太差。

爱我更多 ||₁₁▬ ▪▪ ▬

□［中国台湾］张晓风

爱我更多，好吗？唯有在爱里，我才知道自己的名字，知道自己的位置，并且惊喜地发现自身的存在。所有的石头就是石头，漠漠然冥顽不化，只有吸受日月精华的那一块会猛烈爆烈，跃出一番欢快欣悦的生命。

爱我更多，好吗？人生一世如果是日中的赶集，则我的行囊空空，不是因为我没有财富而是因为我手中的财富太大，它是一块完整而不容切割的金子，我反而无法用它去购置零星的小件，我只能孤注一掷地来购置一份深情。爱我更多，好让我行囊满涨而沉重，好吗？

爱我更多，好吗？因为生命是如此仓促，但如果你肯对我怔怔凝视，则我便是上演戏的舞台，在声光中有高潮的演出，在掌声中能从容优雅地谢幕。

我原来没有权利要求你更多的爱，更多的激情，但是你自己把这个权利给了我，你开始爱我，你授我以柄，我才能如此放肆如此任性地来要求更多。能在我怀中注入更多的醇醪吗？肯为我炉火添加更多的柴薪否？我是饕餮的，我是贪得无厌的，我要整个春天的花香，整个海洋的月光，可以吗？

别做情感的奴隶

247

渴望得到爱，是因为缺少爱吗？还是为了体验被爱的"幸福"呢？

本文写爱，与其他写法不同。不是写自己付出的爱，而是渴望得到别人对自己的爱。这一"反其道而行之"的写法，别具匠心，让人耳目一新。

三段排比是为最后一段铺垫，而尾段的连续反问，却又恰好与前面三段形成照应。这是一种手法和技巧。

浪漫的意义 ‖ıı▂▁ ▁ ▁

□［美国］葛瑞

　　如果你身边的男人让你感到他关心你，他了解你的感受，他投你所好，他乐意为你效劳，他会时时伴你身边，那多半是他向你大献殷勤的结果。男人这么做可以直接满足女人对浪漫的需求。如果男人主动对女人表示心意，她会觉得深受宠爱。不过他若忘了做这些事情，聪明的女人会用一把包上海绵的软锤，轻柔地不断地敲响他的警钟。

　　男人感受爱的方式不同于女人。他觉得被爱是因为她一再让他知道，他使她感到非常满足。她心情愉悦就会让他有被爱的感觉，即使她只是觉得阳光很暖，他也会觉得自己有功劳。女人的满足就是男人的幸福之所在。

　　女人因得到象征爱情的玫瑰花和巧克力感到浪漫，而男人则因为女人感到浪漫才燃起浪漫之情。男人小小的殷勤换得女人无限的感激，这就是浪漫之源。几乎所有浪漫基石，都由男人铺垫，而女人乐坐其上。女人并不知道男人最需要的爱，就是让他觉得自己满足了配偶。

　　当他看到她捧着他送给的礼物绽放笑容时，他就感受到了爱；若他能为她做某件事，爱就会进入他心中。爱一个男人最重要的技巧，就是关心他做对了哪些事，然后向他表示欣赏或感激；最大的错误则是只看到他的不足。

佳作点评

浪漫是分形式的，因为男人和女人营造和感受浪漫的方式不同。因此，浪漫也就具有了丰富性和多样性。

但不管是男人还是女人，唯有懂得欣赏对方，爱情的浪漫才能像松柏一样四季常青，而不会像昙花那样，短暂的怒放之后，便是永久的凋零。

情爱理想

□〔美国〕威廉·詹姆斯

在任何一个春心萌动的青年心中，他所爱恋的情人都是完美无瑕的碧玉，而我们这些感觉迟钝的旁观者对她发出的魅力却心如冰石。谁的观点更接近绝对真理？是那位青年，还是我们？事实上，对于那位情人实际存在的价值，谁更有评价的资格呢？是那位痴情青年太过于疯狂，还是我们这些心理学上的神智不清者对情人奇妙的重要意义估计不足？答案当然是后者无疑，在青年男子面前所呈现的价值当然更为高贵。

在丰富的心灵感受中，情人占据的自然只是弹丸之地，也是不太值得人们产生兴趣的。而且，我们中除青年男子之外的其他人，也不可能像青年男子那样不好意思。因为青年真切地意识到了情人的存在，而我们却没有。他竭力追求与她的内在生活结成一种统一，因此他尽量以男子汉的心情将她的感情神圣化，尽力去预期她的各种欲望，理解她的各种局限。但是他的努力是不见成效的，他同样处于一种彷徨之中，甚至在此时此刻也是如此。当我们无动于衷时，我们甚至不会去追求这些东西，但我们却很泰然，仿佛我们面前正存在着的被称之为情人的外在事实并不存在似的。但是，这位情人了解她自己的内在生活，明白那位翩翩少年的谈话方式——这一点至关重要——是真诚而严肃的求爱方式，因此她也会真诚而严肃地谈论他并对他做出真诚的反应。

也许这些少男少女之事在远古时代还未成难题。我们每个人能否设身处地？难道没有人愿意了解我们的真实存在吗？换一句话说，难道没有人愿意对我们的洞见做出感知性的回应吗？我们所有的人都应当以这种强烈的、富于同感的和重要的方式相互意识。

倘若你们认为这一说法荒谬，我们无法同时爱上每一个人，那么我只想对你指出，事实上，某些人的存在具有一种巨大的建立人际友谊的能力和乐于谈论别人生活的能力。而更重要的一点是假使他们能够保持心胸博大，那他们无疑会获取更多的知识。日常生活中少男少女的情爱纠葛，不是因为其情爱过于强烈，而是因为这种情爱的排他性和嫉妒心的结果。你们现在应该清楚我在你们面前所确立的这种情爱理想决不包含任何内在价值意义上的荒谬因素，虽然这种情爱理想在我们看来是多么的不足信。

▎佳作点评 ▎

情爱是弥足珍贵的。唯其珍贵，故只有那些具有丰富心灵的人才能领悟的到。

而情爱又是严肃的，伪装和虚假的人自是无缘领受得到，只有那些在内心深处将"情爱"视为圣洁的人，才有感知情爱的资格和能力。

这是一种情爱理想。

有理想就一定有追求理想的人。甚至，有的人甘愿为这种"理想"献身。尽管，你为理想付出了艰辛的努力，却未必能够实现。

至少，这种追求的过程，也是值得珍藏并铭记的。

爱的使命 ▌▍▁_ ▁▁ ▁

□ ［俄国］列夫·托尔斯泰

那种被称作关于幸福的学说，即真理的学说向人们揭示：代替人们为动物性肉体目的所追求的虚假幸福，人们可以不是在某时某地，而是在现在就能获得永久的幸福，它是人们不可剥夺的、现实的幸福，是他们能达到的幸福。

这种幸福不是推理的产物，不是要在某地寻找的东西，不是在某时某地才具有实现希望的幸福。它是人们最熟知的幸福，是每一个没有腐化的灵魂都在向往着的幸福。

所有人，从童年时代就知道，在动物性躯体的幸福之外，还有一种最好的生命的幸福，它完全不依靠动物性躯体的肉欲满足，恰恰相反，它越是远离动物性躯体的幸福，它就越强大。这种感情，这种解决了人类生命所有矛盾的、并给人以最大幸福的感情，是人人都知道的。这种感情就是爱。生命是服从于理智规律的动物性躯体的活动，理智就是动物性躯体为了自己的幸福所应当服从的规律，而爱是人类唯一有价值的理性活动。

动物性躯体向往幸福，理性向它指出动物性躯体幸福的欺骗性，并指出另一条幸福道路，在这条路上的活动就是爱。

动物性躯体渴望着幸福，而理性意识告诫人们所有相互争斗着的生存物所陷入的深深痛苦，告诫人们，人的动物性躯体的幸福不可能存在，告诫人们所能实现的应是这样的唯一幸福，其中不存在任何同别的存在物的斗争。既不能中断这种幸福，也不会对它感到厌倦，这种幸福决无死亡的预兆和恐惧。

人们在自己的心灵中找到的这种感情，它正是打开这把大锁的唯一钥匙，它给予人真正的幸福，即人的理性向人揭示出来的、唯一可能实现的幸福。这种感情不仅解决了从前生命的矛盾，而且它似乎正是在这种矛盾中找到了展现自己的可能性。

动物性躯体为了自己的目的而想利用人，而爱的感情却引导他为了别人的利益献出自己的生命。

动物性躯体深深痛苦着，而爱的活动正是把减轻这种痛苦作为自己的目标。动物性的躯体渴望着幸福，其实它的每一下呼吸都在奔向最大的恶——死亡，它一出现，所有躯体的幸福就会毁灭。而爱的感情不仅会消除这种恐惧，还使人们向往着为了别人的幸福而最终牺牲自己的肉体生命。

◢佳作点评 ▐◣...

幸福是一种感觉，幸福是一种心理感受。

人人都在生活中追求幸福，可往往很多人都把幸福定义为"肉体性的享受"。然而，真正的幸福，不是"动物性"的，而是"精神性"。只有精神性的幸福，才能使人感受到幸福的尊严。

而爱，无疑是使幸福从"动物性"升华为"精神性"的根本。

玫 瑰

□〔俄国〕屠格涅夫

八月底的最后几天……秋意已经袭来。

太阳落山了。突然一阵暴雨，没有雷声，也没有闪电，刚刚洒过我们广袤的原野。

房前的花园燃烧着、蒸腾着，全都沐浴在晚霞的火焰里，浸泡在雨后的水泽之中。

她坐在客厅里一张桌子旁边，透过半开的房门，痴呆呆地凝视着花园。

我知道这时她内心里在想什么。我知道在短暂的，甚至是痛苦的斗争之后，就在这一瞬间，她已陷入一种再也不能抑制的感情之中。

突然她站起身子，迅速走进花园，身影消失了。

一小时过去了……两小时过去了，她还没有回来。

于是我站起来，走出屋子，沿着林阴路走去。我确信，她也是沿着这条路走过去的。

周围的一切黑下来了。夜幕已经降临。但在小路潮湿的砂地上，穿过弥漫的黑暗，有个圆圆的东西在发出鲜亮的红光。

我俯下身子……那是一朵娇嫩欲滴、绽放不久的玫瑰。两小时前，我还看见这一朵玫瑰花佩戴在她的胸前。

我小心翼翼地捡起掉在泥地上的小花，回到客厅，把它放在她坐椅前的桌子上。

瞧，她终于回来了，迈着轻盈的步子，走过整个房间，在桌旁坐下。

她的脸既苍白又激动。被睫毛遮住、仿佛变小了的眼睛，快乐而羞涩地朝左右一瞥。

她瞥见了玫瑰，拿起它来，看一眼它那被揉皱、被弄脏的花瓣，看一眼我——她的眼睛突然停住，闪烁起泪花。

"您哭什么？"我问道。

"呵，我哭的是这朵玫瑰。瞧，它变成了这个样子。"

于是我想出一个警句。

"您的眼泪，会把这脏污洗净。"我意味深长地说。

"眼泪不能洗涤，眼泪能燃烧。"她答了一句，转身面向壁炉，把小花扔进快要熄灭的火焰里。

"火焰会比眼泪烧得更好。"她不无勇气地慨叹。那对还噙着泪花的、秀美的眼睛，大胆地、幸福地笑了。

我明白，她也在燃烧。

▮佳作点评 ▌▖▖

本文看似写玫瑰，毋宁说是写怜惜玫瑰的人。

其实，"她"也是玫瑰。这是两朵玫瑰在惺惺相惜。只有富有同情和善良的心，才会如此疼爱一朵凋零的花朵。也只有如此柔软如水的心，才配上这朵惹人怜爱的玫瑰。

文章立意深刻，表现新颖，文末富含寓意，一语双关。

你的西蒙娜就这样朝夕同你相处

——茨维塔耶娃致帕斯捷尔纳克的信

你好，鲍里斯！早晨6点钟，风一直在吹，在刮。我刚顺着林荫路到井边打水（两种不同的欢乐——空桶、满桶）并且顶着风的全身心向你问好。在井边（水桶已经满满的）又一个括号：人们还都在睡觉——我停下来，迎着你抬起了头。我就这样朝夕同你相处，在你心里起床，在你心里入睡。

是的，你不知道，我有几行诗献给你，在《山》的创作的最紧张时刻写的（《终结之歌》）是一码事。只是《山》早一点——是男性的面貌，从一开始就是热恋，一下子便进入最高的音调，而《终结之歌》已经是突然爆发的女性的痛苦，迸发的泪水，是睡梦中的我，——不是起床后的我，《山之歌》是从另一座山上看得见的山。《终结之歌》是压在我身上的一座山。我在它下面。是的，是献给你的深深地爱恋的诗，有几行还没写完，是在我心中对你的呼唤，是在我心中对我的呼唤。

西徐亚人爱好对着射击

别做情感的奴隶

257

鞭笞派教徒喜欢赞美基督的舞蹈,

——大海啊——我像蓝天一样敢跳进你的里面

犹如听到每一句诗——

听到神秘的口哨,

我便停在路边,

我心情紧张不安。

每一行里都有停顿!

每一个句点里都有珍宝。

——眸子啊——我像光线一样分层射入你的里面

我活跃兴奋。

按着吉它的音调,

我用思念把自己重调一番,

我重新加以改变。

这是片断。整首诗由于还有两处空着没填好不能寄给你。若是高兴——这首诗就会写完的,这一首,还有其他几首。是的,你有没有下面这三首诗:1924年夏天,两年前,我从捷克寄给你的《两个》:海伦——阿喀琉斯——/ 是不和谐的一对";"我们——终于就这样错过";"我知道——只有你 / 一个人与我 / 匹敌共存"。

别忘记复信。然后我寄给你。

鲍里斯,里尔克有一个成年的女儿,出嫁了,住在萨克森的一个地方,还有一个外孙女克里斯蒂娜,两岁。他很小的时候便结婚了,两年——在捷克——就吵翻了。鲍里斯,接下去是可憎(我的):我的诗他读起来很费力,虽然早在十年以前,他不查词典便可以阅读冈察洛夫的作品(阿利娅听我说了这件事,便立刻说:"我知道,我知道,是奥勃洛摩夫的早晨，那里还有一座被毁坏的长廊"）。冈察洛夫——神秘莫测，是吗？这一点我也感觉到了。如果是远古时代的——很美好，如果是奥勃洛摩夫——那就非常之差了。是里尔克的（第二格，如果愿意也可以是被里尔克）改造过的奥勃洛摩夫。多么大的奢靡呀！在这一点上我一下子就看出了他是一个外国人，也就是说，我是一个俄罗斯人，而他是一个德国人！有损尊严。有一种有某种固定的（虽然低廉，但正是由于低廉而固定的）价值的世界，于这个世界，里尔克他无论通过任何一种语言都不应当知道。冈察洛夫（在日常生活上与他相对，就某种四分之一世纪的俄罗斯文学史的意义来讲，我什么都没有写）从里尔克的口中完全消失了。应当更仁慈一些。

（无论是关于他的女儿，还是关于他的外孙女，以及关于冈察洛夫——对任何人都没讲过。双重的忌妒我一个人就够了。）

还有什么要说的，鲍里斯！信纸用完了，一天开始了。我刚从集市回来，今天村子里过节——第一批沙丁鱼！不是小沙丁鱼——因为不是罐头装的，而是网里的。

你知道吗，鲍里斯，我已经开始对大海感兴趣了，是出于某种愚蠢的好奇心——想要确认一下自己是不是无能为力。

拥抱你的脑袋——我仿佛觉得它是如此硕大——根据它里边容纳的东西——我在拥抱整座大山，——乌拉尔！"乌拉尔宝石"——又是来自童年时代的声音！（母亲和父亲一起前往乌拉尔去为博物馆采集大理石。家庭女教师说，夜里老鼠咬了她的脚。塔鲁萨。鞭笞派教徒。五岁。）乌拉尔矿石，（密林）还有加拉赫伯爵的（库兹涅茨克的）水晶——这就是我的整个童年。

把它给你——镶满了黄玉和水晶。

夏天你到哪儿去？阿谢耶夫康复了吗？你可别病了。

好了，还有什么要说的呢？

——完了！——

你发现了吗，我把自己零零碎碎地献给了你？

1926 年 5 月 26 日

▁▍佳作点评 ▍▍_

　　茨维塔耶娃和帕斯捷尔纳克的书信，是爱情的典范，但他们天各一方，这种柏拉图式的精神恋爱，是最痛苦的，最折磨人的。

　　在远方，独自给爱人写信，倾述内心的苦闷，这是人生路上的搀扶，是对美好未来的渴望。

求偶飞行

□〔苏联〕普里什文

在这本该是山鹬求偶飞行的时日里，一切如平常般美好。但是山鹬却无踪迹可寻。我沉浸在回忆之中。山鹬没有飞来，而在那遥远的过去没有来的却是她。她是爱我的，但是她觉得我对她的激情是无法用爱来报答的，所以她没有来。我也从此脱离了这"求偶飞行"，永远不再见到她了。

此刻是如此美妙的黄昏，百鸟争鸣，万籁俱在，唯独山鹬不曾飞来。两股水流在小河中相遇，发出撞击声，随即又归于沉寂。河水依旧沿着春天的草原缓缓地流动。

后来我发觉自己陷入沉思：由于她没有来，我一生的幸福却降临了。原来她的形象，随着岁月的流逝已经逐渐消失了，但留在我心中的感情，使我永远去寻找她的形象，却又总是找不到——尽管普天下的万象都是我关注的焦点。于是，普天下的一切，都像是人的面孔似的映现在她一个人的面孔上，而这副宽阔无边的面孔的姿容就足够我一辈子欣赏不尽，而且每逢春天总有一些新的美色映入我的眼帘。我是幸福的，唯一觉得美中不足之处是没有让大家都像我一样幸福。

我的文学生涯就是我自己的生命，这是我的文学生涯常胜不衰的原因。我觉得任何人都能够做到像我一样：且试着吧，忘掉你在情场上的失意，把感情移注到字里行间，你一定会受到读者的喜爱的。

此刻我还在想：幸福完全不依赖于她之来或不来，幸福仅仅依赖于爱情，依赖于有没有爱情；爱情本身就是幸福，而这爱情是和"才情"分不开的。就这样，我一直想到了天黑。我突然明白了：山鹬再也不会来了。我的心像刀割一样刺痛。我低声自语道："猎人啊猎人，那时候你为什么不手下留情，把她留住呢？"

▎佳作点评 ▏▍▁

普里什文是个自然主义者，一生与大自然为伍。本文从对一只山鹬的感情写起，热爱之情流于笔端。加之黄昏各种景物的衬托，越显静谧与温暖。

后来，由于山鹬被猎人捕杀，作者再未与这只山鹬相遇，便长久陷入怀念和忧思之中。

结尾点题，画龙点睛，一句反问，恰是一个惊雷！

别做情感的奴隶

□ ［英国］大卫·休谟

感情过于细腻敏感的人，很容易受偶然事件的左右，每个成功或顺利的事件都使他兴高采烈，而一旦处于逆境或遭到不幸时就垂头丧气，沉溺于强烈的悲伤之中。给他一些恩惠和提拔，就会使他感激涕零；而稍微伤害了他一点，就会招致他的愤怒和怨恨。得到点尊重和夸奖，他会忘乎所以；略受轻蔑，他就会悲观失望。

不可否认，这样的较有沉稳性格的人有着更多的兴奋和快乐，但自然也有更多的刺骨的忧愁。但是如要权衡一下事情的轻重，我想，如果一个人能完全主宰他自己的气质，就一定宁愿具有沉稳的品格。因为命运的好坏，不是我们自己可以随意支配的。再者说在生活中欢乐的事并不见得比痛苦的事多，这样，敏感的人能尝到欢乐的机会就不一定少于尝到痛苦折磨的机会。这样的人在生活中是很容易不检点、不谨慎的，也就很容易犯错误，而这些错误常常是无可挽回的。

虽然我们不能主宰生活中欢乐的事或痛苦的事，但是我们可以很好地选择我们自己所读的书籍、所参与的娱乐活动、所保持的友情关系。

完美无缺的境界是达不到的，不过每个有智慧的人总把自己的幸福建立在自己的努力上。对于全靠其他条件才能获得的幸福，如情感敏锐精细的人所追求的那些东西，他不去追求。

▎佳作点评 ▎

别做情感的奴隶，就要求你能正确认识自己，以理智的情感去处理生活中遇到的各种困难和磨难，不以物喜，不以己悲。

心态平和了，感情也就能受自我控制。能够调节自己情感的人，自然也能做生活的主人。

别做情感的奴隶，即别做自己的奴隶。

致爱兰·黛丽的情书 ▌▍▃▂ ▁▁ ▃▂

□［英国］萧伯纳

一

的确如此，假如我愿意的话，我要把你送给我的一些照片送给人家。

啊，为什么，为什么，你为什么送我那张拍摄你的背影的照片呢？你做我的好安琪儿觉得不满意吗？你要每天做我的安琪儿吗？（写不出"坏安琪儿"这几个字来，因为我不相信有这种东西。）那些拍摄到你的眼睛的照片真是妙极了，真像天上的星星。可是，当你把灵魂和智慧之光完全转到别处而不朝向我的时候；当我只看见你那么美丽的面颊的轮廓和脖子的下部的时候，你使我产生了一种宏愿不能实现的失望和悲哀——呵，小淘气，你总有一天会使天堂和我距离太远，然后——记住，这些话如果不用坦坦白白、直截了当的方式说出来，我将会苦恼不堪。

我，萧伯纳，今日看见爱兰·黛丽小姐之玉照，觉得我的全部神经都在震动，觉得我的心弦给最强烈的情感所激动，极想把这位小姐拥抱在我的双臂中，并证明在精神上、智能上、身体上，在一切空间、一切时间和一切环境中，我对她的尊敬永远是完全充分的尊敬。

空口无凭，立此为据。

今天晚上朗读的剧本完全失败了。这个剧本一点用处也没有，我寻找黄金，可结果得到的却是枯叶。我一定要试了再试，试了再试，试了再试。我常常说，我只有在写完二十个坏剧本之后才写得出一个好剧本。然而这第七个剧本令我大吃一惊，是幽灵鬼怪的东西。我整个晚上都很快活，可是我已经死了。我读不出来，反正又没有什么值得一读的东西。你所谓家庭的温暖舒适乃是指你的家庭的温暖舒适。只要你去掉了我身上的重担，我就可以像小孩那样熟睡了。不，我永远不会有一个家。可是，请你不必大惊小怪，贝多芬不是也不曾有过一个家吗？

不，我没有勇气，过去和现在我都是胆小如鼠的。这是确确实实的话。

她要到星期二才能回来。她并不真心爱我。老实说，她是个聪明的女人。她晓得她那种无牵无挂的独立生活的价值，因为她曾经在家庭束缚中和传统习俗中受苦；一直到她的母亲逝世、姊妹出嫁的时候她才获得了自由。在她尚未熟识世故的时候——在她尚未尽量利用自由和金钱的权力的时候——她觉得她不应该结婚。这个时候结婚便无异作茧自缚，傻不可信。根据她的理论她是不愿意结婚的。她几年前在某地碰见一个失恋的伤心男子，双方热恋起来（她是非常多愁善感的），后来她偶然读到我的《易卜生主义的精华》，自以为是在此书中找到了福音、自由、解放、自尊以及其他的东西，才开始和那个男子疏远了。过了不久，她遇见那篇论文的作者了，这个作者——你知道——在通信方面是不会令人感到十分讨厌的。同时，他也是骑自行车旅行的好伴侣，尤其是在乡间住宅找不到其他伴侣的时候。她渐渐喜欢我，可是她并没有对我搔首弄姿，假献殷勤，也没有忸忸怩怩，装作不喜欢我。我渐渐喜欢上她了，因为她在乡间使我得到安慰。你把我的心弄得那么温暖，使我对无论什么人都喜欢。她是最接近我的女人，也是最好的女人，情况便是这样。你这聪明人对此有何高见？

二

呵，终于接到你的几行书了，啊，不忠的、无信的、妒忌的、刻薄的、卖弄风情的爱兰啊，你把我推进深渊，然后因为我掉下深渊而抛弃我。

你的忠告真是非常坦白而中肯。你叫我虔虔诚诚地静坐着，觉得一切都很美好，什么事也不要做。当我读到你那用漂亮的大号印刷体的字写出的训诫时，我禁不住像狮子那样地跳跃起来。啊哈，大慈大悲的爱兰啊，难道你真是一个被男人离弃了的女人，双臂既不萎缩，经验又极丰富，坐在隐僻之处纯真地克制自己吗？

我像一阵旋风那样，猝然飞上巴黎，又飞回来；亲爱的爱兰啊，现在她是个自由的女人，这次的事情并没有使她付出半个铜板的代价；她以为自己是堕入情网了，可是她心里知道她不过是领到一张药方。后来当她看见她的情人在讥笑她，推测她的心理并且承认他自己只是一瓶医治神经的药品而欣然离开时，她感到宽慰了。

除了对聪明的爱兰有用处之外，我对其他女人还有什么用处呢？在见识方面只有爱兰可以和我匹敌，也只有她知道怎样用世界上最神圣的东西——未满足的欲望——作为护身符。

再会——邮车快要开了，今天晚上非把这封信寄出不可。

呵，我现在生龙活虎，精神焕发，活跃而清醒，这完全是你的灵感所赐。

你现在还有什么话好说呢？

哈！哈！哈！哈！！！以嘲弄对待一切错觉，给我亲爱的爱兰的只有温存。

三

不能，我的确不能随心所欲地写信给你，如果什么时候想写就写，我哪里还有功夫赚钱过活？

我从前用那本漂亮的浅蓝色透明信纸写信给你，可是现在我不知道把它放在哪里，所以只得改用这种讨厌的信纸了。坐在安乐椅上用一张张零散的纸写信是非常困难的。

不，我的膝盖的伤势并不太严重，只是不能照常活动罢了。等那块软骨跟其他部分的骨肉结合起来之后，我便可以安然无恙了。

在这个世界上，你必须首先知道所有的见解，然后选择一个，并且始终拥护它。你的见解对不对，那你可以不必考虑——北方是不会比南方更正确或更错误的——最重要的是那个见解确确实实是你自己的，而不是人家的；你要用尽全力去拥护你的见解。而且，不要停滞不前。人生是不断地在变化的，第一个阶段的终点便是第二阶段的起点。剧院跟舞台和报纸一样，就是我的撞城槌，所以我要把它拖曳到前线去。我的嬉笑怒骂只是我较大的计划的一部分，这个计划比你想像中的计划还要大。例如，莎士比亚在我看来乃是巴士底狱的一个城楼，结果非给我撞毁不可。不要理睬你那些孩子们的家庭，不敲破鸡蛋蛋卷是煎不成的。我痛恨家庭。

快要六点钟了，我得赶快把这封信寄出。

再会。

四

亨利·欧文真的说你在和我发生恋爱吗？由于他说出这句话来，愿他一切罪孽得到上帝的赦免！我要再到兰心剧院去看戏，然后写一篇文章，证明他是空前绝后扮演《理查三世》的最伟大的演员。他说他不相信我们俩从未见过面，这一点也使我大受感动。有感情的人没有一个会相信这样残忍无情——指恋人不见面——的事情的。

我所提到的那一段文章，可是我看到另一段文章，里面描写你看过意大利著名演员杜扎演《茶花女》之后，怎样冲上舞台，倒入她的怀抱中啜泣。可是，你虽然读过我的剧本——比杜扎伟大得多的成就——却没有冲到我这里来，倒在我的怀抱中啜泣。啊，那没有关系，因为你现在已经恢复健康了。你熟睡吧，因为当你清醒时，你总是先想到一切别的东西和一切别的人，然后才想到我——啊，我发觉这一点时感到非常激动。没有地方再容纳另一个人了。

五

这是萧伯纳前往标准剧院观看英国戏剧家亨利·阿瑟·琼斯的剧本《医生》第一晚演出后所写，当时爱兰·黛丽扮演该剧主角。

永远是我的，最亲爱的——我今天晚上不能走得更靠近你了（即使你要我走得更靠近你，那也是办不到的——你说你要我走得更靠近你吧——啊，说，说，说，说你要我走得更靠近你吧），因为如果我走得更靠近你，我是会受感情的驱使，按照心中的感受去看你，去和你说话的；而在那么许多不十分圣洁的观众的耳目之前，你是不会喜欢我做出这种举动的。当时我有一两次几乎从座位上站起来，请全体观众离开剧场几分钟，好让我破题儿第一遭抚摸着你的纤手。

我看见了那出戏——啊，不错，一丝一毫都看在眼底。我没有看你的必要，因为你的存在已经使我整个心房感到万分紧张了。

亲爱的爱兰，你想一想吧，即使你把那个恶毒的、残酷的、印第安人般野蛮的、丑陋的、可笑的羽毛饰物插在你的神圣的头发间来警告我，说你完全没有心肝，我对你的感情还是这个样子，只要你——啊，胡说八道！晚安，晚安。我是个傻瓜。

六

没有病！有一千种病。我永远看不见我的爱兰；我难得接到我的爱兰的消息；当她写信给我的时候，她不把信付邮。无论如何，她责骂我不答复一些我从未收到的信，她责骂我不做一些她从未叫我做的事。这就是九百九十九种病；还有一种病就是我必须准备出版我那个剧本，又必须写《星期六评论》每周的稿子。第一篇刚脱稿，便得开始写第二篇，又必须参加费边社的两个委员会，每周各举行会议一次，现在又必须参加教区的两个委员会，又有韦布夫妇那篇关于民主主义的伟大的新论文需要我帮忙修订。在这种情况之下，我甚至不能写信给你，因为我的脑子在筋疲力尽之余，所说出来的话恐怕只会使你感到讨厌。因为在这种时候，我觉得我的心是不在我的笔上的。当然，那没有什么关系；我一息尚存，无论工作劳苦到什么样子，都没有关系；同时我也喜爱教区委员会的活动及其垃圾车和那些模仿想像中的时髦剧院作风的演讲员。可是萧伯纳这架机器还没有达到十全十美的程度。现在我很忧虑，因为我忘掉了一件事、留下了一件事还没有做，有一件事令人不很满意：这件事就是你，不是别的。然而，如果占有你是最幸福的事，那么，想占有你则是其次的最幸福的事——比度着又僵硬又难过的生活更好，因为我现在一口气不休息地连续工作的时间越来越长，没有功夫或机会可以使用我的心。

我现在不能把《华伦夫人的职业》送给你看，因为剧本还没有印出来。潘旦馨女士已经学会打字，她正在根据我那份笔迹模糊的原稿，替我打出一份稿子；我正在修改这份稿子，准备把它交给印刷厂。它是我最优秀的剧本；可是它使我寒心：我简直不敢看剧本中那些可怕的句子。啊，当我写那些东西时，我的确有点勇气。可是那不过是三四年前——最多五年前——的事情。

我明天上午又要乘十点三十分的火车回多金去，我今天晚上需要参加费边社的会议；下星期一又需要参加教区委员会的一次会议。——讨论"公主宴会基金"问题——一桩无聊透顶、极其浪费时间的蠢事。可是谈到这些事情会使我的信索然寡味。我多么希望把你带到那边去啊。那边只有韦布太太、潘旦馨女士、比尔特丽斯·克莱顿（伦敦主教的女儿）、韦布和我。唉！多了四个人。我不知道你对我们的生活有何感想——我们这里有的是没完没了的关于政治理论的谈话。我们每天上午拼命写文章，一人占用一个房间；家常的三餐狼吞虎咽；进行骑自行车运动；韦布夫妇埋头研究他们的工业和政治学；爱尔兰人潘旦馨女士，绿眼珠，又机敏又伶俐，觉得什么都"非常有趣"；我自己则始终感到疲乏，忧愁，始终以为"正在写信给爱兰"。我担心如果你生活在这种环境里，不到三小时就会烦死。呵，我渴望，我渴望——

七

最亲爱的爱兰，对我来说反对虐待动物的运动是早已有之的事情了。海登·科芬太太曾为这个运动努力奋斗一番。唉！可惜她的努力仅仅像暴虐的大海里的一滴水毫无影响，因此我有点不明白那些动物为什么还不想办法扑灭人类（像我们扑灭老虎一样），或者在绝望中自杀了事。

对那些训练狗类而为表演之用的人，我们一看见就应该把他们枪毙；要认出他们是不难的，他们脸上的表情是比他们手中的皮鞭和虐待动物的动作更明显的。世界上的动物似乎只有海豹和海狮从表演中得到乐趣，但它们如果不能马上得到报酬，吃到鱼，显然是不愿意表演的。我们那些现代驯狮女人在她们训练的二十四只狮子中昂首阔步，不可一世；这二十四只狮子也许会感到被饲养的乐趣（直到又肥又嫩的婴孩肉吃起来也觉得恶心的时候）；可是它们过的是厌烦无聊的日子，的确是可怜而又可鄙；那个驯狮女人朝着它们的眼睛鞭打它们，使它们怒吼道："啊，我的天，别来打扰我吧。"在这个时候，我总是希望它们会把她咬死，碎尸万段，可是结果我总是感到失望：它们恨她，恨到不愿意去对付她了。关在铁笼里的鸟儿和老虎，比古代传奇故事里的巴士底狱的囚犯更痛苦；可是动物园里有一只无鬃毛的狮子（在那动物园里出生的），喜欢观众赞美它，情愿让你抚摩它。那只名叫迪克的有鬃毛的狮子是很凶猛的动物。我可怜它那被虐待、被欺负的妻子（看样子是它的妻子）。你用不着夸口说你已经七十二岁。我已经六十三岁零九个月了。

▎佳作点评 ▎

文章的情感无疑是浓烈的，像烈酒那般，刚一开坛，便酒香弥漫，陶醉了作者自己，也陶醉了嗅到酒香的人。

萧伯纳这篇献给爱人的文字，不止在传达自己对爱人的思想和爱慕，而是在跟对方探讨生活和人生，以及对艺术的看法。

这才是真正的爱情，他们的爱，已经超越了肉体而走向了灵魂。唯有这样深挚的爱情，才有可能是恒久的，靠得住的。

这篇文章文字绵密，结构精巧。读之，感人肺腑，沁人心脾。

溺身于情 ▍▍ı▃_ ▃▃ _▃

□ ［英国］培根

　　有人说："人生不过是一座大舞台"，但我不赞同这种说法。好像一个本该思考天意，追求高尚目标的人，却应一事不做而只拜倒在一个小小的偶像面前，成为自己感官的奴隶——虽说还不是与禽兽无异的奴隶，但毕竟也只是娱目色相的奴隶。难道上帝赐给人类眼睛的目的不是看更高尚的东西吗？

　　过度的爱情，必然会夸张对象的性质和价值。例如，只有在爱情中，才总是需要那种浮夸谄媚的辞令。而在其他场合，同样的辞令只能招人耻笑。古人有云："最大的奉承，人总是留给自己。"但对情人的奉承应算例外。因为再伟大的人也甘愿拜倒在情人的脚下。所以古人说得好："恋爱者难保神智清明。"情人的这种弱点不仅在外人眼中是明显的，就是在被爱者的眼中也会很明显，除非她（他）也在爱他（她）。所以，爱情的代价就是如此，若得不到要求的爱，那就只有得到轻蔑。由此可见，人们应当十分警惕这种感情。因为它不但会使人丧失其他，而且可以使人丧失自己。

　　至于其他方面的损失，古人早告诉我们，那追求海伦的人，舍弃了天后和巴立斯的礼物。这就是说溺身于情的人是甘愿放弃一切的，包括

273

金钱和思想。

爱情在人心最空虚、最寂寞的时候最容易进入，也就是当人春风得意、忘乎所以和处境窘困、孤独、凄凉的时候。虽然在后一情境中不易得到爱情，但人在这样的时候最急于跳入爱情的火焰中。由此可见，"爱情"实在是"愚蠢"的儿子。但有一些人即使心中有了爱也会加以控制，使它不妨碍重大的事业。因为爱情一旦干扰事业，就等于在人与目标之间筑起了一道高墙。

我不懂是什么缘故，使许多军人更容易堕入情网，也许这正像他们嗜爱饮酒一样，是因为欢乐可以缓解长久的紧张状态。

人心中都有一种博爱，若不集中于某个专一的对象就必然施之于更广泛的大众，使他成为仁善的人，像有的僧侣那样。

夫妻之爱，使人类繁衍；朋友之爱，致人于完善。但那荒淫纵欲的爱却只会给人带来毁灭。

◢佳作点评║┅

人贵在有情，情是维系人际关系的重要链条。但稍有不慎，人又容易陷入情网，为情所困，为情所苦，将自己陷入不能自拔的境地。

培根用简明、朴实、畅达的语言，为我们说出了诸多陷入"情感"泥淖里的人的精神状态和内心景象。这些为情所困的人所失去和毁掉的，往往是自己的整个人生。

故作者在文中提醒人们要正确对待情感问题，不要因"情"而生"祸"。一如作者在文末说的那样："夫妻之爱，使人类繁衍；朋友之爱，致人于完善。但那荒淫纵欲的爱却只会给人带来毁灭。"

情感世界 ▎▏▙▃ ▃▃ ▃

□ ［英国］罗素

我们的爱情一直被旧的道德毒害着，从童年时代、少年时代、青年时代直到结婚。它使我们的爱情充满了忧郁、恐怖、误会、悔恨和神经紧张，把性的肉体冲动和理想爱情的精神冲动分为两个不同的部分，使前者成为兽性的，使后者成为无生育的。这不是我们想要的生活。

动物的天性和精神的天性不应当发生冲突。两者之间决非水火不相容，它们只有彼此结合才能达到完美的地步。男女之间完美的爱是自由而无畏的，是肉体和精神的平等结合，它不应当由于肉体的缘故而不能成为理想的，也不应当由于肉体会干扰理想而对肉体产生恐怖。

爱犹如一棵根深置于地下的树，它的树枝可参天，但是，如果爱被忌讳、恐怖、斥责的话语和可怕的沉默所束缚，它是不会根深叶茂的。

人的情感生活离不开男女之爱和父母与子女之爱。传统道德在削弱一种爱的同时，又声称要加强另一种爱，但实际上父母对于子女的爱往往由于父母之间的爱的削弱而蒙受着极大损失。如果孩子是快乐和相互满足的产物，那么健康的、自然的、无私的爱便是父母给予他们的，这是那些饥饿而渴望在可怜的孩子中得到他们在婚姻中所得不到的营养的父母无法给予的，这样的父母将使孩子的思想产生偏差，并为下一代造成同样痛苦的基础。害怕爱情就是害怕生活，而害怕生活的人生命已失去了大半。

ᴵ佳作点评 ‖ι-

人之所以为人，就因为有"情感"。而人的"情感世界"往往又是多变的、复杂的，最捉摸不透的。这种情感不止是关乎爱情，也包括友情、亲情。

文章从议论入笔，形象地道出了人应该怎样对待自己的"情感世界"才是正确的。寥寥数语，却如醍醐灌顶，这叫以少胜多。

爱情的罗曼蒂克 ▌▎▁▁ ▁▁ ▁

□ ［英国］罗素

罗曼蒂克是一种感情形式。罗曼蒂克爱情的精髓在于视被爱对象为宝贵知己而自己又难于占有，因而便采用如诗赋、歌曲、武功或任何可以想象出来的取悦方法，来获得对方的注目与爱情。

人们之所以认为情人有巨大价值，在很大程度上是因为对方难于为自己占有。最初罗曼蒂克爱情并不施之于那些能与其发生合法或非法性关系的妇女，而是针对那些因无法逾越道德和传统习俗障碍而无法与其结合的贵妇。因为这种障碍使爱产生了诗情画意，柏拉图式的感情维持了爱情的美感。结果人们狂热地表达爱恋，而又抑制了亲昵之欲。渐渐地这种观念为许多人所接受，他们认为纯洁高尚的欢乐只可能存在于没有掺杂任何性因素的、专心致志的默祷之中。一个男人如果深恋和尊敬某个女子，他将感到无法将她同性活动联系起来，他的爱情将会采取富有诗意和想象的形式，很自然地充满了象征主义的色彩。

在文艺复兴时期，爱情虽然仍充满诗情画意，但通常已不再是柏拉图式的感情。人们普遍持这种观点：女人最好是难于接近而又并非不可能或不可以接近。

别做情感的奴隶

277

罗曼蒂克的爱情在浪漫主义运动中达到了高峰，优美的诗歌把爱情的热望与想象表达无遗。爱情之树之所以会这么枝繁叶茂，是因大多数人都认为罗曼蒂克的爱情是生命必须奉献的最为热烈的欢乐之泉。彼此倾心相爱，充满想象而又柔情似水的男女关系，有着不可估量的价值。对这种价值漠然视之于任何人都是一大不幸。任何社会制度都应当容忍和允许这种欢乐，尽管它只是生活的内容之一而非生活的主要目的。

罗曼蒂克的爱情应该成为婚姻的动力。但是，使婚姻美满幸福的，并不是罗曼蒂克的爱情，而是一种比罗曼蒂克更亲密、更深情、更现实的爱情。在罗曼蒂克的爱情中，双方都通过一层绚丽的薄雾观察对方，因而得出的印象并不完全真实。一个女人要想在婚后仍然保持罗曼蒂克的爱情，就须得避免与丈夫的亲密行为，并像斯芬克斯一般，不袒露出内心深处的思想与感情，同时还得保持一定程度的身体隐秘。不过，这些行为无法使婚姻进入到最完美的境地。而欲达到完美，就需要没有任何假象的情真意切的亲密关系。

■佳作点评 ▮▮▬

罗曼蒂克曾被广泛地用来形容爱情的"浪漫性"。如果谁的爱情不罗曼蒂克，彷佛就不是真正的爱情。至少，是充满遗憾的爱情。

但在这篇文章中，罗素却从更加理性的层面，对"罗曼蒂克"的爱情进行了"批评"。作者认为，爱情固然需要罗曼蒂克，但要想维持爱情的长久性，却不能只依靠罗曼蒂克。

生活毕竟是务实的，爱情的浪漫永运只能是生活的"润滑剂"。倘若"润滑剂"涂得过多，生活或许就会偏离轨道，最终连爱情本身也消失了。

爱　情

□ ［英国］劳伦斯

……男女之间的爱是世上最伟大、最完美的情感，因为它是双重的，包括互相对立的两个方面。男女之间的爱是最完美的生活脉搏，心的收缩和舒张。

神圣的爱是无私的，追求的不是自己的利益。情人为自己的爱人献身，只求与她达成完美的统一。但男女之间的爱是完整的，它追求神圣和世俗的统一。世俗的爱寻求的是它自己。我在我的爱人身上寻求我自己，从她那儿争抢出一个我来。我们不是清澈的个体，而是复杂的混合物。我寄寓在我的爱人之中，她也寄寓在我的身上。这种状况是不应存在的，因为它只是混杂和迷惑。因此，我必须彻底地收拢自己，从我爱人身上解脱出来，她也应该完全地从我身上分离出去。我们的灵魂像是黄昏，既不明亮也不黯然。光线应该收敛回去，变成十足的闪光，而黑暗也应该自立门户。它们应该是互相对立的两个完整体，互不渗透，泾渭分明。

我们像一朵玫瑰。男女双方的激情既然完全分离，又美妙地结合，一种新的形状，一种超然状态在纯洁统一的激情中，在寻求清晰与独立的纯洁激情中诞生了，两者合而为一被投进玫瑰般的完美的天堂中。

别做情感的奴隶

279

　　因此，男女之间的爱如果是完整的话，应该是双重的。这是融入纯洁感情交流的境界，又是纯粹性的摩擦，两种状况均存在。在感情的交流中，我被熔炼成一个完整的人，而在纯洁的、激烈的性摩擦中，我又被烧成原先的自我。我从融合的基质中被赶了出来，进入高度的分离状态，成为十足单独的自我，神圣而独特的自我。宝石从混杂的泥坯中被提炼出来时大概就是这样的。我爱的女人和我，我们就是这类混杂的泥坯。随后在热烈的性爱中，在具有破坏性的烈焰中，我被毁了，贬低为她那个自我。这是毁灭性的欲火，世俗意义上的爱。但唯有这火才能使我们得到净化，使我们从混杂的状况中分离出来，成为独特的如宝石一般纯净的个体。

　　所以说，完整的男女之爱是双重的，既然是一种融化的运动，把两者融合为一，又是一种强烈的、带着摩擦和性激情的分力运动，两者被烧毁，被烧得彻底分开，成为迥然不同的异体。但不是所有男女之间的爱都是完整的。它可以是温柔的，慢慢地合二为一，如圣法兰西斯和圣克莱尔，圣玛丽和耶稣之间的爱。在这种情况下，可能没有分离，看不到统一，也不存在独特的异体。可见，这所谓神圣的爱其实只是半个爱，这种爱却知道什么是最圣洁的幸福。另一方面，爱又可能是一场性满足的美妙战斗，动人而可怕的男女抗争就像特里斯坦和艾索德。这些超越骄傲的情人，打着最崇高的旗帜，是宝石一般的异体。他是十足的男性，像宝石一般脱颖而出，桀骜不羁；而她则是纯粹的女性，像一枝睡莲，亭亭玉立于其女性的妩媚和芬芳之中。这就是世俗的爱，它总是在欲火和分离的悲剧里结束。到那时这两个如此出众的情人会被死神分隔开。但是，如果说世俗的爱总是以痛心疾首的悲剧而告终，那么神圣的爱则更是有过之而无不及。它总是以强烈的渴求和无可奈何的悲哀而告结束。圣法兰西斯最后死去，撇下圣克莱尔孑然一人，悲痛欲绝。

　　势必会合二而一，永远如此——感情交流而产生的甜蜜的爱和性满足后产生的自豪的爱总是融合在一起的。那时，我们就像玫瑰，甚至超越了爱。爱被包围、被超越了。我们成了完全融合的一对，同时又像宝石一样是独立的个体。玫瑰包围并超越了我们。我们组成一朵玫瑰，而不是其他。

▎佳作点评▎

文章明朗、活泼，用语自然，又不乏个性。紧紧围绕男女之间的情感分析，来为爱情作"注解"。

爱是双方的，是合二为一的。任何单方面的爱都不能称其为爱。当然，爱也不是自私的，它要求你必须具有奉献精神，一切先为对方着想的思想。只有超越了利益的爱，才能从狭隘走向博大。

也唯有这样的爱，才有根基。

爱情和激情

□ ［英国］巴尔扎克

爱情和激情，这两种心境截然不同。但是，诗人、凡夫俗子、哲学家和天真幼稚的人，一直将二者混为一谈。爱情具有感情的相互性，确信那种享受是任何事物都破坏不了的，快乐绝对是一贯相互交流的，两颗心绝对是完全心心相印的，因而势必排除了嫉妒。

占有是一种手段，而不是目的。对爱情不忠，使人痛苦，却不会使人离心离德。感情的热烈或激动绝不忽强忽弱，而是持续不断的幸福感情。最后神妙的气息吹来，将向往之情扩展到无限时间的始终，为我们将爱情点染成同一种颜色：生活有如晴朗的天空，是碧蓝碧蓝的。而激情是预感到爱情及爱情的无限，每一个痛苦的灵魂都渴望着爱情的无限。

激情是一种希望，这种希望可能变成失望。激情同时意味着痛苦和过度。希望破灭时，激情便中止了。男女之间可以有数次激情，而互不玷污声誉；向幸福奔去是多么自然的事！而在生活中却只有一次爱情。对感情问题的一切辩论，无论是书面的也好，口头的也好，都可以用这两个问题来概括：这是激情呢？还是爱情？如果不能体会到使爱情始终不渝的欢乐，爱情也就不存在。

巴尔扎克作为英国批判现实主义文学大师，他对爱情和激情的认识可谓入木三分。在这篇不长的文字里，作者言简意赅地分析了爱情和激情的区别。

特别是在现实生活中，不少人表面上看去似乎百般恩爱，卿卿我我，以为获得了真爱。其实却未必是爱情，不过是被激情冲昏了头脑。要想收获爱情，应该学会对激情有所判断。当然，真正的爱情必然是伴随着激情的，但激情却未必一定是爱情。

文章虽小，实则宏大。

关于爱情 ▍|ₗ▂. ‥ ▂

□［法国］帕斯卡

　　人的精神中如果有浓烈柔美的部分的话，那么这就是爱情。控制着这种浓烈柔美感情的是纯粹的、上等的、高雅的、理性的活动……女性希望看到男性心中的浓烈柔美之情，我认为这是能够俘获女性之心的最关键的一点。

　　如果以同一种观点看，人的精神会疲劳衰弱。所以，尽管希望爱的欢乐是稳固的、长久的，但有时也有忘却爱的必要。这不是犯了不忠实的罪，不是因为另有所爱，而是为了恢复可以更强烈去爱的力量。这是无意识地发生的。精神自然而然地趋向这样，人的本性期望如此，命令人们如此行动。不过，正是这一事实，常常导致人的本性的悲惨结果。

　　在缺乏表露自己感情的勇气时，爱的欢悦之中既有痛苦，又有快乐。为打动无限尊敬的人而制订各种行动计划时，那是一种怎样狂热的迷恋啊。每天苦苦思索寻找表明心迹的方式，而且为此浪费了应当同所爱慕的女性相叙的时间……

　　如此发展下去，这种充实感有时会凋萎，而且得不到爱情之源的灌溉，于是可悲地衰竭。心被与此相反的种种感情所占据，被割裂得百般零乱。即使在这种情况下，如果使其照射到一线希望之光，情绪无论低落到何等地步，仍然可以激起以往那样的高潮。妇人有时就是以这种游戏寻求欢乐的……

我们可以看到，在恋爱时，自己似乎与以往判若两人，并且深信所有的人都会感到这一点。但是，没有比这一推理更错误的了。不过，理性由于为感情所蒙蔽，并不能做出完全可靠的判断，而且总是处于波动之中……爱的道路越长，感情敏感的人越感到欢乐……

世上有需要长期持续地进行追求的人，这就是感情敏感的人；也有不能长期禁受等待的人，这就是最粗犷的人。精神敏感的人爱得持久，得到的欢乐也多；粗犷的人爱得急切而自由奔放，爱的完结也早早降临……

在爱情中，沉默优于言辞。无话可说，本非好事。但拙于言谈，则会给对方造成更深的印象，这就是所谓无言的雄辩。所爱慕的男子逊于言辞，在其他方面却才华横溢，会以此而完全征服女子。口才无论怎样敏捷的人，也有这种敏捷恰好消失的情形。所有这些，都没有一定的规则，是未曾经过深思熟虑而发生的。因才能而征服对方的，也并非事先有所谋划……

有人曾说，恋爱时，无论财产、父母、友人，都会完全置于脑后。我赞同他的意见。崇高的爱情来自内心深处。由于爱情深入内心，于是认为情人以外的一切都不再重要。精神因为被爱情所控，担心与忧虑也没有渗透的余地。爱的激情如果不是这样狂热，就不能称得上美好。所以，恋爱者连世间的传言也不放在心上。他清楚，这一行动是基于正当的理由，因而决不应加以指责。于是他激情充溢，以致无隙认真思索……

伟大的灵魂，并不是爱得最频繁的灵魂。我认为它应当是爱得最强烈的灵魂。对于伟大的灵魂来说，热情的狂潮是必需的，它会震撼灵魂，并使其得到充实。不过，伟大的灵魂一旦开始恋爱，其爱的方式就超乎寻常的热烈……

作者是著名的思想家，因此，他对爱情的认识，就比一般人多了理性的成分。他比普通人看得透彻，看得深刻。

在这篇作品中，我们不但跟随作者体验了爱情的欢悦和痛苦，还同时感受了爱情的真与善，力与美，伟大和崇高。

文章观点鲜明，议论张弛有度，引人深思。

我的爱

□ ［法国］加缪

我对生活的全部的爱有两种：一种是对于可能逃避我的东西的悄然的激情，一种是在火焰之下的苦味。每天我离开修道院时，就如同从自身中挣脱那样，似在短暂时刻被留名于世界的绵延之中。我那时会想到多利亚的阿波罗那呆滞无神的眼睛或纪奥托笔下热烈而又迟钝的人物，而且清楚地知道其中的原因。直至此时，我才真正懂得这样的国家所能给我的东西。我惊叹人们能够在地中海沿岸找到生活的信念与律条，并为一种乐观主义和一种社会意义提供依据，在这里人们的理性得到了满足。因为最终使我惊讶的并不是为适合于人而造就的世界，而是这个世界却又向人关闭。不，如果这些国家的语言同我内心深处发出回响的东西相和谐，那是因为它使这些问题成为无用的，而不是因为它回答了我的问题。

在伊比札，我每天都去沿海港的咖啡馆坐坐。五点左右，这儿的年轻人沿着两边栈桥散步。婚姻在这里进行，全部生活也在这里进行。人们不禁想到这里存在某种面对世界开始生活的伟大。我坐了下来，到处都是白色的教堂、白垩墙、干枯的田野和参差不齐的橄榄树，一切都在白天的阳光中摇曳。我喝着一杯淡而无味的巴旦杏仁糖浆。我注视着前面蜿蜒的山丘，群山向着大海缓和地倾斜。夜晚正在变成绿色。在最高的山上，最后的海风使叶片转动起来。所有的人在自然的奇迹面前都放低了声音，以至于只剩下了天空和向着天空飘去的歌声。这歌声像是从十分遥远的地方传来的。在这短暂的黄昏时分，有某种转瞬即逝的、忧伤的东西笼罩着，而且这种东西并不只是一个人感觉到了，而是整个民族都感觉得到的。至于我，渴望爱如同他人渴望哭一样。从此，我似乎觉得我睡眠中的每一小时都是从生命中窃来的。或者可以这样说，是从无对象的欲望的时光中窃来的。我静止而紧张，没有力量反抗要把世界放在我双手中的巨大激情，就像在巴马的小咖啡馆里和旧金山修道院度过的激动时刻那样。

我清楚地知道，我错了，并知道有一些规定的界限。只有在这种条件下，人们才能从事创造。不过，爱是没有界限的，如果我能拥抱一切，即使拥抱得笨拙又有什么关系？在热那亚，我整个早上都迷恋于某些女人的微笑，但我现在再也看不见她们了。无疑，没有什么更简单的了。但是，我那遗憾的火焰并不会为词语所掩盖。我在旧金山修道院中的小井中看到鸽群的飞翔，我因此忘记了自己的干渴。但是，我又预感到干渴的时刻总会来临。

▎佳作点评 ▎

加缪是法国的文学大师，他曾写过《鼠疫》和《局外人》等文学名篇。在他的文字里，处处可见"爱"的踪迹。这种爱是无私的、伟大的。因为，他爱的不是自己，而是别人，是整个人类，整个世界，整个社会。我们把这种爱称为"博爱"。本文所描写的一切，都可以窥探到作者内心深处那爱的火花。他爱这个世界上的"山"和"水"，也爱这个世界上的"人"和"动物"。这种爱是他为文的根本，也是他活着的信念。正如作者所说：爱是没有边界的。一个笔下充满爱的作家，无疑是优秀的。

爱情箴言录 ▌▌▖▖ ▖ ▖

□［法国］拉罗什·福科

给爱情下定义是困难的。我们只能说：在灵魂中，爱是一种占支配地位的激情；在精神中，它是一种相互的理解；在身体方面，它是我们对躲在重重神秘后面的被我们所爱的一种隐秘的羡慕和优雅的占有。

如果有一种不和我们其他激情相掺杂的纯粹的爱，那就是这种爱：它隐藏在心灵的深处，甚至我们自己也觉察不到。

爱情不可能长期地隐藏，也不可能长期地假装。

当我们根据爱的主要效果来判断爱，它与恨是很难分得清的。

爱情只有一种，其副本却是千千万万。

爱情和火焰一样，没有不断地运动就不能继续存在，一旦它停止希望和害怕，那它也就走到了尽头。

有两种坚贞不渝在爱情中是存在的：一种是由于我们不断地在我们的爱人那里发现可爱的新特点；另一种则不过是由于我们想获得一种坚贞不渝的名声。

青春是一种不断的陶醉，是理性的热病。

爱情需要新颖，正如果实离不开花儿，它放射出一种稍纵即逝、永不复返的光彩。

友谊很难触动女人的深情，这是因为：当体验到爱情时，友谊就寡淡无味了。

在友谊中正像在爱情中一样，常常是那些我们不知道的东西比那些我们知道的东西更使我们感到幸福。

世上很少有女人能做到在美色已逝的情况下价值不损折。

用来抵抗爱情的那种坚强有力，同样也可用来使爱情猛烈和持久；而那些软弱的人们，又经受不住激情冲击，迟迟不敢行动。

情人们只有在他们的如醉如痴结束时才看到对方的缺点。

一个好猜忌妻子的丈夫日子会变得很充实，因为他老是听到他人对妻子的谈论。

当一个女子具有全部的爱情和德性时，她是需要同情的。

当我们爱得太厉害的时候，确认别人是否停止了爱是无法进行的。

爱情之于那爱着的人的灵魂，犹如灵魂之于由它赋予生命的身体。

既然在爱或停止爱方面决不是自由的，那情人们相互抱怨对方的变心和轻浮，就显得苍白和无力了。

在人们准备放弃爱时，对他人的不忠，是比较能够容忍的，这样做可以减轻自己不忠的罪过。

佳作点评

文章以"格言"形式，来阐释爱情的"含义"和"内涵"。发人深省，颇有启迪性。

最为可贵的是，"格言"并非流于概念化，而是通过形象、生动、感性的描摹来呈现对爱情的认识和理解，字里行间处处闪烁着思想的锋芒。

可见只要有"思想"，无论采用何种形式，都能写出优秀的文章来。

爱情与幸福 ▌▊▎▁▁ ▁ ▃

□［法国］普吕多姆

快乐不过是痛苦的暂时停止，幸福则对痛苦毫无知晓。

快乐只造就了一道闪电，一种短暂的兴奋。而幸福由于其自身的条件而区别于快乐，它有可能持续和永久，它建立了一种气氛。

对于拥有和欢乐这两个概念，人们根本不可能清楚地进行区分。如果人们得到一种利益后还一直对能够拥有这种利益而感到高兴，那这种拥有就是幸福。可随着我们财富的不断增加，我们欲望的界限也在不断地扩大。的确我们只想得到我们希望得到的东西，可我们拥有的越多我们希望的也就越多。我们最初的小小的愿望就这样一直扩展到无穷无尽。

爱情是幸福的巨大源泉。然而，世上的东西都是要消亡的，所以应该依恋永恒的事物，幸福就源于这份永恒的依恋。可永恒的东西并非每个人都能得到的，美和真也是这样。不过上帝曾想让永恒的善能够为大家所得，以便使幸福成为可能。

过去和未来都不属于我们，但是，它们却用各种途径给我们现阶段带来了最重要的那份感觉——回忆、悔恨、希望和恐惧。所以，幸福不是别的，而是回想和预感。

每个生灵所需的东西似乎都与其智慧成正比。既然如此，如果一无所有的才子的整个灵魂全是智慧，不是应该比只有本能的野蛮人分到更多的东西吗？此外，他还得到某个特殊的东西，一颗用来感受痛苦和欢乐，尤其是用来爱的心。然而他并没有因为这颗心而更加幸福。他历尽千辛万苦，终于找到了舒适和安逸，但他惊奇地发现这并不是幸福。于是他找啊找啊，询问世人，拍打额头。然而，令他万万想不到的是，心是他想用才智来满足的一切欲望之源，没想到才智在他的各种能力中并不是无穷尽的，正如心在他的愿望中不是无穷尽的一样。

人们遗忘之迅速不亚于渴望之迫切，当他达到寻找的目的时，他只感到了一点点的幸福，其理由非常简单，因为他的发现起初给他带来了一种额外的快乐，但是这种快乐不久就成了他的必需品。从此，他不会因拥有这种新的利益而感到更幸福，而这利益一旦失去，他就会感到极大的不幸。人们平时会因为自己有两条胳膊而感到过某种满足吗？人们从来没有因此而生感恩之心，他们甚至带着健全的肢体自杀。相反人们却想创造第三只胳膊那是多么快乐的事，可从此如果只剩下两条胳膊那将是一种不幸。所以大部分发现只是不断地使人失去可能失去的东西，而不是增添真正的快乐。想象越丰富失去的越多；想象越贫乏得到的越多。想象力丰富的人关心他所拥有的，想象力贫乏的人关心他所没有的；谁都不高兴，最后只剩下一般的，而且对大多数人来说，一般比不幸更难以忍受，因为所有过量的东西都有资本满足虚荣心。

在赌场上，如数收下某些赌徒输掉的钱还不如把这些钱还他们四分之一，这样他们会把自己的最后一分钱也扔进水中。正如我曾经说过的那般，任何事情做到头了都有一种被做得不三不四所剥夺的苦涩的快乐。我们似乎把自己的未来抛给了命运，以便从它那儿夺回仍被它剥夺的欢乐。

　　本文从哲学和心理学的角度，探讨爱情、幸福和痛苦之间的关系。告诉人们如何在爱情中创造幸福，又如何在幸福中坚守爱情。并由此延宕开去，展开对"欲望"等人性的思考。说理明晰，逻辑严密，举例有力。

別做情感的奴隶

湖畔相遇 ▌|ı̣_ ._ ｣

□［法国］普鲁斯特

中国书籍文学馆·精品赏析 温情蜜意

294

　　我给她的那封绝望的情书终于有了回信，信是在昨天赴林园晚宴之前收到的。信中说，她恐怕在动身之前无法跟我道别。我也十分冷漠地答复了她。是啊，事情最好就这样结束，但愿她有一个开心的夏季生活。接着我换好衣服，乘坐敞篷车穿越林园。我虽然十分心痛，但我努力调整心态，使其渐趋于平和，我相信自己随着时间渐渐过去，我会把这段往事尘封起来。

　　汽车沿着湖边林荫道疾驰，在距离林荫道五十米远、环绕湖边的一条小径尽头，我发现一位缓步慢行的女人。一开始我没有认出她。她朝我微微招手致意，我终于认出了她，尽管我们之间隔着一段距离。正是她！我久久没有反应。她继续注视着我，大概是要我停车，带她同行。我还是没有任何反应，但我心底却刹时涌起一股说不清的激情。"我曾经对此颇费猜测，"我思忖，"她始终无动于衷，其中必有一条我不明白的原因。我亲爱的心上人，她爱我。"一种无边无尽的幸福，一种不可抗拒的确信朝我袭来，我不禁瑟瑟发抖起来，眼泪不争气地溢眶而出。车子驶近阿尔姆农维尔城堡，我擦了擦自己的眼睛，眼前出现了她那温情脉脉，仿佛要擦拭我的眼泪的招手；她那温情脉脉的注视，仿佛是征询我让她上车的目光。

我是满怀欣喜地赶赴晚宴的，我的兴奋通过我的神色、动作无声地表现出来。没有人知道他们不熟悉的一只小手曾经向我挥动致意，这种感觉在我身上燃起欢乐的熊熊之火。每个人都能看到这种火光，因为它已经烧透了我。人们只等德·T夫人大驾光临，她马上就到。她是我所认识的人中最没意思、最最讨厌的家伙，虽然她很漂亮。然而我却庆幸自己能够原谅任何人的缺陷和丑陋，我带着诚挚的微笑朝她走去。

"您先前的行为让我很吃惊。"她说。

"先前！"我惊讶万分，"您的意思是先前我们见过面？。"

"怎么您没有认出我？您确实离我很远；我沿着湖边行走，您却骄傲地坐在车上。我向您招手问好，可您像不认识我似的毫无反应。"

"什么，是您！"我叫嚷道，十分扫兴地重复了好几遍，"噢！我请求您原谅，真的没认出您！"

"他好像不快活！您好，夏洛特！"城堡女主人说，"不过您尽管放心，您现在不是跟他在一起了吗！"

我哑口无言，我的一切幸福就此破灭。

然而，最令我苦恼的是我始终忘记不了她那副含情脉脉的样子。尽管我已经承认了自己的错误。我试图跟她言归于好。我没有很快忘记她，在我痛苦的时候，为了使自己好受一些，我经常竭力使自己相信那是她的手，正如我一开始感觉的那样。我闭上眼睛，是为了再一次看见那双向我致意的小手，这双手如此惬意地擦拭我的眼睛，让我的额头清新凉爽。她在湖边温情脉脉地伸向我的那双戴着手套的小手犹如平安、爱情以及和解的小小象征，而她那略带忧伤的目光紧紧盯着我，似在询问："带我一程行吗？"

普鲁斯特曾以文学名著《追忆似水年华》震惊文坛。本文从"我"的视角，写了与一个女人相遇的故事，作者苦苦暗恋着对方，而对方却毫不在意。在彼此相遇的瞬间擦肩而过，这是一种内心的煎熬。

爱情总是双方的，只有两个人共同参与的爱才是默契的，愉悦的；反之，只能是一种伤痛。

文章心理描写细腻，对话的运用，既增强了文本的可读性，又成功地塑造了人物的性格特征。

对你总有一种内疚感

—— 波伏娃致奥尔格伦的信

□ [法国] 波伏娃

星期二 1951 年 10 月 30 日林肯旅馆，纽约

纳尔逊，我真正的爱：

我累极了，但是如果不给你写信我实在无法入睡。在知道你仍旧爱我的半小时后即要离开你实在太难了。如果早知道你仍能爱我，我原可安排多住些日子，想到这些，心中感到辛酸苦楚。我需要跟你说话，这是今晚唯一能梦见的平静。在火车和出租车里我哭了一路，飞机上则跟你讲了一路的话。我知道你不喜欢语言，但这一次，让我说，如果我哭了，别害怕。

你昨天让我读的前言中，托马斯·曼说陀思妥耶夫斯基每次发作前总有几秒钟的幸福，这种幸福相当于 10 年的生命。你当然有力量有时能在几分钟内给我一种值 10 年健康的狂喜。也许你的肮脏的心深沉热情，不像我的那样狂热，你无法感受到几小时前你再次给了你那份爱情的礼物时

我所感受的惊喜。使我觉得真正生病了。给你写信是想从这一病痛中解脱出来。如果你觉得这封信不理智，请原谅我，我必须把自己从中解脱出来。我时常想告诉你，想再次告诉你，我对我们之间的关系的感受。

从第一天起我对你总有一种内疚感，因为我能给予你的很少，但又是那么深深地爱着你。我知道你是相信我的，也理解我对你说的一切。你永远不会同意长期到法国居住，你在美国没有我在巴黎各种把我拴住的关系。我不想在这一问题上再次为自己开脱：我不能抛下萨特、写作和法国。我承认当我告诉你不可能时你是信任我的。然而我也明白，理解我的理由并未改变事实：即我没有把自己的全部生命都给予了你，我把心和能给的一切都给了，但没有把生命给你。我接受了你的爱，把它变成遥远的爱。我一直感到自责内疚，正因为是对我所爱的人，因此这是我所体会过的最痛苦的感觉。我伤害了你，我离开了你，反过来也刺伤了我自己。我一直担心你会认为我把我们爱情中的所有好的部分拿走了，给你留下的是不好的。这不对。如果我未能给予你真正爱情所应给予的幸福，我也使自己很不幸福。我从各个方面一直都渴念你，我很内疚，怕你生我的气，这一切经常使我处于极端痛苦中。

因为我给你的太少了，我认为你把我从你的心中赶出去是公平的。尽管承认是公平的并不等于说不痛苦。第一次在纽约已是痛苦的，去年就非常痛苦。请相信我，这次也是一样。如果我哭得很厉害，表现得有些荒谬可笑，那是来自整整一年都未曾愈合的深深的伤口。是的，当我的爱仍是那么深，被出乎意料地抛弃了，不再被对方爱了是极端痛苦的。然而，今年我来看你时我开始接受这一事实，我努力满足于你的友谊和我的爱。这并没有使我很快活，但我还可忍受。

今晚，我害怕了，真正地害怕了，因为你再次使我的防线崩溃。你说不再把我从你的心中驱走，我不需再同你的无动于衷做斗争，我手中已无任何武器，我感到如果你决定再把我赶走我会再次受到伤害。今晚我无法忍受这一念头。我累死了。我觉得自己完全被你握在手中，毫无防御能力，这次我不得不求你：把我留在你心中或是把我赶走，别让我抓着你的爱情然后突然发现它已不复存在。我不想再经历一次，我受不了。我也不蠢。如果你一旦爱上了另一个女人，那也没办法。我的意思是：不管你选择赶走或不赶走我，请你设身处地为我想想。目前请别把你的爱拿走，在心中保存它直到我们再次见面。让我们在不久的将来见面。

　　最终还是由你决定，你心中跟我一样清楚，我不会麻烦你的。这将是你从我这儿收到的最可怕的一封信。我只是想说这次我向你提出了要求，我请你不要把我赶出你的心中，把我留在心中。知道你仍爱着我的时刻太短了，太短了！我无法接受仅仅是半个小时，必须持久。我要你再次充满爱意地亲吻我。我是多么地爱你，我爱你给予我的爱情，爱你重新激起了我的情欲和给予我幸福。即使这些都失去，或失去了一半，我仍固执地爱着你，因为你就是你。正因为你就是你，不管你给予或不给予我什么，我会永远把你珍藏在心中。当我们之间的爱又可能再次成为现实时，我感到自己垮了。我现在完全崩溃了。我给你写了这么一封愚蠢的信，请你不要生气。

　　我回到了"林肯旅馆"，想方设法睡觉。我害怕夜晚。我一生中最希望的就是再见到你。

星期三上午

　　最亲爱的爱。我只睡了一小会儿，头仍然痛。我刚给法国航空公司去了电话，他们在10点钟等我上飞机，再一次心中感到痛苦。我拿不定主意是否给你打电话，最后决定不打，因为怕自己受不了。我不希望像你说的那样"在长途上哭泣"。

　　昨天晚上没说的是这些天和你在一起的甜蜜时光。从一开始你热情、快活，两年来我从没这样快活过。和你在一起生活有多好。再见，我的爱。

如果飞机出事的话，我最后想的将是感谢你给予我的一切。飞机不会出事，今后一年中我将继续爱你直到再投入你的怀抱。

我的永远炽烈的心亲吻你。把我藏在你心中，我爱你。

星期三 31 日纽芬兰

寄给美国印第安纳州加里福雷斯特街 6228 号的"住户"。

亲爱的住户。纽芬兰的鱼儿们向它们的环礁湖兄弟们致以温柔的问候。我已飞了 4 个小时。吃了一顿美味的午餐，有鹅肝和香槟，但一路上我止不住哭。实在不好，因为飞机不像在加里的火车上没有人认识我，飞机上许多人声称认识我。我希望别再哭了。似乎积了一年的眼泪非流不可。我觉得自己像一个 80 岁的老妇一样丑，一个 20 岁的年轻人那样愚蠢。我想一个人 20 岁时还太年轻，不能像在 40 岁时那样傻。现在你的小家是 3 点，很温暖，你在家。

我的爱人和我同行。

￭佳作点评▐▬

"我的永远炽烈的心亲吻你。把我藏在你心中，我爱你。"大胆火辣的问候，表达了波伏娃被情感燃烧的心情。炽热不是时间能扑灭的，它需要情爱的浇灌。作者写的信不仅是传递情感，更重要的是爱的宣言。

致燕妮（节选）

［德国］卡尔·马克思

　　我又给你写信了，因为我孤独，因为我感到难过，我经常在心里和你交谈，但你根本不知道，既听不到也不能回答我。你的照片纵然照得不高明，但对我却极有用，现在我才懂得，为什么"阴郁的圣母"，最丑陋的圣母像，能有狂热的崇拜者，甚至比一些优美的像有更多的崇拜者。无论如何，这些阴郁的圣母像中没有一张像你这张照片那样被吻过这么多次，被这样深情的看过并受到这样的崇拜；你这张照片即使不是阴郁的，至少也是郁闷的，它决不能反映你那可爱的、迷人的、甜蜜的、好像专供亲吻的面庞。但是我把阳光晒坏的地方还原了，并且发现我的眼睛虽然被灯光和烟草烟所损坏，但仍能不仅在梦中，甚至不在梦中也在描绘你的形象。你好像真的在我的面前，我衷心珍爱你，自顶至踵地吻你，跪倒在你的跟前，叹息着说："我爱您，夫人！"事实上，我对你的爱情胜过威尼斯的摩尔人的爱情……

……我的爱情就是如此。只要我们一为空间所分隔，我就立即明白，时间之于我的爱情正如阳光雨露之于植物——使其滋长。我对你的爱情，只要你远离我身边就会显出它的本来面目，像巨人一样的面目。在这爱情上集中了我的所有精力和全部感情……

你会微笑，我的亲爱的。你会问，为什么我突然这样滔滔不绝？不过，我如能把你那温柔而纯洁的心紧贴在自己心上，我就会默默无言，不作一声。我不能以唇吻你，只得求助于文字，以文字来传达亲吻……

诚然，世间有许多女人，而且有些非常美丽，但是哪里还能找到一副容颜，她的每一个线条，甚至每一条皱纹，能引起我的生命中的最强烈而美好的回忆？甚至我的无限的悲痛，我的无可挽回的损失，我都能从你的可爱的容颜中看出，而当我遍吻你那亲爱的面庞的时候，我也就能克制这种悲痛。

再见，我的亲爱的，千万次吻你和孩子们。

▌佳作点评 ▌

再伟大的人，也都有其本真的一面。马克思身为全世界无产阶级的伟大导师，对爱情同样是那么的痴情和诚挚。

本文是一封写给燕妮的"情书"，句句真情，激情澎湃。感情的闸门一经开启，汹涌的情感之水便滔滔不绝，顺流而下，淹没了作者的"内心世界"。

文章并没有什么豪言壮语，更多的是一种宣泄和倾诉。仿佛要把自己的心掏给对方，把自己的灵魂裸露给对方看。

这样的感情是厚重的，这样的思念是珍贵的。

唯其真诚，所以动人；唯其深刻，所以圣洁。

爱情的痛 ▌▍▍▃▁▁▁▁

□〔德国〕叔本华

　　恋爱之中，痛苦是常有的事，被拒绝便是一种痛苦，恋人之间的冷淡也会给对方造成痛苦。然而这都是恋爱中常见的事。从古迄今，因恋爱冲动未得到满足，脚上像拖着沉重的铁块，在人生旅途上踽踽独行，在寂寥的森林中长吁短叹。恋爱中有爱也有憎，而且二者常常混淆在一起，这实在很有趣。爱与憎是完全相反的两个对立方面，它们同时存在于恋爱这一行为的统一体之中，爱中有憎，而憎中又有爱。

　　因为在恋爱中，人已被一种本能的冲动所控制，既不理会一些道理，又无视周围的事物，只知道追求自己的爱，并沉浸于爱情的迷茫中。它是恋爱激情的基础，以迷茫为基础的激情，使人误以为本来只对种族有价值的事也有利于个人，但这种幻想在种族目的达成之后，随即消失无踪。这时，如回首思忖一下，才豁然发现，这么长时间费尽心力所得到的只有性的满足，仅此而已。个体并不比以前幸福，人们对此不免感到惊愕，并且感悟到原来是受了种族意志的欺骗。男人成为现实的俘虏，女人则成为幻想的主人。

　　为种族而进行并受种族意志所支配的恋爱是求生意志的表现，是人

别做情感的奴隶

303

自身具有的本能情歌的具体形式。在这一观念支配下的关系只能是低级的婚姻关系，绝不是真正的爱，当然也谈不上激情，故而或许也产生"憎"，爱与憎是矛盾的统一，爱多于憎还能维持现状，憎多于爱那分手只是时间问题。

应当承认，世上固然有因爱成婚的爱情典范，但因婚而憎也并不在少数。男女之间不恨不爱的几乎没有，爱情是摈弃中庸之道的。互相怨恨与憎恶是一支引而不发的箭，在痛苦中煎熬，在忍受中苟活。已无能力占有的仍想占有，有能力享受的又无机会，既不能离异，又不能天天吵架，只好含着眼泪微笑，带着笑容悲哀，既使勉强谈了两句，也言不由衷，躲躲闪闪。这种结果已经失去了爱情的初衷，这完全是由男人的无知与无能，女人的怯懦与虚荣所导致。让我们举起这杯双方共享的苦咖啡，在嚼食生命时干杯吧！

▮佳作点评 ▮

有爱便有痛，有痛就能生恨。作为哲学家的叔本华在这篇文章里，从哲学的高度对爱情进行了拷问。特别是对爱情中"痛"的揭示，更是给我们诸多思考。

在现实生活中，因爱而生恨的人有之，因恨而生爱的人亦有之。甚至，因爱恨导致的悲剧也时常在生活中上演。那么，既然爱情中充满了这么多的"痛"，为什么人人依然在渴求爱和被爱呢？

这是另一个哲学问题。

然而，在本文中，作者并没有否定爱情，只是要让我们在寻找爱情时，认清爱情的本质，准确分辨什么是真正的爱情，什么是伪饰的爱情。否则，那种难耐的痛苦会像蛇一样缠着我们，折磨着我们。

倘若是真爱，即使"痛"，也应该是幸福的吧！正所谓：爱之深，恨之切。

恋爱的季节 ▌┃┉┈┈┈┉

□〔日本〕山口洋子

任何人都要恋爱。这个契机也许是一杯葡萄酒，一束小小的打火机的光焰，或者是偶然打错的一个电话。那么，不管以怎样的契机开始谈恋爱的男女，都要品味几乎相同的恋爱的四季。

恋爱中一定有春夏秋冬——当然在任何恋爱中都有，在任何男女中也都有。

只是，烦恼的是尽管她和他多次相互亲吻，热烈拥抱，但同时进入同一恋爱季节的却尤为稀少。

大约男子的恋爱是从夏季开始，他火一般的求爱使她平静的心底泛起波纹。这个时候她正在春季，暗暗地暖和起来，心境柔顺、甜美，好像世上根本不存在"失恋"这两个字。

而后，当他知晓了她的全部，却不知何故以出人意料的速度进入秋季，并走向冬季。不巧的是，这时她正处在盛夏，反反复复地饱受着爱情的煎熬。

因此，自古以来男子和女子就有感情交错这一本性。男子恋爱的形象通常像猎手，女子则像逃跑的同时已忽闪着眼睛侧目注视猎人的一头母鹿。夏天的他和春天的她是最合适最幸福的季节。

大多数的场合，男子的恋爱不管从哪儿开始，都正好在冬天结束。女子的恋爱则是从春到夏，从夏到秋冬，然后又重返回到春。

说到底男子的心对于一个女子只是一次四季中的某一个果实，相反女子的情绪则在春秋之间来回摇摆。因此，一旦谈恋爱了，对于他现在究竟处在哪个季节，一定要好好地观察清楚。

▎佳作点评 ▏

本文将恋爱分为"春夏秋冬"四季，颇有新意，见解独特。不同的恋爱阶段，有着不同的人生况味和心情。

除此之外，作者还通过四季的变化，来探讨和分析恋爱中男女不同的心理和思想。男子的爱热情、奔放，像夏日的骄阳；女子的爱柔情、缱绻，像春日的细雨。但无论是哪一种爱，对相爱的双方来说，都是甜蜜的、幸福的、温馨的、令人难忘的。

青春是人生中最为美好、灿烂的季节，而爱情无疑是"青春期"一串绿色的音符，它优美的旋律一经响起，就会缠绕你的记忆，让你一辈子都会铭心刻骨。

所以，我们一定要珍惜自己的"恋爱"，要保持它的"纯洁"和"高尚"，不要为自己的人生留下悔恨和遗憾。

论 爱

□ ［黎巴嫩］纪伯伦

于是爱尔美差说：请给我们谈爱。

他举头望着民众，他们一时静默了。他用洪亮的声音说：

当爱向你们召唤的时候，跟随着他，

虽然他的路程是艰险而陡峻。

当他的翅翼围卷你们的时候，屈服于他，

虽然那藏在羽翼中间的剑刃也许会伤毁你们。

当他对你们说话的时候，信从他，

虽然他的声音会把你们的梦魂击碎，如同北风吹荒了林园。

爱虽给你加冠，他也要把你钉在十字架上。他虽栽培你，他也刈剪你。

他虽升到你的最高处，抚惜你在日中颤动的枝叶，

他也要降到你的根下，摇动你的根柢的一切关节，使之归土。

如同一捆稻粟，他把你束聚起来。

他舂打你使你赤裸。

他筛分你使你脱壳。

他磨碾你直至洁白。

别做情感的奴隶

307

他揉搓你直至柔韧；

然后他送你到他的圣火上去，使你成为上帝圣筵上的圣饼。

这些都是爱要给你们做的事情，使你知道自己心中的秘密，在这知识中你便成了"生命"心中的一屑。

假如你在你的疑惧中，只寻求爱的和平与逸乐，

那不如掩盖你的裸露，而躲过爱的筛打，

而走入那没有季候的世界，在那里你将欢笑，却不是尽量的笑悦，你将哭泣，却没有流干眼泪。

爱除自身外无施与，除自身外无接受。

爱不占有，也不被占有。

因为爱在爱中满足了。

当你爱的时候，你不要说"上帝在我的心中"，却要说"我在上帝的心里"。

不要想你能导引爱的路程，因为若是他觉得你配，他就导引你。

爱没有别的愿望，只要成全自己。

但若是你爱，而且需求愿望，就让以下的做你的愿望吧：

溶化了你自己，像溪流般对清夜吟唱着歌曲。

要知道过度温存的痛苦。

让你对于爱的了解毁伤了你自己；

而且甘愿地喜乐地流血。

清晨醒起，以喜飏的心来致谢这爱的又一日；

日中静息，默念爱的浓欢；

晚潮退时，感谢回家；

然后在睡时祈祷，因为有被爱者在你的心中，有赞美之歌在你的唇上。

　　任何人都有对于爱的独特理解，而且，每个人的理解都千差万别。在诗人看来，爱是浪漫和充满激情的。

　　全诗上半阕以排比的手法，阐释了爱与被爱之间的关系，以及接受爱的态度。下半阕重在表明对爱的认识和以什么样的方式去学会爱、保存爱。

　　爱是世界发展的催化剂，更是人类发展的催化剂。

　　读这首诗，即是在感受爱。那就让我们共同沉浸在爱的包裹中，去嗅闻人生的芬芳吧。

论婚姻

□ ［黎巴嫩］纪伯伦

爱尔美差说，请给我们谈婚姻。

他回答说：

你们一块儿出世，也要永远合一。

在死的白翼隔绝你们的岁月的时候，你们也要合一。

连在静默地忆想上帝之时，你们也要合一。

不过在你们合一之中，要有间隙。

让天风在你们中间舞荡。

彼此相爱，却不要做成爱的系链：

只让他在你们灵魂的沙岸中间，做一个流动的海。

彼此斟满了杯，却不要在同一杯中共饮。

彼此递赠着面包，却不要在同一块上取食。

快乐地在一处舞唱，却仍让彼此静独，连琴上的那些弦子也是单独的，虽然他们在同一的音调中颤动。

彼此赠献你们的心却不要互相保留，

因为只有"生命"的手才能把持你们的心。

要站在一处却不要太密，

因为殿里的柱子也是分立在两旁，

橡树和松柏也不在彼此的荫中生长。

佳作点评

婚姻是自由的，它需要包容，也需要理解。需要相爱的双方能够彼此互帮互助，更需要彼此给对方一个独立的空间。

诗人借助诸多形象的比喻，采用对比的方法，表达了自己对婚姻的看法和理解：爱是一种尊重，而不是占有。

任何形式的爱情，都要靠内在的情感来维系。换句话说，只有心灵相爱了，才是真爱。

爱是一门艺术，也是一门学问。

别做情感的奴隶

心灵的交融 ▌▐▖▂▁ ▗ ▃

□ ［印度］泰戈尔

中国书籍文学馆·精品赏析 温情蜜意

312

　　我们可以用图表阐释繁星的韵律，却无法阐释繁星的诗歌，繁星的诗歌只能在心灵与心灵相晤的沉寂里、在光明与黑暗的交汇里解析。在那里，无限在有限的额头下印下了它的亲吻；在那里，"伟大的我"的旋律令我们的激动不已，在庄严的管风琴里，在无穷的簧管里，无限合谐地奏鸣着。

　　在我的心被爱所充溢，在我感知我的心灵与世界同在时，难道我不会感到阳光更明媚、月光更幽静？当我歌唱雨云的来临，沥沥的雨声就在我的歌声里感到凄婉；自历史的黎明起，诗人和艺术家们就将他们心灵的颜色和旋律，倾入生命的大厦。

　　我深深懂得，大地和晴空织上了人的思想的纤维，人的思想与宇宙的思想合二为一。如果这一切有关真实，那么诗歌就是虚幻，音乐就是欺骗，人的心灵被这无言的世界驱入难耐的沉寂中。

▗佳作点评 ▌▐▖

　　心灵是需要滋养的，而自然和艺术，包括爱，无疑是滋养心灵的

"良药"。

　　诗人开篇即以抒情的格调，阐释了心灵的包容和伟大。并借助丰沛的想象，诗性的语言，来讴歌心灵的美丽。

　　文章读起来节奏明快舒展，给人美的熏陶和无限的遐想。

版权声明

本书部分作品无法与权利人取得联系，为了尊重作者的著作权，特委托北京版权代理有限责任公司向权利人转付稿酬。请您与北京版权代理有限责任公司联系并领取稿酬。联系方式如下：

北京版权代理有限责任公司

北京市东城区朝阳门内 55 号南门 1006 室

邮编：100010

电话：（010）58642004

E-mail:bookpodcn@gmail.com

Website:www.bookpod.cn